# 高円寺の家

小野 友貴枝
*Yukie Ono*

文芸社

目次

# 高円寺の家

## （一）

麗子《れいこ》はいつも思う、恵弘《よしひろ》は怒りにまかせて打《ぶ》ん投げた茶碗やコップを妻がどんな気持ちで片付けるのか、少しでも考えたことがあるのだろうかと。今日もシンクの中は投げ捨てられた食器で一杯、すでに壊れているものもある。丁寧にやらなければ怪我をする。決してなまやさしい仕事ではない。

麗子は少し涙ぐみながら、夫が投げ捨てた茶碗、皿、コップを洗い始めた。シンクが片付かなければ夕食の準備ができない。

片付ける人のことを考えるようなら、テーブルに置いてあった茶碗を捨てることなどしないだろう。これは片付けをしない麗子が悪い、妻を懲らしめるためにやっているのだという敵愾心に燃えているに違いない。心は「あいつは何十年言っても片付け一つできない」と怒りながら、次々と壊れることをものともせずに打ん投げて快感を味わっているのだ。

ヌルッと滑ってガラスコップの切り口で親指の腹を切った。水道水が血に染まっていく。

「ア！　イタイ」と叫んだのが先か、それとも血の量に悲鳴を上げたのが先か覚えていない。脇にあった布巾で親指の根元を強く押さえた。腕を上げたまま、サテ、これから何をするか、先に何をしなければいけないのか、頭が空回りした。

この痛さと出血量では放っておけない。医者に行かなければならない。

「どこの？」キッチンの電灯をみつめながら考えた。そもそも今は何時なんだろうか。夫の帰るころでもある。しかし、恵弘を待っていても「おまえはだらしがないからこのザマだ」と自分のやったことは棚の上にあげて麗子を怒るだろう。

「誰のせいでもない、おまえが、おまえが」と一方的に麗子を責めるだけで、医者に連れていこうか、などと優しい言葉など期待できない。それなら恵弘が帰る前に家を出たほうが早い。

「医者に行こう」と決めた。

表戸がガタガタする。風が出てきたようだ。家が古いので建て付けが悪い。夕方から風が吹くと聞いていたが、低いところで風が舞っている。

麗子は思い立つと早い。エプロンを外して上に黒いダウンジャケットを羽織った。高円寺の駅前の整形外科なら、七時までやっているはずだ。

外に出ると顔に直接風があたる。マスクを取りに戻るよりも、一・五キロはある道を歩いて七時までに着きたい。血のついている腕を上げて足早に歩いた。

「傷は縫いましょう。包丁と喧嘩しないでください」医者は変な冗談を言って、こともなげに消毒し縫ってくれた。

「駅前の薬局が開いているから、そこで化膿止めと、今晩は痛むと思う、鎮痛剤と催眠薬を処方します」

麗子は先ほどの痛みから解放されたような気がした。麻酔が効いているからだと、看護師が見送りながら言ってくれた。患者が一人もいない待合室を抜け、裏口から出た。

麗子は裏口のアルミのドアを開けたときに、遠い昔のことを思い出した。この戸を片手で開けたことを。

そう、二十五年前のあのときも指の怪我で、救急で診てもらった。あのときはどうしても帰ることができなくて泊めてもらった。

「アンタが、ひどく乱れていたからな、普通の怪我ではないと思った。直感だけど」

そう言った老先生の言葉を思い返す。今日の先生は、あのときの先生ではない。代が替わったのだ。

ドアから連想した想いは、それほど麗子の中で引きずらなかった。急いで帰らなければという切迫感のほうが優先した。出かけに鍵をかけたか、電気を消したか、水道を止めたかどうか、そのほうが心配になった。

薬局に寄ると、そこでも身元の調書やアレルギーの有無などこまごまとしたアンケートを書かされた。病気などほとんどしない彼女は、薬の調書に手間取った。この店はどこの駅前にでもあるチェーン店で、日用品から雑貨まで積まれている。

麗子は包帯で巻かれた左手の親指を眺めた。親指が使えないことで不自由なことはなんだろう。家の仕事はきりがないほど水を使う。自分の仕度にも困る。化粧はできるか、顔も洗えるか、考えながら、ふと隣に座っている男の人を見ると、アキレス腱でも切っているらしく車椅子だ。車椅子に乗るようになったら学校図書館の年度末を乗り切れるだろうか。本を扱う仕事はほとんど手仕事だ。が、移動には足を使う。一日一万歩歩いている。

それよりも指の怪我の理由をなんと説明したらいいだろう。「コップを洗っていたら半分に割れて」この言葉はかなり合っているが、どこか違う。本当は恵弘に打ん投げられた茶碗を拾っていたのだとは誰にも打ち明けられない。屈辱感が麗子を打ちのめしていた。

待つ間の長さに少し苛立ってきた。恵弘が帰っていたら夕飯ができていないことだけでなく、彼はシンクの中を見て、「あいつは一体どこに行ったのだ」とさらに怒りを募らせるだろう。

「松井麗子さん」

やっと呼ばれた。そこで薬の飲み方の説明を聞く。取り扱いが丁寧だ。最近は副作用とかトラブルのクレーマーが多く、なんでも丁寧に扱われる。医薬分業のせいで、かえって時間がかかる。

麗子は帰りがけに薄いゴム手袋を買った。包帯を巻いたまま水仕事をすることになるだろう。手伝ってくれる人は誰もいない、義母の萌恵《ともえ》は十年前に亡くなっている。彼女は料理上手だったが、最後は多発性脳梗塞で片付けが一切できなくなって亡くなった。

杉並区の高円寺は昭和三十年代から始まった阿波踊りで有名だが、決して商店の町ではなく、駅から外れると木造の古い家が多い。南口から一筋奥に入ると大きな墓地を抱えた寺がある。花崗岩の塀を回している寺の周辺には戦前から建っている住宅があり、古さを象徴するように大きな木がある。

それはサクラであり、クロガネモチであり、もっと平凡なのはケヤキ、キンモクセイ。その家なりの木障の落ち葉掃きに時間を取られてはいるが、家の古さを大切にするように枝も切らない。

松井の家には大きなコブシがある。早春には屋根を被うように花が咲く。花の色も黄じみて小さく老木だということがわかる。花が終わると白っぽい葉をたくさんつけるので夏は涼しい。

崩れかけた大谷石の塀を回った東正面に鉄柱の門がある。玄関まで飛び石があることから、それなりの家であったことが分かる。昭和の半ばに義父が建て、お金を贅沢にかけている。銅葺きの平屋がしっかりしていて、今でも使い勝手がいい。

松井恵弘の父親は東電に勤めていたが、定年後間もなく亡くなった。恵弘が二十七歳のときである。麗子が嫁いできたときには高校生の妹がいた。義母の萌恵は、長男の恵弘の分と弁当を二つ作っていた。結婚と同時にその役割は麗子に回った。

萌恵は東側のコブシの下、二坪ほどの土地に小松菜、水菜を作っていた。弁当には必ず青物を入れる。青物は健康の元だと信じ、小さな冷蔵庫の下の段には野菜がぎっしり詰まっていた。育ち盛りの子どもたちが病気をしないようにとやりくりした義母の自慢の一つだ。

夫の家族は東京が一番だと信じていた。東京以外の土地は文化施設も医療施設も少なく、地下鉄もなく、ひどく不便だと思っている。高円寺から外に移り住みたくないと思っている。たしかに杉並区は大きなビルもなく、住宅地として保存されている。二十三区の中で一番住みよい土地だろう。

来たときよりも風が和らいでいた。明日は雨になるかもしれないと見上げた空の雲の中を、新月が走っている。高円寺のこの辺は緑が多く、冬空は澄んでいる。

家の近くに来たとき、恵弘が帰りは遅くなると言っていたことを急に思い出した。前の学校の仲間と忘年会をやると。それなら食事を作ることも、夫と顔を合わせることもしなくて済む。茶碗を投げ捨てられた悔しさを恵弘にぶつける必要もない。それよりも片付け半ばで出てきたことの「だらしなさ」を怒られなくて済む。怒られれば指の怪我以上にまた嫌な思いをする。

痛み止めを飲んだせいか、一時ぐっすり眠った。恵弘の廊下を歩く音に眼が覚めたのか、それとも傷の痛みで目が覚めたのか分からないが、半分眼を開けた。

恵弘が、またキッチンのドアを閉めた。その風圧の音が耳に届く。

「冷蔵庫のドアが開いている。どうする気だ」

一瞬凍るような気持ちになった。と同時に跳ね起きた。どうしてドアが開いていたのだろうか。麗子のせいではないような気がする。万が一開いていても、一時である。

麗子が寝ようと部屋に入ったのは二時間ほど前だ。その期間に腐るものなどない。気がついた人が閉めればいいものを、もってまわって開いていると怒鳴るなど大人のすることではない。麗子はそれ以上の惨事を味わい、やっと眠りの入口に到達したというのに。

指の痛みは堪えられないほどではないから、明日は仕事に行けるだろう。職場に行けば楽しいことはたくさんある。恵弘の顔を見ないで済むだけでもいい。

朝、夫が起きないのをいいことに、麗子は早めに家を出た。夫の食事を支度し、風呂の水も抜いたし、玄関も掃いた。洗濯物も干してきた。片手でできることはほとんどした。

高円寺から各駅の中央線に乗って二つ目、東中野で降りる。

何気なく乗った各駅電車は、いつもより混んでいた。コートの裾が前の座席の人にぶつからないように気をつけて下を向いたとき、前の座席のダスターコートを着た男が顔をあげた。

彼が「替わりますか」と包帯をつけている麗子を気にして声をかけてくれた。そのとき彼女は、ひどく懐かしいアクセントを聞いたような気がした。音の低さの中にのんびりした息づかいがある。

「いいえ、いいです、すぐですから」この言い方はいつも気にしている栃木の言い方だ。普通なら「結構です、すぐ降りますから」と言うらしいが、つい、いいですと変な言い回しをする。恵弘はこのへりくだった言い方が嫌いらしく、言葉が汲み取れないと怒る。

「もしかして、麗子さん、瀬川さんだろう」

さっきの言葉に栃木弁特有のアクセントを聞いたはずだ。目の前の男は笹森航太《ささもりこうた》だ。電車の中で会うとは夢にも思っていなかった。

「笹森さん」

「そう言えば麗子さんの嫁ぎ先は高円寺だったよな。どうした、その手」

左手にはオーバーに手の甲まで包帯が巻かれている。

「包丁かよ。相変わらずなんだな。いつも忙しいから、だろう」

包帯の痛々しさが人目を引いて笹森に会えた。まったく奇遇だ。麗子はいつもより身だしなみが悪いことを思い出した。恥ずかしい気持ちを抑えて、ガラスに映った顔を見た。ここのところ血色のない沈んだ顔だと思っていたが、さらに目が萎んでいる。メークは駅のトイレでつけた口紅だけだ。

「いつも同じ電車だったのかしら。いや、私は一時間近く早いの。食事は駅前でモーニングを食べようと思って出てきたから」

笹森はまだ話したそうにしていたが、東中野に着いてしまった。彼はこのまま市ケ谷まで行く。市ヶ谷にある富士電機の系列会社に再就職したのが二年前だったという。それまでは川崎の本社まで、新宿から小田急線で通っていた。

「じゃ、会わないはずよね。私は五年前から中野の高校に通っています」

また、会えるといいなという笹森の言葉に乗せられて懐かしく、麗子はこの電車なら乗れると思います、いつもはもっとゆっくりだけど、と早口で彼に届くように答えた。

「私も会いたい。話したいことが一杯あります」

今朝の麗子は同郷の笹森に訴えたい言葉が胸一杯あった。笹森と音信不通になってから三十五年以上も経つのだから。

東中野というアナウンスに麗子は電車を降りた。

「携帯番号を訊いておけばよかった」

笹森を乗せた電車を見送った。故郷を同じにするのだからいつかどこかで会えると思っていたが、怪我の功名で偶然会えた。

北口からけやき通りを通って、麗子は馴染みのコーヒー店に入った。いつも挨拶する鬚の店長がカウンターにいた。横に長い店は朝のひととき心を和ませてくれる。陽の当たるテラスまである。

モーニングには麗子が好きな茹で卵がつく。茹で卵を半分にしてトーストにのせる。レトロな味はもちろんだが、一個丸ごと食べられる醍醐味。

「兄といつも半分にして、どっちが多いか見比べながら食べた。家では鶏を飼っていたが、母は少しでもお金になればと売ってしまうので、なかなか口に入らない」

麗子は述懐するように口に出した。母を恨むのではなく、あの坂の途中にある家の狭さがイヤだった。父は耕作地の少ない土地を分家してもらって、農業は母にまかせて町場に働きに出ていた。水道屋から日雇いまでした。山峡の村で暮らすには、それしか家族を養うことができなかった。

「田舎で食べた茹で卵の味は忘れられない。どうしたらあの味を出すことができるのだろう」

いつも思うことをまた思った。喫茶店の茹で卵は黄身が締まっているが白身は柔らかい。

（二）

四十年前、麗子が調布にあるY大学に合格したとき母親は悩んだ。どんなに奨学金をあてにしても学生寮に入るには生活費が必要だった。その経費の捻出は田畑を全部売っても不可能だ。やむなく母親は東京にいる従兄弟を頼った。彼は歯科大を出て、荻窪に診療所を開業していた。

「分かった。麗子さんをうちで預かろう。その代わり窓口事務を手伝ってもらうよ」

生活費のいっさいを母の従兄弟の佐々木憲一が引き受け、親身に麗子の保証人になってくれた。診療所は荻窪駅の近くにあった。麗子は受付から掃除、そしてレセプトの整理まで手伝い、事務員としても一人前に期待された。

憲一の診療所の手伝いは下宿代だけでなく食費などの生活費にもなった。火曜日と日曜日を除いて夕方は八時まで、土曜日は一日びっしり受付事務をした。日中は長い間通っている主婦が雇われていたので、いつも診療所は家庭のような雰囲気があった。

同じ屋敷の中に母屋があり、診療所の二階が全部空いていた。麗子はそこから大学に通った。食事と風呂は別にさせてもらった。一緒にと言われたが、そこまで家庭に入り込んでしまっては自分の時間がなくなり、自由が利かなくなることが怖かった。この選択は賢明だった。下宿代を省かせてもらって生活費が手に入る。親からの仕送りはわずかで済んだ。勉強するには最適な環境だった。

再従兄弟になる憲一の子どもたちは、著名な高校を選び、塾通いしながらいい大学に入れるという、うらやましい環境であった。三人の男の子全員が医学系に進学した。長女でさえ医者に嫁いでいた。東京という土地は子どもの教育には最適なところだということを、麗子は身を持って知った。

憲一と次男が診療する医院は固定客をたくさん摑んでいるので、診察はいつも混んでいた。診療所のある場所もいい、ＪＲの駅から歩いて七分。駅前アーケードを通って最初の信号を渡り、狭い路地の商店街に入る。その突き当たりにある診療所の看板が目を引く。

麗子の平均的な一日は大学から四時に戻って診療所の小窓に座る。夕方五時から混みだすので、アルバイトを入れて二人体制になる。

この間に電話を受け、受付簿に記録にする。四時間があっという間に終わる。家庭教師をしている友達が多いが、麗子は生活に困らない。週五日働いて、学費分までもらえた。

麗子の受付はてきぱきしていて患者にも人気がある。勉学中の大学生が受付なんてもったいないという人がいるが、彼女はなんとも思っていない。かえって家庭教師よりも自分らしいと思っていた。世間話をする患者さんを窓から見ていると、ほとんど裕福な人たちなので面倒見もいい。笑顔で接していれば難しいこともない。

このとき恵弘と彼の母親も患者であった。母子が麗子を見ていたとは気づかなかった。誰とでも隔たりなく付き合う麗子に二人は好感を持ったようだ。

荻窪の二つ手前の高円寺に住んでいる松井家は佐々木診療所をかかりつけ医にしていた。

麗子は憲一の支援を受けて無事大学を卒業した。卒業と同時に彼女は診療所の二階から出る予定だったが、憲一の妻の祐子は今さら手放したくなくて彼女に二部屋を与え、結婚するまで下宿して欲しいと頼むのだった。

麗子は当面生活が安定するまでと決めて、部屋代を取らない憲一には月初めの診療事務を手伝うことを条件にして部屋に残った。

都心で生活するには学校のサラリー程度では足らない。二年を目標に自立計画を立てていた。しかしそのことは憲一夫婦には伝えていなかった。

就職して一年が終わろうとするころから、祐子は麗子に縁談を勧めるようになった。祐子は三十組も仲人したという縁結びの名人。

「麗子は大人しいので、きっとウチで見初められるのではないか。そんな予感がする」憲一はよく言っていた。その言葉が的中した。都内の人と結婚させるには荻窪にある憲一の縁続きというバックグラウンドも役立った。祐子の面倒見のよさは打算を超えて熱心だった。

見合いという形をとらず申し込んできたのが憲一の患者の松井恵弘だった。彼は都立高の社会科の先生で、墨田区の高校に勤めていた。

麗子は高校でいろんな先生を見ている。その中でも社会科の先生は幅が広く好きだった。自宅も荻窪から近い高円寺にあるというので、佐々木家とも縁を切りたくない麗子は話に乗った。

大学を卒業した麗子が高校の図書館に司書として勤めなければ、恵弘との結婚はありえなかった。麗子が密かに思っていた東京の人と結婚したいという思いが達せられた。その上共稼ぎをしたいという麗子の望みはなんら障害にならなかった。麗子の一番欲していた生活が手に入った。その時代、東京でさえ共稼ぎはあまり聞かれず、学校の先生でも子どもが生まれると辞めていた。

（三）

高円寺に嫁いで十年経った。子どもも順調で男女一人ずつ、二つ違いで育てていた。

二十年前、恵弘が初めて手をあげたとき、麗子は暴力を誘発した自分が悪いのだと反省した。

まだ、増築する前の古い家で、家族が一人一部屋持つだけの空間がなかった。電話は居間に置いてあり、家族全員で使っていた。黒い電話機は家具のように存在感があった。

その夜、親代わりになってくれた荻窪の祐子からの電話でつい長話になってしまった。そろそろ終わりにしようと思っていたとき、何気なく義妹の縁談が決まったことを話した。どんな人で歳はいくつかと訊かれたので、「相手は四つ年下なの」と無意識にしゃべった。

電話が終わって夫婦の部屋に戻ろうとしたとき、背中に重いものがぶつかった。その瞬間、麗子は振り返った。電話の傍にあった姫鏡台が飛んできたのだ。よけ損ねて鏡で指を切った。瞬間の痛みと血の状態から、決して軽い傷ではないことが分かった。

後ろに恵弘が仁王立ちになって睨んでいる。

「いい気になってペラペラしゃべりやがって」と大声で怒鳴った。

「え?」と思わず聞いた。信じられないような言葉、高校の先生の言葉とは思えない。顔は憎しみにゆがみ麗子を睨んでいる。その眼はぎらぎらと怒りを込めてたぎっている。

「え?　じゃないだろう。自分の胸に訊け」

「なぜ?」と訊き返そうと思ったが、夫の怖い形相に訊き返す勇気はなかった。

それでも麗子は何か言おうとしたが、彼はさらに傍にあった花瓶を振り上げている。普段の夫からは想像もつかないほど険しい仁王眼。

彼女の眼から涙が溢れた。返す言葉が思いつかない。豹変した夫に太刀打ちできない。ここにいてはさらに大怪我すると思った。

傷の手当てをしなければならない。

医者に行こうと自転車に乗った。子どもが治療を受けたことのある外科医院を目指した。

医院はすでに閉まっていたが、ドアを叩くと開けてくれた。

医師は麗子の様子を見て、傷がかなり深いと判断したようだ。

傷は七針縫ったと医師が説明してくれたが麗子は上の空で「イタイ、どうしよう」と叫んでいた。

「先生、麻酔が切れるまでソファに休ませてください。気持ちが悪い」

「アア、そうか、脳貧血を起こしているな。これでは帰せない。ベッドが空いているから泊まっていくといい」

医師の判断は速い。麗子の怪我が普通ではなく、家族からの暴力ではないかと推察していたのか、看護師に指示して二階にある一人用の病室を用意させた。

麗子は白いシーツに包まれて眠った。適度の室温、乾いた空気、生活の匂いのない部屋は彼女の心にやさしく、眠れそうだ。夜中、麻酔が切れても指の痛みはそれほど感じなかったが、それに比べて心の傷は大きく広がった。

麗子は恵弘が手をあげたときのことを思い、反芻した。一番印象に残ることは、二重のぎょろ眼に狂気が光り、殺気を感じたことだ。

「なぜ、あんなに怒ったのか」分からないと思いながら、ふと突き当たったものがある。

電話台に向かって長電話していたことが夫の気持ちを刺激したのか。電話ならいつもしていた。じゃ、何?

祐子と話していた電話の内容に引っかかったのだ。何をしゃべったろう。「そうだ、義妹のことをしゃべった。義妹の結婚が決まったことを言った」それも「四つ年下なの」とも。

麗子の電話を家族は炬燵の中で聞いていた。義母を含む家族は麗子の言葉にいちいち感じていたに違いない。その反動で夫が麗子めがけて突進してきて「何しゃべってんだ」と怒鳴り、麗子に怒りをぶつけた。麗子が長話で妹のことを告げ口していると勘違いして彼は逆上した。

恵弘は癇癪持ちだとは思っていたが暴力を振るう人でもあったのだ。

「私が妹の悪口を荻窪の祐子おばさんに無意識に話してしまったのがいけないのだ。誰だって家族のことを告げ口されるのはいやだろう」と自分に言い聞かせた。

悔しいとも哀しいとも言えず、涙がこぼれた。ハンカチ一枚持ってこなかったので涙を拭くものがない。トイレに駆け込んでロールを持ってきた。ロールが半分ほどなくなるころ、眠りに落ちた。

四角な窓が明るむころ目が覚めた。昨晩は曇って雨が落ちそうだったが、今朝は明るく、青空さえ見えている。

麗子はエプロンのまま眠っていた。通勤の洋服ではないが、でも家に帰りたくない。恵弘の顔も声も聞きたくない。小学校に行く子どもたちが心配だが、萌恵が面倒を見てくれているだろう。このまま職場に出てしまおう。何がなんでも仕事だけは休みたくない。

窓の下、道を通る人の声がする。牛乳屋が自転車を走らせ、配っている。誰も起きていない早朝、麗子はそろそろと階段を下りた。カウンターにお札のメモ書きを置いて、施錠されていた裏口から出た。

駅まで歩いた。途中、カラスが集まっているゴミ収集所を通った。今日は生ゴミを出す日だった。彼女はしばらく家に戻ろうかどうしようか迷った。

麗子は結婚以来、トイレの掃除、ゴミ出しを家族に任せたことがない。長女が生まれたあと、風呂場の掃除を夫に頼んだことがあった。萌恵にこっぴどく嫌味を言われた。

「家には守るものがあります。男に家事をやらせようとは思いませんから」と。

透明な袋に入ったゴミを思いきり蹴飛ばしたい衝動にかられた。こんな激しい気持ちが自分の胸に埋もれていたとは思わなかった。言葉にできない怒りは足の先にまで下りていた。しかし麗子は、怒りの衝動を実行に移すことなく、立ち止まった収集所から逃げるように離れた。

恵弘の暴言は結婚したときからあった。折に触れて言葉の切れ端が投げつけられた。しかし、それはいつも単純なことだった。

「電気を点けっぱなし」「靴ぬぎっぱなし」「ドアが開けっぱなし」とか本当に日常の些細なことだ。誰でもやることである。普段から特段麗子が悪いわけではないのに、アラを探すように怒った。それらはほとんど、彼が仕事から戻った直後だった。決して酒を飲んできたというわけではない。それどころか彼はアルコールが全然飲めない下戸であった。

結婚して六、七年経ったとき、麗子が何気なく「自分で着た洋服はハンガーにかけておいてね」と頼んだことがあった。すでに二人の子どもが生まれて、麗子が育児と仕事の両立で眠る暇もないという多忙な生活をしていたときである。

その場はそれですんだから、何事もなかったのだと思ってゴミ箱を見ると、夫の背広からズボンとYシャツが丸めて捨ててあった。

「ああ、夫は人に頼まれることが嫌いな性格なのだ」と麗子は大きな犠牲を払いながら学んでいった。でもまだその当時は、それがDVだということまで深読みできなかった。

結婚して十五年も経つとあきらめムードになって、口答えをせずに言われたまま片付けていた。それだけでなく、夫は夫婦が睦み合った直後でも、何かに気づくと、なんの抵抗もなく怒りの言葉を口に出した。母親が恵弘を暴君に育ててしまったからだと悟るのに時間はかからなかった。

麗子が何よりも大切にしていたのは恵弘の仕事で、家を出るときには気分良く送り出し、小さなことでもストレスになるようなことは全部麗子が担って、夫には負担をかけまいと気を遣った。

「外で仕事をする分、男は家に帰ると我儘になる」と自分に言い聞かせていた。

しかし、恵弘のいいところを見ながら我儘には耐えたつもりだが、昨夜の発作的な暴力は悔しくて泣き明かした。

その朝、職場に直行した麗子は一日、白衣を着て過ごした。白衣の下はズボンとカーディガンを羽織っていて、仕事で見せられる格好でない。その上、気持ちまで萎んで溜息をついていた。

　職員室にはできるだけ戻らないようにして、図書館で仕事をした。手の怪我で助かった。これで顔まで怪我していたら大変なことになった。鏡台を投げられたとき、とっさに斜めに体を除けたから良かったのだ。その日は痛みを忘れるほど仕事をした。幸い電算機への変換期で、たくさんの仕事があった。正規の四人の職員では仕事にならないので、三人のアルバイトも雇ってもらっている。

　学校にも大きなＰＣが入った時期だ。「蔵書をＰＣに入力する」システム換えの仕事が待っていた。今年一杯で一〇〇万冊に近い本を電算システムに則って入力しなければならない。

　ハプニングとはいえ、図書館にとって麗子の指の怪我は痛手だったが、薬指の怪我だったのは不幸中の幸いだった。ＰＣは原則五本の指を使うのだが、薬指を使わなくても問題ない。薬指に小指を支えにして包帯を厚く巻いてある。仰々しいが、心の痛みよりはまだいい。麗子は頭の中で、今晩家に帰るかどうかをしきりに考えていた。

「子どもたちは母親の不在を案じているだろう。八歳になる長女は弟のことを心配しているはずだ。麗子の勝手で留守にするのは間違っている。仕事ができる体なのだから、家のことも仕事だと思えばいい。姑・小姑に仕え、つつがなくやってきたから仕事が継続できるのだ。ありがたく思わなければいけない」と自分に言い聞かせ、何事もなかったかのように家に帰った。

　二十年前の初めての怪我は、麗子に一生忘れられない傷跡《きずあと》をのこした。

## （四）

東中野で麗子は足早に電車を降りていった。

笹森航太は座席に浅く腰掛け、新聞を読み始めた。ページをめくる手に気持ちがついていかず、無意識にめくっていた音に気づいた。頭の中がぞんざいになって、三十五年ぶりに会った瀬川麗子のことを考えていた。結婚して今は松井というのか。彼女の顔ならいつでも思い出せそうだったが、果たして本当に彼女を理解していたことはあるだろうか。一歳年下で初恋の人である麗子を思い出すとさわやかな気持ちになるが、それは自分の思いだけで、彼女がどんな思いの中で生きていたのかは知らなかったような気がする。麗子は航太に何も訴えてこなかった。自分の理解できない遠い場所に彼女は存在しているようだ。

今朝、航太は彼女を一目で捉えていたのに、麗子のほうはそれほど航太を懐かしがる様子もなく、かえって当惑気味だった。

麗子が身近な存在だったのは大学生のときだけだ。彼女とはすんなり交際できたし、下宿で密接な関係を結べたから、航太は愛されていると思っていた。しかし、航太が関西に就職が決まったときから疎遠になって音信不通になった。彼女とは結婚の約束をしたわけではないが、自分の後を追ってくるかもしれないと予想していた。でも、下宿での逢瀬は体の関係だけで、彼女が航太に心を開いたわけではなかったのだ。彼女は航太の激情に流されたふりをして体の関係を続けていたのかもしれない。

まして無料で英語を教えてくれるという航太の好意に対して、麗子はどんな礼をしたらいいのか思いつかなかったのだろうか。思いつくこととしたら航太の気持ちに応えるだけだ。麗子は自然に体を預けたのだろう。それほど彼女は英語の力をつけたかったにちがいない。

航太の職場が神戸と決まったとき、潔く自分の前から姿を消したことでも彼女の気持ちは読める。航太にとって、大学のあの二年間はなんだったのだろう。愛の仮想であったというのか。

麗子が言葉にしないのをいいことに彼女を従順な人だと思っていたのは大きな間違いで、彼女はすんなり男に従うような女性ではなかったのだ。大人しくも弱くもなく、強いものを心に持っている彼女を体のつながりで縛ることなどできなかったのだ。

麗子は一度も航太が好きだと口にしたことはないと言うだろう。まして「結婚の約束など、してません」と平静な顔をして言うに違いない。今まで本気で人を好きになったことがあるだろうか。結婚でさえ打算だったのかもしれない。

しかし、今朝の麗子の印象は、今まで航太が摑んでいたイメージを大きく変えるものだった。十分程度しか言葉を交わさなかったが、別人と会っているような気がした。人生に失望した人特有の自信のなさだ。共稼ぎで二人の子どもを育て、その上高円寺という恵まれた環境に住んでいながら、あの不安な眼の陰りはなんだろう。昔なら自分と距離を置いて見られる知性が彼女の魅力であったのに、今朝はその魅力が感じられなかった。普通の、いや普通以下でしか彼女の感情はコントロールされていなかった。自分の立っている位置さえ見失っていた。

新宿を出てからカーブするところで乗客は反対側に傾く。座っている航太でも膝の上に手を置く。新聞を広げられる状態でないことは知っているが、東京駅まで行く人で身動きできない。降りるときに気をつけなければ御茶ノ水まで連れていかれる。車両の中ほどに入ってしまったのは危険だ。まして今は真冬、通勤の人も着膨れている。ウールのオーバーを着る人は少なくなったが、誰もが着ているダウンジャケットが邪魔になった。暖房の行き届いた電車の中で着るものではない。

麗子のショックから立ちなおろうとするが、無意識に首が下がってしまう。麗子の人柄が変わったというのか、それとも年を取ったというのか、彼女は自分より一つ年下だから五十六歳になっているはずだ。勤めていると言ったから、彼女は高校の図書司書を続けているはずだ。都立のY大学を卒業して学校司書の資格を取った。教師の資格もあるが、東京の学校ではとても教壇に上がれないとあきらめ、司書の資格で高校に入った。田舎弁の抜けきれない彼女には無口でも通せるこの仕事はいい選択であった。

麗子を知る人は彼女の読書好きを褒める。いつでも本に熱中して現実に疎かった。小山高校の図書館の主のように、いつも隅のテーブルに陣取って本を読んでいた。本好きが将来の職を決めさせたと言ってもおかしくない。

無口な麗子が東京に憧れていたことは、彼女と親しくならなければ知らないことだった。航太は図書館で本を読む大人びた彼女に憧れていた。

市ケ谷駅に着くまでに航太は考えを整理しきれなかった。彼女の寂しそうな眼が頭から離れない。

「なんで」と独り言を言った。なんで、なんでだろう。大人しいけれど心の強い彼女が打ちひしがれている様子は想像がつかない。職場のトラブルではなく、家庭の事情かもしれない。しかし想像してもきりがない。次に会ったときに確かめられるだろうか。一日も早く彼女に会ってみたい。電車で会えるというのは一番楽な方法だ、明日も明後日も今日と同じ電車に乗ってみよう。

航太は始業の時間にはまだ早いことに気づいた。改札を出た足は自然にコーヒーショップに向かっている。広い店内は禁煙席が確保されていて入りやすい。たばこの臭いが洋服についているだけで神経を尖らせる妻、佐和のことを思うと、やたらな店には入れない。

ときどき会社の同僚に会う。今朝は会社の内輪話をする気がしないので、誰にも会わないようにスタンドに腰掛けた。

航太の会社は市ケ谷駅から外堀通りを越していくつかある坂のうちの一つを登る。この辺一体が会館通りというほど各種団体の建物が多い。坂を登ったところにある富士電機の外郭団体が第二の職場である。会社を五十五歳で退職させられ、次のポストでは室長として優遇された。研究したいものは本社にいるときから持ってきたＲＦＩＤシステム。

信号を渡れば七分で職場に着いてしまう。職場に一旦足を入れればもう麗子のことなど、いや私生活のことなどすべて忘れて仕事に没頭するのが常だ。

「いじけた感じは、なぜなんだろう」

彼女の焦燥感というのか、疲れた様子が眼に残る。

「どうしたの」と何度か訊いたが、包丁で切ってしまったというばかりで、「痛い、不自由だ」という言葉も聞けなかった。かえって航太に会ったことで混乱しているのか、「いつもこの電車?」と時間を気にしていた。

麗子が航太の乗る電車を確認したのは、また、昔のように航太の前から逃げるつもりかもしれない。二十数年前、麗子と小山高校の同窓会の席上で再会したときには互いに家庭があった。決して都合の悪い会い方ではなかったつもりだが、彼女はお茶を飲むことも付き合うことも拒否した。

航太はそのときも傷ついた。大学卒業のときも航太の気持ちを無視して麗子はいなくなってしまった。そのときの台詞は「私は決して同郷の人と結婚するつもりはないの。私は田舎から逃げてきたのだから、故郷を持つ人が怖いの」と言って航太の目の前からいなくなった。

麗子を二度も見失った航太は、自分の故郷への思いの強さにもダメージを受けた。彼女は航太の田舎に立脚した話がいやなのだろう。田舎弁もコンプレックスの原因だったのかもしれない。

「私は田舎が嫌いなの。家の周りは全部坂よ。自転車も漕げないあの山坂のことを思うとたまらないわ。井戸水が不足すると、くみ上げた水に小さな虫がいてぞっとしたわ。それだけじゃない。溜め池から運んでくる水は濁っているからお風呂の水も取り替えられない」

航太の家は町場だから水道が通っていた。麗子の苦労は思いやれない。

今でも、いや今になって、なおさら田舎に帰りたい。老後は田舎の空気を吸い、やり残している釣り三昧をしたい。

なぜ、そんなに田舎が好きなのかと訊かれたら、航太は単純に答える。

「俺は若いときに亡くなった母親が忘れられないからだ。田舎の生活を全うできずにいるんだ。でも仕事柄、家庭柄、田舎が好きだとは言っていられなかった。必ず帰っていく場所、退職したときには田舎で過ごすのが、長年、職業を貫いた褒美なんだ」

田舎に帰るのが自分への褒美と決めて働いてきたが、生活の中ではいろんなことが障害になっている。何よりも妻の病状が歯止めだ。彼女は若いときから花粉症とアレルギー、四十代になって見つかったリウマチが生活を規制している。例えば湿気の多いところはダメ、花粉症は窓を開けられないという欠陥を持っている。医者通いに便利で、それでいて環境や美観もいいところという選択肢に従って住居を決めさせられた。佐和との生活を守るにはマンションしかない。川崎にいたときも多摩川の中流にあるマンションで、そこはかなり気に入っていたが、なにぶん古いので引っ越した。三鷹が気にいっているのは緑がたくさん残っていることもあり、治安や文化がいいという佐和の生活欲求を満たしてくれたからだ。高額な買い物だったが航太自身も気にいっている。

三鷹のマンションは佐和の状況に合わせてバリアフリーに改造した。膝関節は人工関節を入れているので不自由さはないが、膝は曲がらない。そこで膝に負担がかからない生活様式にして、キッチンまで上下可能にした。

（五）

航太は仕事を終えて、急かされるように電車に乗った。そのまま家に待たせている用事があるわけでもないが、一気に三鷹まで走ってきてしまった。

東中野に停まったとき、航太はドアのそばに立って何気なく麗子の姿を探した。彼女が着ていたコートは、髪型は、どんなバッグを持っていたのか、何も覚えていない。痛々しい包帯をして、ショールは茶とオレンジのストライブだったことだけは覚えている。顔の表情で一番人目につくのは笑顔だ。普段は引き締まった一文字の唇だが、笑うと上歯が揃って出る。目元まで表情豊かになる。あの笑顔に引き込まれると忘れられなくなる。本人は内気で控えめに生きていると思っているが、整った顔立ちは人の眼を惹く。

「でも、今朝はあの笑顔がなかった。実質三十五年振りの再会だというのに」

三鷹の駅ビルは近代化して中二階から華やかな店が並んでいる。いつもなら改札を出て、コンコースを渡って直接北口に出てしまうのだが、朝出がけに佐和からコートのボタンを買うように頼まれたのを思い出した。一個ばかりと思うがボタンは大事で、似たものがなければ総取り替えになる。

勤め帰りに買い物を頼まれることが多くなった。妻は歩行が困難になってきたからだ。今までなら買い物が好きで、とくに華やかなファッションが好きで、毎日でも駅前に出ていたのに、夫に頼む佐和の消極性が気になる。

五階まで回ってみたが、どこにもボタン屋が見つからない。

男が歩くのは場違いな感じのブティック階を通り抜けて二階に下り立った。ここも髪飾りからバッグの店、アクセサリーとファッション性のあるデザインものばかり。なんだか落ち着かない。歩いている先にカフェの看板が見えた。本屋で週刊誌でも買おうと思っていた矢先だ。そこに入れば新聞も各種週刊誌もある。航太が入ろうと思ったとき、誰かに見られているような気がしてアクセサリー店のほうを振り返った。マンションで会う同じ階の若い妊婦だった。

どうなさったの、と声をかけられた。

「上からここまでボタン屋を探していたが、見つからないので、そこに入ろうかなと」コーヒー店を示した。

「ボタンを売っているのは小間物屋というの。駅のビルにはないわ。ロータリーを出てから右側に入ったところにあります」

散々探した後だけに、自分の思い込みにうんざりした。そう言えば田舎の町でも、ボタン屋ではなく、布やら糸、バッグなども置いてあるその脇にボタンの入った箱が所狭しと並んでいた。女性一人しか通れないほど狭い店の奥に、中年の女性がいつも座っていた。

いつもより早く帰ってきたから一時間は余裕がある。今朝からの出来事をよく考えたい。「なんで麗子に会ったのだろう」今朝の偶然を思い返している。

「なんでと言っても理由などない」彼女の怪我が発端である。怪我を忘れてはいけない。上の空になる彼女の性格も忘れてはいけない。

「ここへ座ってもいいですか」目の前にさっきの女性が座った。どうぞと言うのも変なので、テーブルにあった週刊誌を退かした。

「ここの店混みますね」彼女の名はなんというのだったかと思いだそうとつとめた。たしかゴミの当番表に外山と書いてあった。

「私はコーヒーを飲みながら、ここで夫を待っていますの、毎日。もうすぐ赤ちゃんが」

長い髪を耳の脇に流し、セーターの上に二通りに切り替えたマントを羽織っている。下はジーンズ姿で若々しい。

「散歩がてら、マンションだと運動不足になってしまうもの」

運動不足はどんな病気にも良くない。佐和にも自分で新宿ぐらい出るように勧めなければいけないだろう。杖を突くことなどなんの問題もない。お洒落して出かければ、それなりに楽しみができる。もともと手先の器用な佐和ならボタンを自分で選ぶのだって生きがいに繋がる。航太は過保護だ。一日家の中にいたときのうっとうしい顔は見たくもない。ばさばさの髪を一つにしばって、のろのろと動いていたのでは見苦しいし、家の中が暗い。

「最近、奥さんをあまり見かけないけど、具合でも悪いのですか」

「いや、リウマチがあって、寒いときには調子がよくない」

奥さんはどんな具合と心配そうに航太を見ている。

「家の中のことならなんでもできるが、一旦外に出ると杖が必要で、それがイヤだという。もっと出歩いて欲しいのだが」

「私でよかったら誘いましょうか。井の頭公園を回ってくると季節感があっていいですよ」と言うと待ち人が現れたらしい。「あ、夫が」と彼女はうれしそうに手を挙げた。

ここで待ち合わせをしていたのかと航太は合点がいった。

外山はダウンジャケットを手に持って、妊婦の妻に負けないほどうれしそうな顔で店に入ってきた。都内の企業戦士なのだろう、肩が張って元気がある。コーヒーを飲みながら妻が夫を待つ。携帯があれば、どこにいても安心。いい時代になった。

航太は若いときに佐和と外山夫婦のような一時を過ごしたことがあっただろうか。改めて自分を振り返った。いつも仕事ばかりして、妻と時間を共有したことはあまりない。

航太は小間物屋に寄った。透明な袋に入れたサンプルボタンを出して店員に訊ねた。

「この形のものはないですね、もう古いタイプになっていますから」と言われ、当てがはずれた。

「全部入れ換えるのは大変でしょうから、新大久保に、どんなものでも集めているコレクションの店があるから行ってみますか」

大久保にある場所を分かりやすく書いてもらった。ボタン一つでもないというのは不自由なものなのだと合点がいった。妻が元気なら、こんなことは知らなくても済むことだったが、これからも細かいことで不自由になる。

「さて、帰るかどうか」と言いながら気持ちはマンションと反対方向へ、飲み屋街に足が向いていた。久しぶりに赤提灯街でビールを飲もう、そこでまた麗子のことをゆっくり考えようと思った。

線路に沿った道の奥に並んで造られた一杯飲み屋がある。行きつけのカウンターに座ると、なぜかホッとする。月に一、二回しか寄れないが、それでも顔を覚えてくれて、お湯割りの焼酎が出る。

「今週はあたたかいというが、夜は冷えますな」

マスターは、いつも天気の話から始める。

「冷えても霜が降りるわけではないし、仕事ばかり忙しい」

ツマミに出てきたおでんに箸がいく。笹森の好きなダイコンに味がしみている。厚揚げも好きだが、なんと言ってもシラタキに鶏の肉を詰め合わせた巾着がいい。これはたまらない。餅とギンナンが入っている。ふっくらしたものがすべて田舎料理に通じる。

「田舎に帰ろうかな」独り言が聞こえたのか、マスターは「田舎に帰れる人はいいですよ。俺なんか帰るところがない」タオルを頭ではなく首に巻いて、いつも上気して顔が光っている。

箸の捌きもうまく、食べる順序も知っていて、皿が空くと選り分けてくれる。

「マア、田舎と言っても関東だからすぐに帰れるのだが、両親が亡くなっているから帰っても用事がない。姉さんに世話になるだけだ」

「俺なんか青森だろう。鎌倉という地名のところで、冬はめっぽう寒い。何もないところといってもジャガイモが美味しい」

「……」

「いや、ジャガイモは煮方だよ。ゆっくり煮て止めておく」

ジャガイモの講義が続きそうだ、何度同じことを聞いたか分からない。マスターはなんでも初めから自分でやるのだから強い。傍にいるおかみさんは配膳に徹している。腰が曲がるほど働いたというが、田舎の百姓よりも姿勢がいい
「田舎に家を建てるのが夢でね。でも、決心がつかない」

「お宅がいくつだか知りませんが、早いほうがいいですよ、年を取ってしまうと順応が悪くて帰れなくなってしまう」土地があるなら、一歳でも若いときに住んでおくに限りますと意味深長に助言してくれた。

今日の航太は、マスターと話していることで気分転換になった。マンションに帰りたくなくてうろうろしている気持ちが見透かされているようだ。

航太には父親が買っておいてくれた土地がある。実家が薬局をやっていたので比較的恵まれ、将来相続争いをしなくても済むようにと、知人から紹介された土地を航太のために買っておいてくれたのだ。家が建てられるような、小山郊外の思川の傍の造成地である。決心すればいつでも建てられるが、佐和が病弱なので建てようと言い出せない。もちろん夫婦で住むなど、彼女の病気を考えたら想定外である。相談すれば、とんでもないと一蹴されてしまう。

「マスターもう一杯」少し飲み過ぎじゃありませんかという顔をするが、言葉には出さないでお湯割

を作ってくれた。心もち薄くしてある。

寒さを感じて入ってきた店だが、心も体も暖まってきた。カウンターを囲んで椅子が七脚、テーブルは三つあるだけの古い店。場所が良いせいか、入れ替わり立ち替わり客が訪れて、長居もせずに循環する。

ほどほどのところで切り上げるところは航太の長所である。

（十六）

航太が飲み屋から持ち帰った陽気な気分は、マンションに帰れば鎮めざるを得ない。佐和の顔を見れば状態がいいのかどうか分かる。

航太はコートを脱いでリビングへ入る前に殺菌灯の下を通る。この装置は家の中に外の雑菌を持ち込まないためにも役に立つ。初めは佐和の花粉症予防から始めたのだが、最近はリウマチにも役に立つことが分かった。リウマチは感染症に弱く、とくに風邪に注意する。普段はマスクをつけて外に出るが、室内に入るとき殺菌灯の下で二、三分立っているだけで雑菌が防げることが分かった。航太はほろ酔いかげんのまま殺菌灯を通り抜け、リビングに入った。

九時を過ぎていたが、佐和は夫のカバンを受け取るため立っていた。小さな背中を丸くしている。背筋を伸ばすように言っているが、無意識のうちに肩を落としてしまうから胸が小さくなる。細い眉で目尻がつりあがっているが、笑うと優しさが出る。航太は佐和と初めて会ったときに「白いイヌを引く公爵夫人」というロシア文学の主人公を思い出した。佐和は決して美人ではないが雰囲気がある。鼻梁の細さが気品を添えているのだ。リウマチ特有の性格もあって、よく気がつく、おてんばでもあった。病前性格とはよく言ったものだ。

「お風呂ね」と航太が酔っていることを知って確認する。

八時過ぎれば佐和は夫の食事を用意しない。だらだらと夫を待つようなことは、航太自身が断っている。立場上、いつも接待やスタッフとの付き合いは断れない。家に帰る時間を気にしないで生きてきた最後の時代の企業戦士だろう。妻とは職場結婚だったので仕事の理解は深い。

ここは佐和の空間。二十畳以上あるリビングは床暖房で保温されている。空間を観葉植物と鉢植えで楽しんでいる。いろんな置物は彼女がリハビリで手作りした粘土フラワーだ。

風呂場の入口にある粘土細工の鉢にアフェランドラが伸びている。この場所が温室になっている。アフェランドラの葉脈に白い斑が入って、どこに置いても枯れない。夏に黄色い花を咲かせるので佐和は好んで育てている。ここが佐和の好きな空間だから航太は意見を言わない。パーティションで仕切った奥に食事用のテーブルがある。ここからバスルームとキッチンに分かれる。段差をなくし、一区間でどこへでも動ける。脱衣所にも、かなり凝った粘土鏡が備えてある。鏡に付いた丸い時計は九時三十分を指していた。

人の背の高さの鏡に姿を映す。これも一日の健康法だと彼女は推薦する。

航太が中年太りしなくて済むのも、この鏡のおかげだ。最近肥ってきたと自分では思っていて、胴回りがそれを示している。もちろん体重計にも乗ったが六十三キロは超えていない。

すりガラスは湿っていた。すでに佐和がゆっくり入った後だ。ほとんど独りで過ごす妻のために、ここの造作も機能も佐和の動きに合わせている。手すりもつくり、天井に水滴がたまらないようにしている。緊急時のブザーもある。

二重の窓に光が通る。電車の音に混じって光るのだから、交通機関かそれとも町の光かもしれない。航太はサッと入って出るつもりだったが、まだ湯船に浸って、少し開けた窓から空を見ていた。空なら自分の部屋からも見られるのに、気持ちが動かない。麗子を見捨ててしまった愛おしさが心に引っかかっている。

彼女が悩んでいることやこだわっていることに気づいてやれなかったのだ。あの孤独な目になぜ、立ち入れなかったのかと自分をせめたい。

「どうしたのですか」佐和がガラス越しに声をかけた。いつも航太の風呂はカラスの行水だからだ。

「あ、そうか、今出る。先に寝てていい」

航太は何があっても第一に佐和の健康を気にする。家の中は彼女が中心で、それで充分だと思っている。

「しかし麗子は何をあんなに悩んでいるのだろう。近いうちに一度会って訊いてみよう。同じ故郷を持つ人が不幸せであっては困る」独り言を言いながら「知らんぷりできないよ、好きだったんだからしょうがながっぺ」航太は誰に言うともなく声に出した。

（七）

三十八年前、航太は高校卒業後、初めて麗子に会ったときのことを思い出す。

大森にある同窓会館では年一回、大学生を励ます会を持っていた。同窓会館は先輩たちの執念で建てられた三階建ての建物で、下宿先のない人や仕送りの少ない人には、相部屋だが食事つきの居住も保障してくれた。このような施設がなければ、地方の学生は都会の大学に進むことができない時代でもあった。

航太は一年後輩の瀬川麗子の音信が知りたくて、やっとここで彼女に会えると勇んできた。

春の会は、都会に慣れた先輩が四月に出てきた新入生を励ます会。この年度に東京へ出てきた大学生は十五人ほどで、その中に瀬川麗子もいた。貧しい町から都会に出ることの大変さは、実力以上に家庭の経済力がものを言った。大体が町場の人で固まっていた。麗子のように父親のいない家庭では大学に出すだけでも大変なのに、下宿しなければならない都心の生活は並大抵の経費では続かなかった。だからと言って、地元の大学では職業を選択する余地がない。大体が教育関係か行政関係になってしまうので、民間企業を希望する学生は都会を目指した。

麗子もその一人だ。一年後に上京する麗子に、航太は東京で待っているからと何度も念を押したが、彼女からはなんの連絡もなかった。きっと彼女は忘れてしまったのかもしれない。航太は彼女に会えると思って定刻よりも早めに来たが、麗子の姿はない。出席名簿には間違いなく瀬川麗子の名前は載っているのに。

航太は、麗子が東京でどんな学生生活をしているか知りたかった。それだけでなく、会わない一年の間に彼女がどのような学生になっているのか興味もあった。彼女は高校時代の澄んだ眼を持っているだろうか。勝気で独自な世界を持つ三白眼の中に秘めた闘志を見てみたいと思った。

同窓会館は三階建ての建物で、入口がホワイエ。ホワイエの床や天井、柱は故郷の木材を使っている。その奥が広く食堂。二階、三階は宿舎。ここに来ると田舎を感じ、温かい気持ちになる。これだけの投資をした同窓会の意気込みはありがたい。後輩が都会で独りでも多く勉強できるように図書室も設備してある。本はほとんど先輩の寄贈で貸し出しもできる。在学生が十分勉強できるようにと取り組んでいる。

新入生を入れて五十人近く集まった。関係者を集めても七十人ぐらいいるから盛況だ。

航太は家庭に経済力があるので入らなかったが、麗子はここに入るだろうと予想していた。しかし入居者名簿に彼女の名前は載っていない。荻窪の住所で佐々木方となっている。

フロアにはサークルのようにイスが並んでいる。席は好きなところに座っていいことになっているが、どうしても男女別になってしまう。大学のように自由なら面白いのに、まだまだ田舎の習慣に従っている。新入生は先輩と対になる形で並ぶ。麗子が来ればすぐに分かるが、まだ来ていない。

館長であり元教務主任の先生が挨拶を始めた。このあと新入生が自己紹介をする。彼女の遅刻癖は直っていなかった。挨拶の途中で麗子が慌てて入ってきた。パンツにブレザー姿は質素で、肩には大きなショルダーバッグを提げている。足は平べったい運動靴。高校のときとほとんど変わらない。変わったことといえば、なお一層白い平静な顔だ。身なりは質素だが、入ってきたときから人々の眼を惹く、他人に媚びない魅力がある。

航太が想像していたとおり都会でも決して引けを取らない素顔の大学生。航太は眼を凝らした。

麗子の挨拶は通り一遍だが、はっきりしている。

「Y大学の社会情報科に入りました。荻窪の親類の家から通っています。東京に憧れて出てきましたが、まだどこにも行っていません」

彼女の挨拶を聞きながら、航太は合点がいった。東京に親戚があったのだ。そこからの通学なら鬼に金棒、きっといい環境で学生生活を送れるだろうと安心した。麗子は相も変わらず、周りを気にする様子もなく、すたすたと脇目も振らず通学しているに違いない。猪突猛進型、そのままだ。

立食パーティは型どおり進み、最後に全員で校歌を歌った。

会場には立身出世した先輩からの寄付でピアノがある。ピアノの伴奏で大勢の仲間が歌うと、思川の畔で学んだ高校時代を思い出し、川釣りの好きな航太の胸に想い出が溢れた。

閉会の後、麗子は航太の傍に寄ってくる様子もなく独りでＪＲの大森駅に向かった。久しぶりなのに、彼女は親しい人を探す様子もなく、すたすたと歩いていく。航太は麗子の姿を見失わないように追いかけた。

歩道と車道の間の小さな隙間にアジサイが咲き始めた。月半ばから曇りがちで肌寒い雨が降っていたが、週末からは晴れて空気が暖かい。ビルのない町は雑多な日用品を売る店が並んでいる。歩く人の目を惹くのは、フルーツ屋、パン屋。カレーの匂いが強くなってきた。駅が近くなるに従って大衆食堂が道の両脇にある。

航太は、ブルーのブレザーを着ている麗子に追いついた。

彼女は、歩道まで広げた雑貨の品に足を止めて何か買いたそうにしている。これはチャンスと航太は声をかけた。

「しばらく、だね」

麗子はまぶしそうな眼をして振り返った。眼の中に懐かしさが宿った。ショルダーバッグを持ち直して、立ち止まっている。

「笹森さんも、いたのですか」と彼女は言った。

なんだ俺を認めていなかったのか、忘れられたと思った。しかし、彼女は昔から、自分の考えの中に入っているときは、目の前にあるものでも見ていない。この感じがたまらなく可愛い。

「いつ会えるかと楽しみにしていた。会えて良かった」

人の流れに逆らえず、彼女と一緒に歩き出した。風が強くなって道端の宣伝旗が揺れる。

「声をかけようかと思ったが、後輩に声をかけるのも恥ずかしい。後を追ってきた。コーヒーでも飲もうか」

彼女は一瞬、身構えて下を向いた。

「コーヒーですか。五時までに荻窪まで帰らなければならないの。どうしようかな」

「一緒に帰ろうか。僕の下宿は初台なんだ」

新宿まで出ても充分に時間はある。彼女とどうしても話がしたかった。まず、どんな生活をしているのか、下宿先も知りたかった。

「母の親戚が荻窪で歯医者をしていますの。そこに下宿しています。私は受付を手伝って、生活費を稼いでいます」

まだ電車の乗り換え方が分からないという彼女に、道順を教えるからと一緒の電車に乗った。

「新宿で一旦降りても駅の中なら時間をとらない。コーヒーを飲んでいこうよ」

白い頬にいくらか赤みを宿した。田舎にいるときはもっと少女のような赤い頬をしていたが、都会にいるせいか顔色が冴えている。声も落ち着いて控え目に答えた。

「今日ですか、戻らなければならないの。おばさんが出かけているので、おじさんの夕食を作るように頼まれていますので」

航太が「いつなら会える?」と訊くと、診療所が休みになる火曜日なら、と小さな声で答えた。

「来週の火曜日、四時に新宿の東口で」

「分かりました」と航太を見て、恥じらう様子もなく返事をした。

航太はメモ書きで下宿の電話番号と改札口の地図を渡した。

荻窪に親戚があるので彼女は救われたのだろう。大学生を補助する制度はいくつかあるが、それでもアルバイトは必須だ。彼女のように生活のバックアップまで得られる親戚の援助は貴重だ。時間的には不自由でも診療所の受付事務は彼女に適しているに違いない。

次の週、大学帰りの麗子と航太は有名なフルーツパーラーでパフェを食べた。まだ高校生気分が抜けない彼女は、物珍しそうに客を見ている。大勢の人が生き生きと声高にしゃべっている。これが都会かなと思ったようだ。航太は、彼女を新宿で連れ回す楽しみができた。

「俺、先輩だから、なんでも奢るよ」と吹聴までした。

「こんな賑やかなところ初めて。いつも昼ごはんはラーメンかパンで済ませてしまうので」

彼女の大学は調布にあった。決して苦学する人ばかりではないはずだ。人並みに友達付き合いはできているのだろうかと航太は心配になった。

「大丈夫。診療所はお金持ちがたくさん来ているから、結構もらいものがあるんです」

健気に明るい笑顔で答えた。

彼女は東京に出てきてからを簡単に話した。しかし航太の学生生活に興味を持つ様子はなく、訊いてこない。まだまだ自分の生活で手一杯のようだ。

「次は映画に行こうか」と航太は誘った。

「東京に来て一度も映画館に行ったことがないの」と麗子は喜んで返事した。次は新宿で映画を見ることになった。

「何が見たい」と訊くと、麗子は即座に松本清張の「砂の器」とはっきり言った。

いつも着ている白い半そでブラウスに焦げ茶のスカート。田舎から持ってきたものをまだ着ている。苦学生のスタイルだ。

「勉強することが一杯あって、眼がくらみそう」と麗子は楽しそうに話す。「笹森さんは？」やっと航太にも関心が向いてきたようだ。

「そうだな、まだ高校時代の復習みたいで、ちょっと物足らない」

「専門は？」

「電気工学を選んだから、どこの会社がいいか情報を集めだした」

「え、もう就職の準備ですか？　私はゆっくり決めたいな」


いつも行く新宿の喫茶店。その日の彼女は窓の外ばかり眺めている。歩く人が多い土曜日の午後である。ここで落ち合うのは三回目になる。

「田舎に帰って農家の手伝いをしなければならないのですが、診療所も手がなくて困っているし」

航太は、そんなことで悩む麗子が可哀そうになった。

「田舎へは手紙を出して、診療所の手伝いがあるとはっきり断ればいい」と教えた。今どき帰省を心配している大学生などあまりいない。

すでに大学は夏休みに入っていた。学生は仲間との交流に多くの計画を立てている。航太も田舎に帰るのは八月になりそうだ。

「夏休みは患者さんが多い。診療所が結構忙しいので、手伝いなさいと言われている」

「日曜日も」航太の言葉をはっきり理解したのか彼女は黙っていた。

「じゃ、日曜日ならいいだろう、こんど深大寺に行く予定を立てる、あそこは涼しいから。俺の友達も連れていく。瀬川も連れてきていいよ」

日曜日はなんとなく部屋にいると麗子は言った。診療所と母屋を繋ぐ廊下の二階が部屋になっているので、静かで誰にも邪魔されずに本を読める。もちろん溜まった資料やノートの整理もする。母屋からおばさんが声をかけてこなければ食事もパンで間に合わせる。平日は家事も少し手伝うが、日曜だけはお互いに干渉しないことにしている。

「前もって言っておけば大丈夫と思うんだ。今までは部屋にいて掃除や庭の手入れなどで時間を潰しています。もちろん本も読むから一日がすぐに過ぎてしまって、結局どこにも出ない」

航太は休日でなければ出てこられない麗子を外へ連れ出そうと考え、深大寺へ誘った。二人で行くよりも大学の友達同士で会うのがいいと思った。麗子もそのプランには興味を持ったのか、友達を誘っていくという。

このときの仲間は大学から十人近く集まった。その中には航太の女友達もいた。学生慣れした彼女は航太の一つ年上で、航太も派手目な彼女の存在には気を揉んだが、そうかといって断ることもできない。昼の弁当からゲームまで世話を焼く必要な存在であった。女友達の動きは航太を目当てにしていることは傍から見ても分かった。男女関係に疎い麗子でも気づいたようだ。

「一緒に食事しよう」と航太が言葉をかけたが、麗子は自分が連れてきた友達とばかり話をして、最後まで航太の仲間に溶けこまなかった。かえって逆効果になってしまった。

麗子の中には都会の女性と仲間になれない臆病なものがあると知った。それは彼女が流行りの洋服を持っていないからだ。男性ならなんともないことが、女性には壁となることも知った。それっきり麗子は集団での付き合いには乗らなくなった。

洋服は祐子おばさんのお古をいただけるから不自由しないが、新しいものは買えないと言って、街中で会うことをだんだん嫌がるようになった。

「俺のお金は気にしなくてもいいから。うちの親は薬九層倍といって利潤の多い商売をしているから、息子の小遣いなど平気だ」と航太は明るい顔で言った。

麗子と逢う日はいつもポケットに百円札を数枚持っていた。カレーが好きな麗子を航太は「安上がりだ」と笑った。

「学生のくせにパトロン気分で。私が給料を取るようになったときには必ず返すからね」彼女は冗談も言えるようになった。

「いいよ、そのときには俺の嫁さんになってくれれば先行投資というものだ」

「先の約束はしない。けど必ず返す、必ずね」

二年生になったとき、麗子は英語で困っているのと無意識につぶやいた。航太は「英語は俺の得意中の得意学科だ。分からないところがあるなら俺の下宿に来ないか。教えてやるよ」自信を持って言った。

航太の下宿は民間の経営だが、世帯主がW大学にかかわっていたので、W大生でなければ貸さないという条件付きの物件だった。航太はオーナーに麗子を紹介した。

「同じ田舎の親類の娘さん。英語が苦手というのでしっかり教える。俺も勉強になるし」と。

航太は中学時代に先輩から、将来は必ず英会話が必要になると言われていたので、個人レッスンを受けて英語には自信があった。自信がなければW大学は受からなかったろう。

小山高校での英語教育は基本だけで、大学で通用するものではなかった。麗子は英語を覚えたい一心で手段を選ばなかったのか、休日は航太のアパートに通うようになった。

航太は彼女の一番のコンプレックスが英語であったことにやっと気づいた。麗子に英語の実力をつけさせよう。これでこそ彼女は都会に通用する大学生になれると思うと、航太まで本気になった。

航太は麗子が下宿先に通ってくるとは思っていなかったが、彼女は英語に取り憑かれたかのように熱心に通ってきた。

若い二人が英語を媒介にして深い関係になるのに時間はかからなかった。麗子は決して義務のようではなく、自然に航太の愛を受け入れた。

こんな愛がいつまで続くか、航太にも自信がなかったが、深い仲になって二年後、彼が関西の一流企業の入社試験に合格したとき、麗子は初めから予想していたかのように下宿に来なくなった。

（八）

夏休みに入って十日以上雨が降らない。家にいる恵弘に、庭に水を撒いて欲しいと頼んだが、夫はいい返事をしなかった。麗子はいつものことだと、自分でサッサと撒いてしまった。

麗子が水撒きを終えて玄関に入ろうとすると、恵弘はスリッパを麗子に投げつけた。よけたつもりだがよけきれず、肩の後ろ側に当たった。

「何するんですか」と見返すと、恵弘はもう一方のスリッパを持って立っている。

「お前のやっていることはなんだ、このざまは」

「スリッパがどうして」

「何度言ったら分かるんだ」と怒鳴る。

彼女は夫の怒りの意味が分かった。恵弘はいつもスリッパや靴を揃えてないと切れる癖がある。

「急いで外に出たから」

「また、言い訳をする。なんでもだらしがない」

「あなただって、年中、靴下は脱ぎっぱなし、茶碗はテーブルに置きっぱなし、新聞は読みっぱなし、それと同じよ」

結婚生活も三十年以上経つと、麗子もこのぐらいの言い返しはできる。しかし、本当は禁句なのだ。素直に「ごめんなさい」と謝ったほうが早いのだが、彼女にも言い分がある思った通りだ。「何を」と声が尖って、眼が据わってきた。起きぬけの恵弘は、いつも気が苛立っている。平穏なときなどないと言ってもおかしくない。

すでに裸足であがりがまちを下りてきた。

麗子は外に逃げた。逃げなければ、恵弘が太い脚で麗子を蹴ってくる。

「嫌だ、いやだ、こんな人の顔を見るのも、一緒に生活するのも。何十年も同じ、いつも高みから何様のつもりよ。威張ることしか能がない。馬鹿馬鹿しい」と彼女は呟いた。

麗子はいつものように裏口に回った。

出勤前のひととき、口を閉じたまま早く足を洗って、自分の用事をしなければ学校に間に合わない。夫と喧嘩している時間などない。このように一方的に叱られながら中途半端な片付け方で終わりにしてしまう。

「何度言ったら分かるんだ」という言葉は教育者が学生に言うならわかるが、恵弘にとっては妻にぶつける常套句であった。だが、この程度の言葉は許容の範囲だろう。

新聞紙一枚片付けたこともない夫に、人のことを言う権利があるのと、また捨て台詞が頭に浮かぶが、しかし、これ以上ものを言えば、夫の暴力を助長する。

先ほど寝ている恵弘を起こしたことが原因だと気づいた。彼は眠るときも起きるときも、人に指図されるのを嫌った。

最近の恵弘は必ず手をあげる。今朝のようにスリッパならまだいいほうで、ひどいときには椅子を振り上げて麗子を追いかける。恵弘に意見を言う者は誰でもこのような目に遭うのかというと、そんなことはない。暴力の対象は亡くなった母親と麗子だけだ。外の人にはやらない、家の中だけである。今の彼に注意しようものなら、母親でも殴られるだろう。実際に晩年の義母は何度も殴られている。妻の麗子が殴られるのは当然である。彼にとって一番標的にしやすいのは妻だ。共働きを表に出して役割分担をさらけ出す妻が、彼にとっては敵なのだ。

何も見えないほど涙で霞んだ目も拭かずに居間で朝食の用意をした。恵弘に言い返さなければ、それ以上のことはしない。カッとなってスリッパを投げつけているが、麗子が黙ってしまえば、もう片方のスリッパは飛んでこない。麗子はそのコツを飲み込んでやり過ごすので、結局妥協したことになり、夫の暴言は長年続いてしまった。恵弘に頼みたいことは山ほどあるが、でも口で頼むことはない。どうしても頼まなければならないときは、テーブルの上にメモを置いて出勤してしまう。麗子の姿がなければしょうがないと思うのか、ほどほどにやっておいてくれる。その例として、外に干した洗濯物は、夫が家にいる限り入れておいてくれるので助かる。

長い間一緒に暮らすうちに、恵弘の目を見れば、また始まったということがすぐ分かるようになった。突然、恵弘の眼に張り付く狂気の光は、言葉で言い表しようがないが、麗子には感じることができる。この瞬間は理屈ではなく、外からの条件でもなく、すべて体の内から突き上げてくるもので、そして一瞬にして夫は怒りの際に立つ。なぜ、そこに陥るのか自覚していないのかもしれない。突然豹変する現象は五十歳を過ぎて、二人きりで暮らすようになったころから多くなった。もちろん子どもたちがいるときにも暴言はあったが、そのときは彼らに聞こえないところで麗子を怒鳴っていた。

（九）

梅雨が明けそうで明けない。九州地方は湿舌と呼ばれる長雨が続いている。

いつも起こる隣家との境界の諍い。木の枝が隣家の敷地にまで伸びたから、切って欲しいと書面で言ってきたのは先週だ。

麗子が返事を催促しても、恵弘は一向に動こうとしない。しびれを切らした彼女は、この日曜日に伐採しますという返事をパソコンで簡単に打って食卓に置いた。麗子が出勤した後に見てくれれば明日にでも不動産屋に出せると気を利かせたつもりだが、それが夫の怒りを買ってしまった。

これだけのことで怒るなら、サッサと自分でやればいいものを、いつものとおり決してやろうとしない。こんなことは年中だが、麗子は見ていられなかった。不動産屋からも催促の電話が来ているし、梅の枝ぐらい麗子でも伐採できると腹を決め、返事の下書きを書いた。

「だから、どうするのだ」

「返事を出さなければならないわ。夕べも電話があったし。あなたが書いてくれるというから待っていたのよ。でもなかなか書かない。下書きだから直してよ。私は出かけますから」

「……」

「簡単に『切ります』と返事すればいいだけと思うけど」

「簡単になんかできるもんか。不動産屋に言わせる根性が汚い。自分で頭を下げてくればいいものを」

「それはそうだけど、また問題を大きくすれば関係がギクシャクしますから、早めに返事しちゃいたいの」

「何を言うんだ。いつでも余計なことをしやがって。だから隣がつけ上がるのだ。放っておけばいい。あそこはうちの私道なんだから、枝が出て梅がこぼれてどこが悪いんだ」

「私道を使わすとは言っていないでしょう、木障になっているというなら伸びた枝を切りましょうよ。梅の実も拾いますと、それだけ書いたのよ」

これだけのことを簡単に書いただけで怒られるということはない。どこがいけないというのだろう。確かに隣人とのもめごとに麗子が口出すのを夫は嫌っていた。それでも今回は不動産屋を通してきたから誠意を示したかった。

出勤間際で十五分とない。

出掛けの玄関先でのことだから、怒号の渦中に入ると身支度や装いする時間まで潰れる。ここをやり過ごすには時間がかかる。遅刻はできない。

「てめえが余計なことを言うから、ごちゃごちゃするんだろう。返事なんかいるものか」

「わかりました、放っときます。それでいいのでしょう」

「てめえはそう言っても内緒で切るに決まっている。いつも勝手なことをぬかしやがって、畜生」ここまでくればお手あげだ。何を言っても通じない。

もう顔は殺人鬼のように眼が開いている。余計なことをして虎の尻尾を踏んでしまった。

「いつでもお前の言葉でぐちゃぐちゃになってしまうじゃないか。よそ者のお前が勝手なことを抜かしやがる。出ていけ、早くいけ」

「行きますよ、もう遅刻しそうなの。だけど今回は大げさにしないほうがいいと思うよ」

「隣のことには関わるなと言っているだろう」

「だって、昨晩だって夜中に帰ってきて話をする閑もないでしょう。話でもしようものなら頭ごなしに怒鳴る。とくに夜は眠れなくなるからいやなの」

「ウルセエナ、いつもつべこべ言って。気に入らなければ帰ってこなくてもいいんだから出ていけ」

麗子はハァーと息を吐いた。「出ていくときはちゃんと出ていきますよ、自分から」

もうこれ以上言えば追いかけてきて、玄関に置いてある革靴で頭の一つや二つ打ん殴られる。こうなったときの恵弘の頭は正常でないから怖い。見境がなくなる。怪我だけはしたくない。これ以上ここにいれば自分が惨めになるだけだ。一気にハンドバッグを手に取って裏口から出た。

道路に出ると、通勤の人に出会った。恵弘の怒声が聞こえたに違いない。涙顔を見られたくない。麗子は恥ずかしくて顔を上げられない。夫の言葉を聞いた人がいたら気が動顛するだろう。博学で社会的にも信用されている高校教師が家の中ではやくざまがいの暴言を吐いているなんて、誰も信じないだろう。

「うるせえ」「てめえら勝手にしやがって」「ろくに人の話を聞いてないから」「畜生」「馬鹿やろう」「いつまでうろうろしているんだ」「そこどけ」「出ていけ」こんな言葉の威嚇射撃が口から飛び出す。家庭内で彼が暴力団のボスのような言葉で妻を追いかけ、殴っているなどとは誰も気づくまい。

麗子は葉の茂っているサクラの根元に佇んで、気持ちを鎮めた。

胸が潰れるほど気持ちが悪くなって涙が落ちる。みじめだ。今朝は暴力までいかなかったが、キッチンでウロウロしていれば椅子を振り上げたかもしれない。

「いつものことだから」と思うことにしているが、心の中は、夫から救いのないようなことを言われながらも一緒に住んでいる虚しさに足がすくわれる。

駅に出る道は寺の長い塀を通っていく。この道を「家から自分を切り離す道」と命名している。

「いつまでも出ていかないで、なんでいつまでもぐちゃぐちゃしているんだろう。だめなのは私のほうだ、弱虫」自分で自分の愚かさをなじっていた。

確かに夫の暴言・暴力は、ある瞬間、突然どつぼにはまったように発生する。予防するには、夫に一切関知しないことだ。言葉をかけないとか、隣近所との付き合いに関知しなければいいのだが、家を守っていれば、そうも言っていられない。今朝のように、どうしても不動産屋に返事をしなければならないこともある。夫は、いつまでたっても結論を出さない。結論から逃げている。だから簡単なことでも長引いてしまう。

しかし、「恵弘の暴力は絶対に治らない。治ると思ったのは幻想だったのではないか」ここまで思いを巡らして、この歩き方では遅刻すると思った。

「結婚は何があっても続けるものだという固定観念が間違いのもとなのだ。子どもの将来、夫の地位、松井家の立場、そして自分の職場での位置を守らなければいけない」と自認しながら四十年近く生きてきた。それは本当だろうか。仕事、家事、育児、家、墓の守りでがんじがらめになっているから逃げられないと思ったのだろうか。

麗子が、そのうちなんとかなる、夫が年を取れば丸くなるかもしれないという、はかない望みを持っていたことも確かだ。

振り返ってみれば、麗子は一度も家出したことがない。普通なら暴力を振るわれたとき、「家出」をする人が多い。彼女は夫を困らせる手段を一度も使っていない。なぜなのだろうと思い返したときに気づくのは、明日は仕事に行かなければならないという職業人としての責任感だった。DVは治らないと知っていながらも、夫の家から逃げなかった。なんということない、弱虫なのだ。

寺の塀から離れ、周囲は商店街に入った。シャッターを半分あけ、青物をおろしている。コンビニの巡回車の運転手が大量の荷物を駆け足で店に運んでいる。麗子が帰りに寄る店だ。今日は低カロリーの牛乳を買って帰ろう、他に不足なものはなかったろうか、いつもの主婦に戻っていた。足元をネコが通り過ぎた。そうだ金魚の餌が欲しかった、餌は裏駅の店で買おう。たわいもないことを思い出し、夕方家に帰る段取りを考えていた。

夫とのいやな思いから気分が離れた。夫との諍いは今朝に始まったことでない。子どもが小さいときからなのに、最近際立って気分が落ち込むようになったのは航太に会ってからだ。彼に会ってから麗子は、本来の自分を見失っていることに気づき始めた。

今朝は電車の中で航太の姿を見つけることができなかった。恵弘とのいざこざで十五分は遅れている。航太は一旦電車を降りたろうが、自分を待ちきれずに行ってしまったのだ。

通勤時間帯の車内、背広の男たちに押されながら東中野までついた。ホッとして人々の中に挟まれながら階段を下りた。

「でも、これくらいの苦労は誰もが経験するのではなかろうか。ＤＶぐらいで子どもや孫たちが帰ってくる家を潰していいわけがない」とまた自問自答した。

航太を見ない日には、またいつもの自分に戻っていく。

学校へ行く道は黒々とした肌のケヤキの木立の間を、なんともいえない湿っぽい風が吹き抜け、日差しがまだらに歩道を照らす。道路には隙間なく並んだ乗用車が、どこへ行くのか流れていく。

「ああ、高温多湿の夏がやってきた」

麗子は東京の夏が四季の中で一番嫌いだ。逃げ場がない車社会は朝からガソリン臭い。車は街中に充満している。いつも同じだ。この空気を吸っているからガンが増えるのだろう。麗子は車の流れを眼で追いながら、ウサギの耳にタールを塗り続けガンを作った映像を思い出した。この空気を一年中吸っていれば肺はダメになるかもしれないと、いつもと同じ思いにたどり着いた。

「自分が選んだ夫だ。誰かに勧められて東京へ来たわけではない。しかし、その償いは充分にした。

自分を夫のＤＶから解放しなければ、これからの人生はそう長くない。来年の退職は潮時かもしれない」と胸の中からささやく声がした。

高校の校門が見えてきた。御影石の大きな門には、五年間通ってきた高校の名前が堂々と書かれている。

麗子を追い抜く女生徒は、どの子も背が高い。この時期、一六〇センチなどは当たり前になってしまった。脚を長く見せるために短いスカートを穿いて、流れるように校庭に入っていく。

「背は伸びても、本を読む子は少ない。読ませる工夫には何があるだろう」

突き当たる麗子のテーマは、子どもの姿を見るたびに頭に浮かぶ、

「今日こそ図書室に冷房を入れてもらって子どもたちが入りやすい環境を整えよう」

考えごとをしていたせいか、背中が丸まっていた。同僚の男性教師が麗子の肩を叩いて並んだ。

「松井先生、元気がないですね。もっと胸を張って歩かないと、子どもたちに突き飛ばされるよ」

プライベートはここまで。校門をくぐれば家のことも夫のことも忘れる。忘れられるような習いが身についている。

校庭のところどころに濡れたあとがある。昨晩の雨が埃を吸収してくれた。陽炎のように空気が揺れている。今日も暑くなりそう。陽はすでに大きな校舎を照らしている。

窓はほとんど開いて生徒の声が動物の唸り声に聞こえる。

（十）

春浅い朝、つぼみが膨らみ始めたコブシを見上げていた恵弘が、「テラスハウスを建てる」と言い出した。

「どうして」と訊くと「隣の奴にいちゃもんつけられないように東側を建物で塞いでしまうんだ。使わない土地を空けておくのはもったいない。税金ばかり払ってバカバカしい」と断言する。梅の木のトラブルが根強く、未だに隣人へのこだわりがある。

コブシが立っている土地は耕して野菜、花が育っていた。

駅側に大きな寺院があるせいか、この地域にはビルが建たない。土地持ちの家では分譲して売り出している。土地を持ちきれなくなったのだ。都心の固定資産税は高い。収入を得ない土地は贅沢で、サラリーマンは維持できない。まして年金者なら払っていくことはできないのだ。恵弘は来年定年退職する麗子の退職金を目当てにテラスハウスを建てようとしているのかもしれない。

松井家は檀家の中でも古く、土地持ちで、寺に通じる道路を広くした分、土地を分けてもらったという。確かに一〇〇坪もある土地の固定資産税は年金者には半端ではない。まして夫が計画するのだから反対はできない。

恵弘は自分で決めて、テラスハウスの設計を具体化した。

業者が入ってきて二階家、五世帯の住宅のプランを置いていった。

「どうする。この見積もりでいけば俺の退職金では間に合わない。前のも当てにしているからな」

麗子は気が進まなかった。退職後のことを考えなければならない。この家はいつも座り心地の悪い仮宿のような気がする。いつか出るときがあるから日々のやりとりを辛抱してきたような気がする。もし恵弘と一生付き合うというなら、母屋を直し、麗子の独立した部屋を造る必要がある。

「少し考えさせてください。私も遣いたいことがあるので」と答えた。

「なんに遣うのだ。俺は借金しても造るからな。この土地なら採算が合うはずだ」

「でも以前、今の家を新築しましょうと提案したのに、呑まなかったのはあなたですよ」

「家は壊したくなかった。小さなときからの家には愛着がある。お前には家がないから分からないのだ」

「お金をかけるなら、この家を新築しましょうよ。正巳が帰ってこられるように二世帯住宅に」

麗子をじろっと見下ろした眼は逆上しそうだ。

「お前は俺のやることにはなんでも反対する。正巳が帰ってくるはずがない。あいつは公務員にもならずに商船大学を出て船乗りになってしまった。家族は山口県の防府にいる。向こうにとられたも同然だ」

たしかに港のあるところに家族をおいたほうが便利だと言って、東京には盆と正月しか帰ってこない。父親と意見が合わなかったこともあるが、家族との交流は少ない。麗子も二人の孫に会いたいし、面倒も見たいが、接触の少ない子どもは、それだけ疎遠になる。

「地方の嫁はダメだ。東京に来やしない。向こうの家にばかり世話になって、まるで婿にやったみたいだ。この家に入ってくれれば、いい家を造ってあげたのに」

麗子は合点がいった。そういうことか、息子夫婦が帰ってくれば家を新築してもいいと思ったのだ。ならば娘の成美にでもと思うのだが、彼女はデザインの勉強で家に帰らない。早めにマンションを買って、もちろん親が半分は援助したのだが、そこを拠点にして外国を往復している。自由がなければデザイナーになれない。二人の子どものことは考えなくてもいいと麗子は思っている。

「お前のせいだ。家を顧みないで働くからだ。僕は地方の嫁も共稼ぎも嫌いだ。だからこんなに寂しい家になってしまったのだ」

寂しいから私に暴言を吐くの、子どもたちにも手をあげたじゃないの、子どもたちは父親のそんなところが嫌いで逃げたのよという言葉にならないつぶやきが胸の中でくすぶっていた。

「子どもたちが当てにならないから、だからテラスハウスを造るのね」

「そればかりではない。このままでいけば年金では税金が払えなくなるぞ。土地がお金を生むようにしておくのだ」

これからのことを考えれば、テラスハウス経営もいいかもしれない。いままでこの土地を守るために固定資産税をどのぐらい払ったか分からない。麗子のボーナスはほとんど税金に充ててきた。さらにここでまた、テラスハウスに麗子の退職金を当てにされても困る。

この土地はすべて恵弘のものである。夫の財産ばかり増えて麗子の資産は一坪としてない。麗子のお金を遣うなら、テラスハウスは彼女の名義にしてもらいたい。それがだめなら自分の退職金は遣いたくない。これから先何があるか分からないから、大事にとっておきたい。

「はっきり言って、私の退職金は出さないからね」

麗子は、テラスハウスの建設費用を出すつもりはないと宣言した。

三か月後、テラスハウスの設計図ができて地ならしが始まった。麗子が一番気になっていたコブシの木が切り倒される日がきた。

コブシの周りの椿とロウバイ、隣人に迷惑をかけたウメもすべて切り倒すという。

チェーンソーであっけなくコブシは切り倒された。つるつるした幹からはあぶくのような汁がたれている。七メートル近い木は尊厳があるように横たわっている。春を一番先に伝え、ネルのような六弁の花びらを開かせると、その重さで落ちてしまう。コブシは北に向かって咲くので、義母と「この家の北はあのほうね」と楽しそうに話し合ったことがある。晴れた日で一週間も咲けばいいほうで、保っていた長さを裏切るかのように風に打たれて落ちてしまう。落ちた花びらは土の上に積もって堆肥になる。

植木職人にお茶を出した。

「どこの敷地にも大きな木がなくなって、風情がなくなるな」

年寄りの職人が、誰にともなく言った。

テラスハウスを建てるために未練なく切ってしまった。家の者よりも通る人のほうが未練をもってくれている。

隣の主婦は愛着があったらしく、「木肌もよくてね、葉が茂ると木陰で一休みしたわ」とわざわざ声をかけてくれた。夫にそれを伝えると、「自分のところだってシャラノキを切ってしまったくせに」と毒突いた。

道路を隔てた隣家は、家の前にあったシャラノキを切ってウイークリー用のアパートを建てた。道路際が完全に封鎖されてしまった。どこの家でも自家だけでは生活しづらくなって、切り売りするか、賃貸での収入を当てにするか、どちらかになっている。

「合理的に一坪の土地でも放っておけない時代になったのね。都会の土地は高価で利用しなければ損と考えるんでしょう」

「まあな。木を植えておくのさえもったいないという人もいるほど世知辛くなったからな」

それもこれも都会の生活は年金だけではしにくくなったからだ。

案ずるよりも産むがやすしというようにテラスハウスができた。新年になったら宣伝につとめ、賃貸契約が進むであろう。思いきりよく建築して良かったと、恵弘は麗子に自慢する。

「年金のほかに収入源ができて本当に良かった。これで好きなことがもっとできる」

しかし精算の段階になると、注文したところがみんなオプションになって三割増しの請求書がきた。

恵弘は土地を抵当に入れて銀行から借金した。連帯保証人には収入のある麗子がならざるを得なかった。借入金は必要経費から落とせるので心配ない。テラスハウスに人が入れば充分利潤を出せるので恵弘は満足している。

（十一）

昨日から天気が悪くなるといわれていたが、高気圧の関係で雨にはならなかった。しかし、秋雨前線が近づいていた。東新宿に出るとコンクリートが半分濡れている。学校を発つときには降っていなかったから、地下鉄に乗っていたとき降ったのだろう。かえって風が出ていた。低気圧が通過するような風、と独り言を言った。

明治通りの角にあるレストランパブに寄った。航太はここが気にいっていて、麗子との待ち合わせ場所もここに決めている。市ケ谷から来る航太は新宿の地下道から歩いてくる。麗子は大江戸線に乗り換えて東新宿から上がってくればいい。

店は決して大げさではなく、外のテラスに三卓のテーブルが並んでいる。外から室内が見えないように布の庇が張ってある。客は静かなサラリーマンが多い。食事もできるので、昼は昼食、夕方はビールを飲みにまた寄るのかもしれない。

コーヒーを注文してホッと外を見ていると、真向かいの横断歩道を航太が歩いてくる。茶色のサングラスが眼に入る。航太は麗子と待ち合わせをするときには必ず大型の眼鏡を使う。

「何読んでいるの」

航太が入ってくることが分かっていても、ちょっとの時間で本の世界に入り込んでしまう。麗子の癖を知っている航太は、彼女が顔を上げなくても気にしない。

航太は、サングラスを外して、前の席にゆったり座った。いつの間に頼んだのか、ワインを飲んでいる。

「おかしな人ね。乾杯しましょうよ」

麗子もビールを注文した。ワインでは酔えない。これからの手続きに彼女も酔う必要がある。

「風が少ない毛を蹴散らすんだから」航太が両手で髪を整えている。

「いいじゃない、毛があるだけでも。後ろ禿げの人がサングラスなどかけてくるとこっけいよね。航太さんのように前禿げはいいほうよ」

「また、それを言う。これでも気にしているんだ。麗子さんの好きな西村雅彦のような知的禿げならいいけど。頭の上もつるつるしてくると困るんだな」

「それよりも食事はどうします」

「遅くなっても家で食べたいから。それよりもいくつかの話があるんだ。遅く帰っても大丈夫か」

「大丈夫。話って何」

「ＩＳＯの学会が九月にある。ベルリンに行くんだけど一緒にどうかな。今回はかなり自由な時間があるんだ」

「理由もなく家を空けるわけにはいかないわ」

「一度ぐらい旅行してもいいんじゃないかと思うんだけど。俺が仕込んだ英語の習熟度を見てみたい。

あのときは成果を見る間もなく身を隠してしまったから」

「私、あなたに英語を教わったでしょう。あれがものすごく役立っている。修士課程をとれたのも英語力のおかげ。今でも感謝しています。でも、外国に行くのは冒険過ぎよ。この街で会うのだって、東京という大都会だからできるので、田舎ではできない」

「そうかな、冒険かな。必然性のような気がする」

「もし、調べるものがあれば勉強しておいてあげるわ。図書館で検索するから」

「助かるな。秘書をもっているようなものだ。調べたいものが簡単に手に入るのは嬉しい」

「そんなに大変なことではないのよ。非常勤でしょ、時間があるの。それもこれもあなたに教えてもらった英語力のおかげ。原語を読めるようにしてもらって、この世界でリーダーシップがとれる」

「今ごろ言われても戸惑うな。しかし俺は俺で、麗子のおかげで豊かな青春時代を送れた。本当は英語の勉強だけでなく、もっと責任あることとして結婚に結び付けなければいけなかったのに、自分のことだけしか考えない若気の至り、神戸に就職してしまった。東京に帰ってくれれば麗子がいると思いこんでいた。俺はバカだった。気づいたときに麗子はいない。ずいぶん探したよ」

「そうだったかしら、あなたと結婚するつもりは初めからなかったの。本音を言うと私は野心家なの。結局、その野心につぶされて苦しんでいる。多くの犠牲を払っています」

「誰だって、若いときは野心があるよ。でも、その結果が思わしくなければ、潔く身を引くべきだ。ずるずるしているほうが人生への冒瀆。気づいたらリターンする。人生はそれほど長くない。大切に使わなければ」

「そうなのよね。若いときは考える暇がないほど忙しかった。だって明日のスケジュールのほうが夫との喧嘩よりも大事なんだもの」

「夫婦は話し合わなければと人は言うけど、話し合っても変わらない。かえって溝を深める。日本人の欠点だろうな」

航太の部屋で英語を教わっていたころが懐かしい。勉強したあとのセックスも一途で充実感があった。今から考えると貴重だ。

「夫婦のセックスは喜びも何もない。子どもを産んだだけ」

「どこも同じだ。いつの間にか夫婦の性は義務みたいになってしまう。子どものない夫婦は、特にこの傾向が強い」

中年らしい、ありふれた話になってしまった。

「それよりも大事な話ってなんですか」航太から、今日の本論はと催促された。

「急に仕事が入ってきて、それでどうしようかなと思っているの」

「どんな仕事」

「新設の大学を作るので、そこの情報科に来ないかと言われているの。準備の段階から関わって欲しいと」

麗子の話が始まってから、航太はフォークを手にしたままジッと見つめている。大きなことを普通のことのようにさらっと言うので、びっくりしている。

「それって共稼ぎで仕事してきた一教師への問い合わせなの。本当のこと」

「もちろん。Y大学を通じてきたから主任教授にも会ったわよ。大学は小山市にある新しい大学。学長が女性で栃木出身の元大臣」

「女性の大臣、知っている。でもなんの縁だ」

「びっくりしないでよ。小山高校出身がキーなの、おかしいでしょう。もちろんそれだけではないわよ。今までの実績、修士の論文、英語力、みんな集めたらしい」

「へえ驚いた。田舎がいらないという人に出身地が縁を結ぶなんて、さぞかしご先祖様が偉かったのだな。それでいつまでに返事するの」

「十月一杯」

「ポジションは」

「ヒラでいいんだけど、准教授ですって」

「たいへんなことだが名誉なことでもある。どうする」

「問題は遠いこと。小山市でもちょっと外れなの。新宿から湘南ラインが出ているからいいけど、本数は少ない」

「通えないから困るのか」

「そうじゃないの。夫と別居する機会が得られて戸惑っているの」

「別居に結論を出す。まさか離婚を考えているんじゃないだろうね」

「そのまさかなの。ずっと別居したいと思っていたから、その上で離婚も」

「急にまた離婚はないでしょう。松井さんは赦さないんじゃない、子どもたちも」

「子どもは平気。心配は彼の体裁だけ。仕事のことでも話し合ったわよ。今のままの非常勤でいいじゃないかというの。仕事は絶対に受けると言ったので、諦めてくれそう。まず別居を成功させる」

「小山にある新設大学と聞いて俺はびっくりしてるんだ。俺の父が買ってくれた土地があると言っただろう。それは思川の中腹にある造成地なんだ。大学に近いかもよ」

「それが……」

「偶然だからびっくりしている」

「なぜ」

「土地があれば家が建つ」

食事などそっちのけで二人は話しこんだ。麗子は大事なことがあるからと言ったが、聞いてみると確かに大きな問題だ。

「麗子さんが決めることだから、それに従ったらいい。僕は決めたことを応援する」

「ありがとう、自分に問いかけてみるね。その上で方向を出す。松井と別れるチャンスを神様がくれたのだわ。このチャンスを生かさない手はない。DVは治らない。DVは自分がDVであることを自覚し、問題意識を持たない限り絶対に治らない」

航太は麗子の内面の強さに驚いていた。こんなにきちんと夫を分析していたとは思わなかった。いつも夫の被害に遭いながら家を守ってきた人である。それでいて仕事を辞めなかったのは、家の中に自分の居場所がなかったからだ。

「じつは俺も決めなければならないことがあるんだ。麗子さんの大学推薦の話を聞いて弾みがついた。決心が固まったら話すから、それまで待っていて欲しい」

「どんなこと。私に関係すること」

「麗子さんがいなければ実行できないこと」

「なんだろう。私の家庭と航太さんの家庭は関係ないんだからね。私は大きな失敗をしているけど。航太さんはいい仕事と家庭があるじゃないですか」

「いや、俺にも大きな過失がある。大都会に憧れ、そこに住みたいとそればかり生きる目標にしてきたが、生きる根源になるものは都会にはなく、見つけたのはＩＳＯという家畜の電気識別標識だった。これは動物のいる田舎に必然性がある」

「二人の出会いこそ」という言葉が言えずに二人は別れた。この言葉こそ本当に言いたい言葉であるのに。

非常勤といえども麗子の夏休みは決して楽ではない。夏休みこそ図書の整理が大切な時期である。たえずコンピュータへ入力し、そして破損している本の整理、欠番になっている本の補充、毎日出勤するような日々。

十一月から新しい学部のプロジェクトに関わらなければならない。図書館の活用を教材にするという新カリキュラムだから、今までの読ませるためのものではなく、教育に使う素材としてうまくマッチさせる必要がある。

大学で正式に働くのは四月になってからでいいので、それまではときどき小山まで通えばいい。日々雇用待遇だ。

麗子は、いろいろなことを決めなければならない。通うのは無理だから、どこかにアパートを決めなければならない。住居だけではなく、週末に帰るかどうか、高円寺の生活も結論を出さなければならない。

恵弘とは、夫婦というにはほど遠い関係になっている。夫の一言一言の暴言を聞くことに疲れてしまった。子どもがいるときは、また学校教育に携わっているときには、夫婦の単位は信用として必須要件だったが、今は自由の身である。

職場の環境については問題ないが、恵弘との関係には悶着が起きるだろう、彼は下着一枚どこに仕舞うのかも知らない。下着、ワイシャツ、靴下は洗い籠に入れておけば、次の日には箪笥に戻ると思い込んでいる。

長女の成美に言わせると、そんなことは問題ではないという。

「お母さんがいなくなれば自分でやるでしょう。しかし家の中がごちゃごちゃになるし、ひどければまたたくまにゴミ屋敷に」と言った。

「高円寺でゴミ屋敷か」

「私も、もうすでにお父さんはＤＶだと思っているから、いいチャンスだと思う。お母さんはよく仕えてきたと感謝している。お父さんは本人が自覚し治療しなければ無理よ」

国際電話で聞く娘の声は、遠く近くに声の調節がなく伝わる。すっかり大人になって母親の相談に乗ってくれる。将来装飾デザイナーになるためアメリカで勉強している。彼女もある意味では父親から逃げたのだ。父親の暴言に耐えられなくなったのだ。

ＤＶは本質的に力の強いものが弱いものに向かうものである。麗子は共働きを最優先にしてきたから、恵弘との関係はなおざりになった。これは良くも悪くも状況を泥沼化させた。結果論ではあるが、今は抜き差しならない状況になっている。

（十二）

航太がドイツから帰ってきた。学会での成果も良かったのだろう。十日ぶりに見る顔は精悍で若々しい。何かを成し遂げてきた人の達成感が顔に出ている。

「お帰り。いい仕事してきたようね」

「発表もうまくいって本望だ。なんだか連載を頼まれて困った」

朝の電車の中だから会話は省略形になっている。彼の研究しているＲＦＩＤの検証はどんどん進んでいるが、日本での認知はそれほどでもない。普及が自分の今度の仕事だというといつもの言葉を再認識してきたようだ。

「日本でも狂牛病が大変でアメリカの牛は当分輸入しないみたいよ。新聞でも大きな問題になっている」

「国内の牛も認証が大切になる。個人の認識だけでなく両親の認知も必要だ。これからは各分野で僕たちが研究してきたことを普及させなければならない」

これからという学問は面白い。日本はその分野では後進国だというから興味がある。航太の話をもっと聞きたい。

「いつものところで待っている」

電車を降り際に言われて気持ちが弾んだ。航太に会えない日々は気持ちが沈む。この気持ちを、なんと表現すればいいのだろう。再燃した恋心とでも。遠い日にもこんなことがあった。彼のいない時間、彼のいない図書館の寂しかったこと。どうしてあの気持ちを追求しないで、目先のことや家族のことに流されながら生きてしまったのだろうか。

誰も頼るものがないと決めて麗子が選んだのは、「同郷の人」とは付き合わないという野心。田舎育ちというコンプレックスに裏打ちされた都会願望であろう。

航太の下宿で彼に抱かれた日々も、これは本当の自分でないと決めつけて、その年月まで忘れようとした。あのときの自分の強がりに吐き気がする。若さゆえの無謀と片付けるには深い傷を麗子は負った。

麗子は東京人と称する松井家に嫁いでから、恵弘の本性に毒されて初めて気づいた。こんなに夫と壁があるとは思ってもみなかった。結婚こそ都会人という、都会に家のある人に憧れた安っぽさが見事に裏切られて、途方にくれていたのが今までの麗子である。

幸いにも再就職できそうになって、やっと我に返った。故郷に救われた。故郷はありがたい。

東新宿に出ると雨になっていた。出口から三軒隣なのに、傘を差さなければ髪が濡れる。今度はコスモス梅雨だ。予報どおりだから傘は持っていたが、ちょっとのことなので走って店に入った。

先に来た航太はうつむき加減で考えごとをしていたが、麗子の気配に顔を上げた。航太の髪もまだ濡れているが、いつもの表情よりも活気がある。麗子に会える喜びは、彼女を待った時間の長さと正比例するのだろうか。麗子は航太と会う日は時間の過ぎるのが遅いといつも思っていた。

麗子はビジネススタイルで出てきた。通勤着だから色彩もない。流行に乗っているのは細身のパンツだけだ。今まで肥ったことがないので同じものが長年着られる。ブラウスは着ないでインナーに気を遣う。若さを保っているのはパンツスーツにしているからだろう。秋色にしたいが、ダークグレイの短いブレザーを手にしている。夕方から肌寒くなると報じていたからだ。

麗子を見ていた航太が催促する。

「コーヒーよりもビールにしようか」

「賛成よ。クラフトがいいわ」

「ツマミは、僕は海鮮サラダがおいしそうだから。麗子さんは自分でどうぞ」

「ウインナーにする」麗子はこのごろドイツウインナーを食べると幸せな気分になると独り言を言った。

航太がドイツに行ったというだけでドイツに好感を持つなど単純すぎると麗子は思った。傍に立っている黒いエプロンをかけたボーイに注文する。細身で小柄な少年のような体をしているウエイターだが、顔を見れば三十代に入っている。

誰もかも細身、華奢に徹している。今に戦争にでもなれば筋肉のない種族として槍玉にあがるだろう。体力も戦力もゼロというように。

「腰の細い男の子には魅力ないわ。せめてもう少しウエストがあるといい。ズボンが下にずり落ちてるのって気持ち悪くないのかしら」

「麗子さんを、まだまだ年寄りにしたくない。これから大学生の中に入るんだから、体を鍛えておかなければな」

「それも単身赴任で」

眼鏡を外して麗子の口元を見ていた航太が、照れたように笑いかける。本当に正直な人なんだから、嬉しさを隠せないらしい。

隣の席にいた二人が立ち去り際に「金利が安いうちにマンションを買って良かった」と言いながら出ていった。女性が自分の住む家を買う時代になったのだと改めて納得した。

「なんかいいことがあって、ドイツの収穫は」

「この手の学会だから地味だが、それでも日本の研究は進んできた。先進国のカナダから質問を浴びても負けない。ただこれは大きな動物のことだけで」

「え、ネコやイヌも必要なの」

「もちろんだよ。小動物もすべて、モルモットまでも」

「おどろいた。なんのために」

「マア、これは後回しにして、それよりも今日は協議したいことがあるんだ」

「ナーニ、もったいぶって」

「外国で考えた。小山にある土地に家を建てると決めた。親からもらった土地。麗子さんの大学にも通勤できる距離だ。車で三、四十分のところ。思川の傍にある山を削った造成地。きっといい住まいになるだろう。住んでくれないか」

「なんてことを、奥さんを放っておいていいの」

「彼女は決して田舎住まいはできない。重症の花粉症だ。彼女に家のことは相談していない。土地があることも言っていない。彼女はマンションにしか住めない人なんだ」

「びっくりした。一緒に住むの」

「いやならいい。田舎に家を建てるのが俺の夢でもあった。最後は川の見えるところに住みたいんだ。川釣りを存分にしたいし、周りに動物のいる土地にも住みたい。動物のＲＦＩＤを一生研究しているのに、マンション住まいはないだろう。今まで家族のためと妥協してきた。もう、いいだろう、俺の研究には動物が必要だ。この研究をしている学者で都会に住んでいる人なんかいない。牧場の傍らに住むとか、動物園に籍をおくとか、みんなそれなりに動物の動静に馴染んでいる」

「イワナ釣りに連れていってもらったことがあったわね。あなたの動物好きはあのころからだったのね。それなのに電気工学科に進んだから、動物とは関係ない別のところへいくのかと思った」

「電気工学をしっかりやらないと開発はできない。バーコードすべてがこの基本だからね」

麗子には理解できない話だった。見た目や文字でしか情報を伝えられない「図書司書」は、まったくのアナログの世界だ。

「そこの土地は、たしかに大学に近い。でも家を建てる構想とは別よね。一緒にするところが分からない」

「俺にとっては一緒なんだ。その家を二世帯用にして麗子さんに貸してもいい。そこでゆっくりした人生を送ればいいだろう。麗子さんには故郷がないから思川の傍は故郷と同じだ。坂はあるし、水道もある。柿の木を植えようか」

「故郷はいらないと思っていました。ただ夫とは別居したいと思っているので、終《つい》の棲家は欲しかった」

「俺は病気の妻を捨てることはできない。ただ、研究のために田舎暮らしをすることだけは許可をもらっている。きっと俺はこの分野で一流になるだろう。もちろん学会や講演会であまり家にいないから、その点、妻は慣れている」

「ありがとう。私はあなたを振って生きてきたのが一番ダメージになっている。いつかはあなたに出会って、人生をやり直したいとそればかり考えていた。もし、今日でも求められればホテルに行く覚悟はできているの」

「なに飛躍するんだ。本当にいいのか」

「いいわよ、その覚悟で気持ちを固めてきたから」

「家と引き換えになどという、そんな無責任なことはしたくない。麗子が幸せならこんな提案もしない。夫から暴力を受けていじけている麗子の姿を見るのがいやなんだ。故郷もなく、都内に住んでいる家も安住の地でなかったら、あなたがなんのために生きてきたのか分からない」

「仕事があるわ。仕事は裏切らないというけど本当よね。私を助けてくれている。大学に就職できれば七十歳まで働ける。きっと教授にもなれるでしょう。身にまとうものは何もいらない。私は田舎を捨て、生意気にもあなたの想いも捨てたから罰が当たって当然なの。ずっとそう思っていた」

航太は眉を動かし、少し額を上げた。言葉にできない言葉を我慢している。その分、レンズが曇るのか眼鏡を取った。目が潤んでいる。

「それだけ聞いたら十分だ。それ以上言う必要ない。よく考えてから返事をと言いたいが、時間がない。来月の半ばには土地を見にいきたいんだ。一緒に行ってくれるかな。そのときに返事をくれればいい」

航太の土地がどこにあるかも知らないで麗子は承知していた。彼の勧める人生に乗ってみようと思った。思川が終の棲家になっても構わない。高円寺の家に未練がないというのは嘘になるが、夫との生活は限界だ。別居はいいチャンスだ。仕事をする女性はこのくらいのリスクをみんな抱えて生きている。子どもが家にいないのは、条件として最適だ。麗子が甘やかして殿さまみたいにしてしまった夫の家事能力は最低だが、これも今までの罰と思えば仕方ない。

恵弘にはまだ変われるだけの若さがある。六十代だから家事を覚えるのも可能だろう。夫は覚悟して暴力を振るい、暴言を吐きながら生きてきたはずだ。その相手はいつも妻であり母親であった。母親には諦めがあったろうが、麗子にはない。いつかはという思いの中で生きていた。退職期はチャンスだったが、テラスハウスを建てることになって、夫に最後の協力をしてしまった。夫だけでは工事を進めることはできない。もちろん信用もない。今は満室で経営的に高円寺の家は安泰だ。

麗子の再就職にとってもいいめぐりあわせだ。このチャンスは逃せない。

航太は麗子が物思いに沈んでいると思ったのか、一人でパスタを食べ始めた。麗子は何故ともなく話し疲れてしまった。

「私ももうたくさん、ピザを焼いてもらおうかな。ミックスピザ」

「いろんなことがあるだろうが、自分の人生だから誰にも遠慮せずしっかり考えて、俺が必要なら頼ってくれ。俺はそれが嬉しい。本気で田舎に家を建てるつもりでいたのだから。独りで住むのは味気ないが、麗子が一緒にいてくれると思うだけで、どれほど気持ちがアップするか分からない」

「本当に奥さんのことは心配ないのね」

「大丈夫、都会以外に住めない人だから、このほうは心配ない」

「故郷のない私に故郷ができるみたい。大阪にいる兄はなんと言うかしら」

食事が終わるまで二人は話し込んだ。外の雨もすっかりやんだ。歩道を渡ってくる人が大勢いる。みんな家路に向かって急いでいるのだろうか。

二人は家路に向かわずに、歩いて数分のところにある高層のホテルに入った。

麗子は迷いなく彼に委ねるつもりでいる。大学生のときに、結婚する気もなく航太の誘いに乗った。二年間続いた関係だが、それは英語を教えてもらったお礼と、自分を納得させて彼から逃げた。そのとき、どのぐらい彼を傷つけたかも知っている。彼が麗子を探しているということも風の便りに聞いていた。しかしそれは自分と関係ないこと、譲れないこととして後ろを振り返らなかった。

高層ホテルの一室。豪華な室内。ダブルベッドに抱かれて、麗子はすべてを知りたかった。四十年前の自分ではない、本当の自分を。そして心ゆくまで航太と向き合いたかった。もう、過去を引きずりたくない。前に進むにも裸になりたかった。

麗子はセックスに溺れる自分の体を知った。宙に浮いてゆく、しびれよりももっと麻痺する波が体の中心から起きて全身に広がっていく。しばらくは何が起こったのかわからないほど体が蕩けた。航太につかまって、自分のいるところを確かめた。

「大丈夫」という航太の遠い声を聞いた。

「体がどこかへ流れていきそう、しっかりつかまえていてね」次々に襲ってくるエクスタシーの波に飲み込まれそうになった。

「よかった」

「そう、すごい」

暖房が効いていたが、体のほうがずっと熱い。航太から離れると強い果実の匂いが部屋に充ちた。航太と麗子の強い契り。激しい動きに応えた体が鎮まり、天井を見上げる目に涙が滲んだ。

「若いとき、あなたと交わったわよね。あのときを思い出した。あれ以来私はセックスの解放感は得られなくなってしまったの。だから結婚生活は味気なかった」

「俺も同じだ。麗子を犯したときの欲望を追い求めて生きてきたが、決して得られなかった。どうしてだろうと未成熟なまま過ごしていた」

「私も、どうして駄目なんだろうと、夫のセックスを批判さえしていた」

「エクスタシーとは心の許しあいであり、それはあなたが相手を欲する度合いでもある」

「そうかもね、恍惚の中に放り出されなければ本当のものが見えない。二人が結ばれる意味もない」

麗子はエクスタシーの中で摑んだものがあるような気がした。そのことを言葉にした。

「私、あなたに赦されたような気がする」

見えてきた感情を確かめたくて言葉にしてみた。

「それはどんなこと」航太は、この年代にしては決して背の高いほうではないが、骨太な体を麗子に向けて彼女の髪をなでる。照明が薄く、彼女の髪が濡れていることまでは分からなかったが、なでてみると髪が湿っている。航太は指を入れて梳いた。ほどよく伸ばしている髪は彼の手になじむ。彼女は生まれたままの姿で航太の誘いに乗った。エクスタシーの共有は長年待ち望んでいたものだ。

シーツから手を出した麗子は指を折るように言葉を繋いだ。

「ずっと心の底に引っかかっていたこと。謝りたい気持ち。そしてずっと航太が好きだったことも」

「どうして。謝ってもらうことなどないよ」航太の言葉は率直だ。過去を引きずっている麗子へのいたわりである。

「だって私は航太を好きだと言ったこともないし、水を向けたこともないと自分の正当性ばかり主張して本心をごまかしていた。言わなくても伝わっていることを、高慢にも気づかないふりをしていた」

「知っていたよ、俺は知っていた。麗子の強がりも見抜いていた。本当は俺が好きなのに無視し、その心を許せないと自分で自分を収めていた」

航太は体を丸め、麗子を胸に抱いて顔を見る。

「動物は相手の匂いを嗅いだ瞬間にセックスの相性を見分けられるんだ。人間も鋭い嗅覚を持つ思春期は本能的に相性を見抜く力がある。俺は麗子と会ったとき、一瞬に感じた。俺の好みだと見抜いていた。その通りに素晴らしい体の反応、本心から好きでなければ味わえないものをやっと手に入れた」

「若いときになぜ、それを言わなかったの」

「麗子が本気で俺に体を預けていないという虚勢を見たから。可哀そうで見ていられなかった。あのときの麗子の抱かれ方はどこか打算的だった。きっといつか俺のところから逃げるだろうという不安もあった」

「今回は」

彼は優しく彼女の乳房を含んで麗子の全身を愛しむ。

「もう、大丈夫だ。俺のところに戻ってきてくれた。体は正直だ。反応で分かる」

麗子も、初めて体から魂が抜けるようなエクスタシーを味わった。快感が渦巻く喪失感。

麗子は、航太に打ちのめされたのに、深い満足がある。愛された体のすべて、もう惜しくもないし、すべてから始まる愛を信じたかった。

「これで、やっと許された。本当にありがとう」

「謝るのは俺のほうだ。あなたを探しもせずに結婚してしまった」

「いいの。きっと探し出されても困ったでしょう。都会の人と結婚すると一途に決めていたから」

「将来を約束しなかった僕が悪い。まるで男の欲望の的のように、あなたを扱った」

航太の声も潤って、一対になった充実感に酔っている。心の在り処を確かめるように麗子を覗き込んだ。

「そんな表面的なことではないの。あなたに全身で赦されたことに、ありがとうと言いたいの。そしてきっとこれで最後にしたいの」

「なぜ、こんな一体感を持てた後に」

航太は気づいていないのだ。麗子が一回きりだから自分を赦した意味を。

「航太と会い続ければ、今度は二重の罪をつくる。あなたの家に住んで妻の気分になるなんてできない。私は教職なの。夫がありながら航太と同じ夢を見ることはできない。ましてあなたには大切な家庭がある」

「家庭があるからなどと言ったら、いつまでも会えない。もう充分に待ったじゃないか」大丈夫だよと彼は体を戻し、麗子の手を強く握った。

麗子はベッドに座って「これっきりにさせて」と手を合わせた。こんな出会いが再び赦されるとは思っていない。航太に赦されたことで、もう密会してはいけないと自分を戒めた。

「元の木阿弥には決してしないでくれ。今までと同じじゃいやだからな。また麗子の危機を見逃してしまう。麗子、勇気ある選択をして欲しい」最後まであきらめないからなと繰り返した。

麗子は何も言えなかった。返す言葉もなく、航太の強い想いに胸が震えていた。

（十三）

久しぶりの小春日和、布団を干した。サンダル履きの足元はすでに冬の冷たさがある。

もう少しで学校の仕事も終わるし、これからのことを考えなければならない。何もしないで家にいるような生活はできない。

山茶花は萌恵の好みで、麗子と縁側からよく眺めていた。義母のことを思うと懐かしさと、もう一度声を聞きたいという思いに駆られる。

外廊下のガラス戸を開けて外を見ていた麗子の脇を恵弘が通った。

「ご飯食べたの」「うん」という珍しく素直な返事に、麗子は心が決まって言葉を繋いだ。

「話があるんですけど、そちらに戻って」なんだよという強張った声に少し心が揺れたが、この際だから話し合っておこうと、居間に戻った。

「実は次の仕事の誘いがあって、決めなければならないの」

「勝手に決めればいいじゃないか。どうせ働きたいんだろう。分かっている」

恵弘と向かい合って話せば彼の勢いに負けてしまうので、テーブルの角に座って斜めから夫を見るようにした。恵弘はつまらなそうにテレビのリモコンをいじっている。テレビをつけたら話にならない。

「それがね、遠いところなの。栃木県小山」

「なんだ。小山なら、おまえが出た高校だろう」

あとを続けるのにはかなり勇気がいった。

「ここからは通えないところ。何しろ交通が不便で、これから学部を作るんですって」

「え、大学かよ。なんだ学校司書かと思った」

「大学の学部だけ新築するの、情報科学学科。そこで準備から携わって欲しいと。立場は准教授ではどうかというの」

恵弘は黙って麗子の顔を見ている。学校で図書司書という下っ端の仕事をしていた妻が大学に迎えられるとは意外だった。

「準備するだけでお払い箱になるぞ。そんな不安定な仕事につく必要があるか。都内にだって非常勤ならいくらでもあるよ」

「うん、あるかもしれないけど大学に行きたい。通信で修士もとっているし、きっと実務経験も役に立つと思うんだ。高校でやっていた研究が評価されたらしいし、情報科ってこれからの学生には魅力ある学部になっていくという」

いつもの麗子らしくなく饒舌だ。いやもともとその気になればきちんと話はできるし苦手ではない。ただ、恵弘に話しかけると傍から「はっきり言え」とか「回りくどい」「結論を先に言え」と急かされ、言葉をかぶせてくるので自分の言葉がスムーズに出ないだけなのだ。恵弘は麗子の言葉が多いのでびっくりしている。

「大学に行くには、ここから通えないから、近いところに家を借りようかと思うの。あなたはよく、勝手にしろ、つべこべ言うなら家を出ていけというでしょう。私が家を出るチャンスだと思うの。しっくりしない夫婦が三十七年も一緒にいるから不機嫌になったり鼻についたりするの。私はあなたのお母さんをきちんと看た。これは子どもを育ててもらったお礼だと思ってお返ししたわ。だからこれからは自由になりたいの。いいでしょう」

「いつから行くんだ。急に言われても」

「きっと一月末からいくと思う。テラスハウスには人が入ったし、安心だわ」

「俺じゃ、管理できない」

「不動産屋に管理を委託しましょうよ。楽になるわ」

恵弘はテラスハウスではなく食事が心配なのだ。

「食事は食堂やレストランがそこら中にあるから心配していません」

「ゴミも出さなければならない。庭の草むしりは誰がするんだ」

麗子は黙ってしまった。麗子が恵弘と同じように給料を取り、それなりに見解のある文書や電話に出ていて、その中で「先生」と呼ばれる存在だということを知ろうと思えば知ることができたのに。手元にいる妻はメイドのような存在でしかないという偏狭さにうんざりした。

「きっと別れて暮らせば喧嘩もしないし気を遣わなくて済む。いいかもしれない、互いにね」

「勝手にしろ」

言葉につまれば捨て台詞で逃げるいつものパターンだが、恵弘と話ができただけでもありがたい。これですっきり高円寺の家を出られる。

庭に蒔いた小松菜と水菜が青々としている。すっかり葉を落とした木の間から陽が差す。日中は靄が立ちこめて日差しが弱くなるが、朝の日差しは強い。

田舎育ちの麗子は、霜の降りない冬の庭が不思議でならない。地面は水分を吸って、春を待たずにいろんな花の芽が出てきた。東側に建てたテラスハウスのために庭が狭くなったが、草むしりをする人がいなければ荒れるだろう。庭の手入れは義母の萌恵から麗子が引き継いできた。

家を離れるのに一番の心残りは庭に咲く花々への想いだ。正月になるとクリスマスローズが咲き出す。いくつもの品種が交ぜてあるので、一番先にピンクが咲き始め、白、黄色と繋がって咲く。大きなコブシの落葉のおかげだ。

麗子は大きな木のある家が好きだ。荻窪の叔父の家にはシャラノキがあった。春を待たずに木の芽が出揃うので、春の予感を楽しむことができた。田舎では大きな桐の木。父が麗子の嫁入りのタンスに使うと言ったのを覚えている。高円寺の家ではコブシの木がポイントになっている。今度引っ越す家にはなんの木があるだろうか。麗子はハナミズキを植えたい。ハナミズキは可憐な花をたくさんつける。虫に強くて手入れも楽だ。

恵弘が書斎から出てきた。縁側に立って麗子の庭掃除を見ている。

庭の手入れなどは夫の仕事のはずなのに、つい自分が好きだからとやってしまったのがいけない。夫は眺めるだけで覚えなかった。これからが大変だろう。自分がいなければ、一か月でゴミまで溜まってしまう。恵弘は植木屋を頼むだろうが、頼んだらその出費にびっくりするに違いない。

少しの間に陽が高くなった。布団は全部干せたので、後は夫の食事をテーブルに並べるだけだ。味噌汁もできている。

恵弘が食べている間に、麗子は夫の寝室に入った。夫の部屋は本特有のカビとオーデコロンを詰めた箱の中に入ったような匂いがした。だからいやなのだと思う。窓を開けてすべての寝具を運び出す。綿布団を好んでいた夫を説得して羽根布団にして良かった。一週間ごとの布団干しや寝室の掃除をこれから誰がやるのだろう。考えただけでもぞっとする。

麗子が出ていく日が近くなった。就職の許可は取ってあるが、別居になる話し合いはついていない。恵弘は毎週でも麗子が帰ってくると思っているようだが、彼女は帰ってくるつもりはない。将来はなんとしても別居に持ち込みたいのだ。夫から解放されたいとはっきり決めていた。

恵弘との別居は麗子が長年考えていた願いであった。彼の支配から、まだ十分に動ける自分を解放して生きてみたい。きっと違う、もっと明快な自分がいるはずだ。今は心がいじけて欲求不満の塊になっているが、麗子は間違ってここまできてしまった自分を哀れんだ。「しょうがない」という自己憐憫である。そんな自分が許せない。

麗子の半世紀は東京に憧れ、東京人と結婚した自分への帳尻合わせである。本来は離婚が「答え」だが、恵弘はそれだけは赦さないと言うに決まっている。先に形を決めてから結果を得たいと思っている。それがいつまで続くか分からないが、一、二年経てば彼も諦めるだろう。

「別居します」と念を押すつもりだが、彼の答えは「勝手にしろ」と言うに決まっている。夫婦はこんな会話でしか生きてこれなかった。

夫婦が居間に一緒にいるようになったのは最近のことのような気がする。恵弘の定年後かもしれない。四年前に退職し非常勤で別の高校に残ったときから、恵弘は多くの時間を手に入れた。趣味と言っても外に向けたものは全国の小京都を旅するぐらいで、人と交わることを好まなかった。家にいて古本屋で買ってきた古い本を読むのも好きで、「家」をテーマに調べている。家の形が家族を作っているという発想は面白いと麗子は思う。

日本古来の家は囲炉裏の傍に横座があって、家族は家長に従うようになっていた。日本の家はDVを包含していたと言える。恵弘がなぜ家の構造変遷に興味を持っているのか分からないが、どこかに家族を征服できない欲求不満があるのかもしれない。その心根に麗子が「面従腹背」でいることを知って、その焦りが爆発する。それを暴言・暴力という手段で訴えているにちがいない。

自分の家が昭和の初めのものだから、彼の執着心も家の延長線にある。麗子も高円寺らしいこの家が好きだ。平屋は今時珍しい。子どもが中学に入ったとき、書斎と夫の寝室を建て増したのでコの字に曲がっているが、外廊下で繋がっているので便利だ。麗子も家のことを考えると愛着がわく。彼女はいつもどの部屋も掃除させられた。家の中だけでなく外回りも彼女の役割だった。だからこの家は麗子のすべてだった。だからこの家を捨てるという決断は間違いではないのか、後で後悔するのではないかという迷いがいつも心を覆っている。

「コーヒー入った」と大きな声で麗子に催促する。最近、恵弘の声が大きくなった。耳が遠くなったのだろう。六十五歳を過ぎればしょうがない。独り住まいができるかどうか心配だ。

彼女は新聞から眼を移し、テーブルを見た。ポットにお湯が沸いている。いつの間にか恵弘はコーヒーをドリップして受け皿まで用意して待っている。工夫を重ねてまろやかな味になるまで温度管理をする。だから淹れたコーヒーはすぐに呑める。

毛糸のカーディガンを着てコーヒーを淹れる姿は、恵弘に似合っている。背を丸めた穏やかな中年だ。彼が無言で立っているときには、妻を見下すような凶暴さはない。どこからあの凄みが出てくるのか分からない。しかし今だってちょっとの手違いでマグカップからコーヒーをこぼせばカップを投げつけるかもしれない。麗子はどのぐらい割れた茶碗を片付けたか分からない。

彼の言うとおり素直に「はい」という言葉を返せば何事も起こらずに済むかもと初めは思っていたが、途中からそうではないことに気づいた。彼の気難しさは外からの要因以上に自分の頭の中で爆発が生じる。だから予期しないときに怒声が頭から「降って」くる。

なぜ、という疑問は無駄だ。彼が持っている狂気だ。本人が自覚しない限り治らない。

コーヒーが匂い立つ。麗子は少し離れた位置で恵弘の顔が見えないように座った。

「それで、いつから行くんだったかな」

それを聞きたくてコーヒーを淹れたのだということが分かる。

「できたら一月半ばから行きたい。延ばしても二月一日には学生を受け入れる準備をしなければならないし」

「それは急だな。それでどこに住むのだ」

「少し離れているんですが、大学が家を探してくれたの。そこに入ります」

「保証人や資金が要るんだろう。どうするんだ」

「みんな大学がやってくれました。何しろ田舎住まいだから手続きが簡単にできるようで」

恵弘は黙ってコーヒーを飲む。何かを感じたのだろうか。

「食事はどこででも食べられるから心配していないが、しかし」

しかし、の中に何が含まれるのか想像はつく。「家の掃除、洗濯は誰がするのだ」というに決まっている。

麗子は返事の代わりにマグカップを置いた。

「別れて暮らせば互いの長所が見えてきていいかも知れない。退職してからも私たちは毎日いがみ合っていますものね」

お前に言われる筋合いはないと言うだろうと思ったが、恵弘はだまって麗子をじろっと見た。彼女の決心のほどを見たような気がしたのだ。麗子は強く唇を結び、口元を引き締めた。夫の威喝にも揺るがないつもりだ。長年たどった生活には戻らない。恵弘の気持ちのありようも分かった。でも決して治らないだろう。

夜更けに低気圧が通過すると言っていたが、そのとおり雨戸ががたがたする。これで明日は一段と冷え込むであろう。そろそろオーバーを出す時期になった。年内はハーフコートで間に合わせるつもりでいたが、そうもいかない。

恵弘はまだテレビを観ている。麗子は明日の準備をしなければならない。外廊下を通って寝室に入った。

麗子は枕を直して足元の電気座布団を弱にした。五十代を過ぎてから足先が暖まらなくなって、靴下を履いて寝る。風呂上がりに夫と話をしたおかげで足がすっかり冷たくなった。これを元に戻すのは大変。時間がかかる。更年期障害の症状は少なくて済んだと思っているが、足の冷えだけは重症である。真夏から続いている。小山に行って困るのは冷えだ。

暖房装置はしっかりしてもらおう。誰に言うともなく「よろしくね」とつぶやいた。それと同時にこの家を出る日が近いのも自覚した。

「やっと念願を果たした。もう迷わず進めよう。恵弘と落ち着いて話ができてよかった。彼が稀に見るほど高圧的な態度で押してこなくて助かった」

恵弘は麗子の覚悟を知らないのかもしれない。一週間ごとに帰ってくるぐらいに思っているのだ。単身赴任のつもりでいるのだろうか。

恵弘はどんなことがあっても麗子の行き先を探すことなどしないはずだ。麗子が帰ってくるのを、ただ怒りを抱えて待つだろう。

長年の間に麗子に備わった図々しさは、喧嘩をしないで出る段取りであった。恵弘にも麗子の腹の内は読めていなかったようだ。

次の年の一月末、麗子は予定通り高円寺の家を出た。

（十四）

新年度に入っていた。

脱衣所に置いた携帯電話が鳴っている。麗子はここ思川の家に住んでから、備え付けの電話は使っていない。持つ必要もないし、職場との送受信はすべて携帯で間に合う。私用と公用との二台持っている。メールも公私で分ければ合理的な生活ができる。

風呂に浸かっていたので無視する。大事な用件なら必ずメールに切り替えるはずだから安心。

麗子は高い窓を見上げていた。この家の風呂には天井の露を取るために天窓がある。航太の家の間取りも同じようにできているはずだ。彼が専門の設計士に頼んだとき、二階建てだが屋根の低い家を造る、風呂だけは吹き抜けにすると言った。二軒を繋ぐ平屋物置を造り、そこに共用のガーデニングのものを入れるという要件を打ち出した。だから二軒が繋がっているようには見えないし、二軒がまったく同じ造りでできているとも思えない。

「なぜ、同じ造りなの」という麗子の質問に、航太は「あなたの好みに僕が合わせるのだ、質素に造りたいし、お金も節約できるし」と答えた。

「私は家賃を払うから、ある程度の広さが欲しい。とくに書斎兼ダイニングの部屋はね」

「大丈夫だよ、学者用の家を造ってあげる。僕はシンプル・イズ・ベストが主義だが、しかし、リビングとバスルームだけは広く贅沢に造る」

こんな会話をしただけで決まってしまった。また、間取りの相談をされても困る。自分の家でないのだから。

開けた窓からきな臭い風が入ってきた。どこかで仕事終わりのたき火をしているのだろう。まだこの辺はたき火ができる。牧歌的だ。風呂の中で鼻歌が出る。今日一日がスピーディに終わったことが何より嬉しい。誰にも邪魔されずに自分の生活を仕切れるだけでも嬉しいのに、学生の求めに充分応えられる自分の実力も嬉しい。

「自分中心に考えられる研究生活を与えてくれた神様に感謝します」独り言を言った。東京にいるときはいつも夫の顔色を視野の隅に入れていた。振り払っても、そうしまいとしても習慣になっていた。そんな自分のネガティブさが嫌だった。

バスタオルを体に巻いて窓辺に立った。ここの造成地には三十軒近い家がある。一区間の家が八十坪以上なので、家と家との間がある。その中間ほどにこの家がある。釣り好きな航太が川の見える場所を選んでいる。

連絡は航太からだった。「明後日、三時に帰ります」今週は週初めに連絡がないので、帰れないのかと予定を立ててしまった。

自分の家なのだから予定を知らせなくても構わないが、航太は律儀に連絡をくれる。それも今週の予定として連絡が入る。彼は今回も一泊だけと言う。

山を削った造成地には七曲がりのような道路が連なっている。

車が二台ライトを灯して上がってくる。それぞれの家庭に勤め人が戻るこの時間、窓際から外を見ると心が痛む。高円寺にいる恵弘はどんな思いで食事をしているだろう。おかずはデパ地下で買ってきて間に合わせているに違いない。いや、夫は独りで食事ができないだろう。箸の置き場も分からないので、結局癇癪を起こして、コンビニの弁当で間に合わせているに違いない。

お金には困らないのだから、それなりの恰好をして、居酒屋の常連客にでもなってくれるとありがたい。人々の話を聞きながらビールと定食でゆとりのある生活ができるのに、そんな器用な生き方ができると頼もしいが、どこに行っても先生風を吹かせて嫌われてしまう。

恵弘からは一度も帰ってこいという連絡はないが、隔月ぐらいでは帰っている。高円寺の庭が懐かしく胸が痛む。しかし郷愁を感じるのは麗子だけで、恵弘のほうはそれほど寂しさを感じていないのかもしれない。

車の姿が消えて前の家と木立だけが見える。星を見たくてガラス戸を開けた。左手に大分丸くなった月が上がっている。都会で見るときと違って光が強い。空気の透明さが違うのだ。夏を象徴するさそり座さえ見上げられる。

隣の犬が吠え出した。夜半まで鳴くから、都会だったらクレームがつくのだろうが、こちらでは気にする人もいない。

麗子は、航太が帰ってきたら蛍狩りに連れていこうと思っている。学部の講師が川の傍から通っているので蛍に精通している。車でちょっとのところに蛍の群れ飛ぶところがあると教えてくれた。麗子は彼が帰ってくるときには外灯と居間の明かりはつけておく。

航太が言っていた言葉を思い出した。

「うれしいな。田舎に家を造ってそこに住むというロマンを追求している人は何人も知っているが、結局寂しくて、通い切れなくなって家を淵らしてしまう人が多い。『田舎住まい』という夢を果たせずに亡くなった人もいる。その点、僕は幸せだ。好きな家は造れたし、管理人付きだし、その上」

「何がその上なのよ」

「いや、もっと欲しいものがある。でもあんまり簡単に手に入ると神様に妬まれるから、ゆっくりでいい」

航太が欲しているものがなんなのか知っている。知っていても麗子は答えを言わない。三度目の正直というが、今度は麗子が自ら求めたものでありたい。再々会したときのホテルで麗子は航太に赦されたかった。赦してもらえるかどうか不安だったが、彼は麗子の気持ちを率直に抱きとめてくれた。麗子は若いときの過ちを赦してもらっただけで、彼との関係を深めようとは思わなかった。貸し借りのない友情が育てられればいいと思った。女性特有の身勝手さかもしれない。しかし、教職に就いていて、夫がありながら継続的にホテルで会う人を求めたわけではない。体の関係は友情を潰すぐらいのことだということを知っている。

昨年のあのときから今日まで航太との関係は性愛なしで続いている。いや、これは彼の意思でなく彼女が決めたことを暗黙のうちに承認させているというほうが当たっている。

麗子に転職の話があり、その決断をしたときに航太の土地のことも知った。麗子も生まれ育った小山への転職は願ったり叶ったりであった。管理人でも賃貸でもいいから住まわせてほしかった。開発地の一軒家は魅力的である。

大学生活が安定し、九月から修士の学生を受け入れられるようになった。

麗子はテーブルから立ち上がって窓際に寄った。

光る目が窓の内を見ている。麗子が町へ出たついでに買ってきた柴犬、シオリだ。シオリと命名したメスの柴犬は、ペットショップに入ったときに一番先に目が合ったイヌだ。麗子は独り住まいは困らないが、危険な訪問者はいやだと思った。それには番犬が必要だった。

大きさもちょうどよく、一歳ぐらいで、十キロほどの体重がある。人間なら子どもだ。外に置いても大丈夫。これには荻窪の叔父の家で室内犬を飼わされた経験が反面教師で生きている。決して室内では飼うまいと思っている。外で元気に走るイヌが好きだ。鎖を長くして好きなように遊ばせよう。タヌキが来ても怖がらない肝の据わった番犬にしたいという、希望通りのイヌを見つけられた。

夜中に航太が車で帰ってきた。

先に隣の家に入って、カバンを置いた航太が顔を出した。

「あれ、イヌを飼ったんだ」

「シオリ吠えなかったわね。車が入ってくると必ず吠えるんだけど」

「吠えられたかな。急いで入ってきてしまったから気づかなかった」

「番犬。独りでいてもイヌが先に察知するから安心なの」

「それを俺も心配していたんだ」

「シオリというのよ」

「シオリ」と呼んで、常夜灯の点いた庭に下りていった。

航太はシオリに挨拶してきたのだろう、手が汚れている。

「いいイヌだ。利口だし、きちんと仕込まれている」

麗子は航太が手を洗ってくるのをテーブルで待っていた。

麗子は軽い食事を用意していた
「九月には、どこで学会があるの」

「今年はローマだ。十六日から行く」

「独りで」

彼は怪訝な顔をして「独り？　なぜ」と聞き返した。麗子が訊こうとした意味を図りかねたのだ。

麗子は航太の妻が同伴するかどうかを訊きたかったのだ。

「妻は行かないよ、誘っても無駄だ。あなたなら誘ったら行くかなと思ったときもある。外国のほうが日本よりも楽に会えるよ」

麗子は少し首を傾げて考えた。

「九月から修士課程が始まるから、ちょっと無理ね」

「いいよ、無理しなくても。僕は仲間がいるから大丈夫」

「学会が終わったら、すぐにこちらに来る。必ず」航太は力強く言った。

「待っています。それまでには私の学部は始まっているわ」

ワイン一本のつもりで飲みだしたのに、赤ワインが二本空になっている。麗子が手助けした。さらに航太は焼酎のコーラ割りだ。彼はアルコールに強い。

「もう、寝てください。飲みすぎよ」

「あいさつ?」

そうねと言って麗子は彼の傍に寄った。航太も立ちあがって顔を曲げる。クリムトの「接吻」のようなディープキス。外国仕込みなのか、愛情豊かに麗子を抱きしめる。麗子はこの時間が一番好きだ。長く抱かれていたいと、いつもと同じことをまた思ったが、ここまでと言って体を離す。航太は、それでは我慢できないのか、麗子を胸に抱いたまま、じっとしている。

夜ゼミが鳴いた。カエルに捕まったのか、渦まくように地べたで鳴いている。もう深夜だ。生き物はすべて眠っているはずなのに、いつまでもカーテンを開けてしゃべっているから寄ってきたのだ。動物も眠れないのだろう。そろそろカーテンを閉じてやらないと可哀そうだ。

この高台では冷房が要らない。天窓から涼しい風が入ってくる。冷房のキライな麗子にはいい夏が越せそうだ。

# （十五）

航太は早起きだ。日の出前に川に下りていく。グズグズしていると庭には陽が照ってしまう。麗子が食事の用意をしている間に航太が戻ってきた。下の川辺まで出かけていたらしい。朝の空気を吸って息を吹き返したのか、眼が光っている。

「航太さん、早起きは三文の徳ね」と麗子は笑顔で迎えた。

「俺は親父仕込みの早起きだ」

「私も」

麗子は早起きする人はそれだけで好きだった。寝起きのときの恵弘の気難しさにどのぐらい悩まされたか分からない。それだけでも松井家には馴染めなかったことに航太を見て改めて気づいた。

航太のランニングの格好は身軽で、シオリとマラソンでもしそうだ。

「庭に出てこいよ」外からの呼び声に、麗子は慣れた妻のようにサンダルで下りた。庭の先端、ノリには草がぼうぼう伸びている。

庭に立つと、三十メートル近い川幅の流れが見える。横切っていく流れとその岸は崖となって低い山に連なる。

この時期特有の川もやが立ち込めている。団地に入る道は川筋に沿った県道から上がってくる。団地の道には一台の車も見えない。さっき新聞配達のオートバイの音を聞いたから、まだ早いのだ。

「早かったのね」

「ぐっすり眠った。ここへ来るとよく眠れる。麗子の夢もみなかった」

「良かった。私もぐっすり。とくに航太がいると思うと頭のどこかで安心なのね」

朝の挨拶は身内のように簡素だ。航太といつまでボーイフレンドのままでいられるか分からないが、もう少しこのままでいたい。

「川では何か見つかった」

「うん、アユが獲れるらしい。今日は頑張るぞ。仕掛けでウナギを獲った人がいた。僕も仕掛けを買ってくるかな」

麗子は大きく背伸びした。青い空が少し覗く。八月半ばは霧が出やすいが日中は晴れる。

「布団、干せるかな」布団干しの好きな彼女は、まず初めに洗濯日和かどうか心配する。

「大丈夫だろう。俺のも干しておくかな」

「今日は何時に帰るの。夕方なら、夕飯の用意をしておくけど」

「いいよ。それよりもどこかで食べて帰ろう。午後一緒に町のほうに行かないか」

「じゃ、仕事が終わったら合流しましょう。市内に行けば、おいしいイタリアンの店があるし、しばらく食べていないから」

芝生の半分が黄金に光っていた。東の山から陽が伸びてきた。ケヤキが照らされてセミも鳴く。

「団地には、ほとんど空き地がなくなるらしいわ。実際に住む人ばかりではなく、故郷に家を持ちたいという夢を実現した人が五軒以上あるとか」

「都会に出た人の大方は、退職後は田舎に住みたいという夢を持っているからな。そのために働いてきたようなものだ」

航太は体をねじりながら頭に手をつけている。ゴルフのスウィングをして、背筋を鍛えているのだろう。

「あなたも家を持つのが夢だったんでしょう。この下流で育っているから、この川岸から出られなかった人なのね」

「そうかもしれない。実際マンション住まいは便利だが味気ない。家というよりはシステムハウスだ。職業のために使っているようなものだ」

「マンションはキライ。でも古い屋敷も重たいわよ。どこまでも先祖のものを使わせてもらっているというような、いつまで経っても私はよそ者なの。夫が税金対策のためにテラスハウスを建てたときに気づいたの。土地はすべて夫のもの。私がどのぐらい税金を払ってきたか分からないのに。一坪も私の土地はない。あんなに働いてきたのに何も残っていない。ばかばかしい限り」

コーヒーを淹れますねと言って麗子はリビングに入った。庭から低い位置に窓がある。外からもキッチンで働く姿が見える。彼女の独り暮らし用の家具が揃っていて機能的だ。

麗子の動きを航太はしばらく見ていた。ロングスカートを穿く麗子など初めて見る。抱きたいなと、とりとめもなく思った。

コーヒーが入った。ウッドデッキに置いてあるテーブルにミルクも載った。

「青空の下でコーヒーを飲むのも俺の一生の夢だ」

「テラスでコーヒー、それだけではないでしょう。釣りのできる川の傍に住みたい。これこそ僕の最後の願いだといつも言っていたじゃない」

「そうだそうだ、忘れていた。もっと究極の目標は布団が干せること。たっぷり陽を吸った布団に包まれて眠りたい。子どもに帰って、母の匂いだ」

「マンションでは布団が干せないなんて知らなかった。不便ね」

「便利なようで不便だらけ。震度三の地震があった後、点検が済むまで外に出られなかった。もちろん階段でなら下りられるけど、上がれないから空中においてきぼり」

話していると時間の感覚を忘れる。早起きの効用で出勤まで時間があるからいいが、庭先で二人は一時間近くコーヒーを飲んでいた。涼しい風に伴われてオナガが足元に来て、芝生の根元にいる虫を啄んでいる。

シオリものんびりと二人を眺めている。飼いはじめのときから比べると顎が長くなり足も太くなった。毎朝、川の傍まで散歩に連れていく。

「シオリは川が好きよ。水が怖くないみたい。おなかを冷やすのかしら」

「俺も川が好きだ。今朝は白鷺がかなり飛んでいた。そのうちシャケが上がってくるだろう。一日でも早くここに住みたいな」

麗子は皮肉な笑みを口元に残したまま、「無理しないことね、ちゃんと家の管理はしておいてあげるから。ゆっくりどうぞ」と言った。

「通い夫になろうかな」

「私の家の状況が解決したらね」

「どんなふうに」

「別居を承知してもらうつもり。そのほうがお互いにいいもの」

「別居しているじゃないか」

「そうなんだけど、彼は仕事の関係で単身赴任だと思っているの。そのうち気づくと思うんだけど。プライドの高い人だから別居の意味がつかめていないと思う。妻が外国に行ったように思わせるの。宣戦布告しないで懐柔作戦で」

「どうして、そこまでいってしまったのだろうか」

「何度も言っているけどDVね。言い返せば必ず手をあげる。若いときからで一生続くでしょうね。彼自身が気づいて治療しなければ治らないモラルハラスメント。二重人格なの。義母と私が対象で、外の人は誰も知らないと思う。子どもたちはもちろん知っているから家を出ていったのよ」

「よく、我慢したね」

「だって社会的には普通の夫を演じられるもの、私が死ななければ気づかないでしょう。初めは私が悪いと思っていたから自分が直そうと思ったし、夫にも気づいて欲しいと思って何度も話し合ったけど、いつも悪いのは私なの。同じことのどうどうめぐり。『ナンドイッタラワカルンダ、三十年モ同ジコトヲヤッテイテ』もうそればかり。すごいでしょう。誰に言っているのかと耳を疑うぐらい意地が悪くて、がけっぷちから蹴落とすようなことを言って本人はセイセイする。夫からすれば、私の人格などないに等しいの」

でもこれは自分の選択の悪さで、決して他人のせいではない。みんな自分が蒔いた種だ。しゃべっていて、背筋が急に寒くなる。こんな言葉を正直に言えただけでもありがたい。しかし、夫婦のトラブルに彼を巻き込みたくないという用心深さはいつもある。

「大丈夫だよ、松井さんはきっと他人に暴言を吐いたり暴力を振るったりはしない。社会通念があって彼はわきまえているはずだ。そんな態度を取るのは麗子さんに対してだけだ。本当は、ものすごく気の小さな人なのか、何かの依存症なのかもしれない。きっと父親も同じことを妻にしていたんじゃないか。同じものを受け継いでいるとか」

「たしかに父親も暴力を振るったと義母から聞いたことがある。でも、私が悪いの。私が都会人に憧れたから、そのしっぺ返しを受けている。私の見る目がなかったからいけないのだわ」

航太は、田舎にだって妻に暴言を吐く人は一杯いるよ、ただ農業する人は夫婦一緒に働かなければならないので、自然に仲直りしてしまうようだけどと言った。

「しょうがないだろう、若いときに男の内面を見ることはできないよ、まして普通の娘であればなお」

「付き合っていたときに気づくことはいくつもあったの、私が友達のことを話すと『そんなことお前に関係ネェだろ』とか、必ず二言目には『余計なことを言うな』と口を封じられたの。それがなぜなのか分からなかった」

航太にカウンセリングを受けていた。こんな夫婦の話は、男はしない、女はタラタラと夫の悪口を言ってしまう。

「そんな松井を私が選んだ。その時点で私はあなたも捨てた。二重の過ちをした。だからあなたとは再会しちゃいけない、再会は赦されないはずなのに、こうして家まで貸してもらっている」

「そこまで言うなら僕だって過ちを犯している。妻の経済力を目当てにして結婚している。三鷹の高層マンションも妻の親の援助がなければ買えるわけがない。マンションは夫婦の共有財産だ」

「でもご夫婦の仲はいいのでしょう。航太さんは家族想いだものね」

「普通だろう。ただ妻は体が弱いので何度か手術もしているし」

そんな夫婦の仲を麗子が傷つけてはいけない。この家は管理人として預かる。彼の夢の実現のために家を守ってあげよう。それが麗子の役割だ。

夕食は小山駅の近くのレストランで食事をした。

待ち合わせはここまで来ると安心する。東京とは違うが、二人を隠すだけの人口密度はある。

テーブルごとの仕切りは曇りガラスの中にステンドグラスをはめこんでインテリアに奥行を出している。県の花であるカンナが大きな鉢に置かれ、アクセントになっている。ここまで来る間にもカンナロードがあり、道の両側を楽しませてくれた。勢いがある葉は暑さにも負けない。

航太の海外出張に少し心が曇っていたが、外国旅行に心の遠さを感じるようでは、まだまだ一人前の職業人になれていない、と麗子は自分の気持ちのかげりを封じた。

「九月にはローマね。元気で行ってらっしゃい」

赤いカンナに元気をもらった麗子は航太と乾杯した。航太は自家用車で帰るのでアルコールは禁止、麗子も同じ。

「ローマは暑いんでしょう。コンクリートの町は歴史優先で疲れるわよ」

麗子は一回しか行っていないのに知ったかぶりをする。しかし、航太と歯車が合わない。日中に何か情報が入ったのだろうか。男の憂いは大体家庭のことと決まっている。家庭の話題を避けているので、オープンになれないのかもしれない。

「何か……」

「うん、たいしたことがなければいいんだけど、妻の具合があまりよくない。リウマチは湿気に弱い」

「奥さん、リウマチもあるの。アレルギーだけかと思っていた」

「若いときからあって、進んでいる様子がないと思っていたんだが、二、三年前から季節の変わり目に熱を出す」

「どんなふうに」

「うーん、どんなふうにと言っても、いわゆる心臓にリウマチ熱が入ったというのだ。心臓性のリウマチなんだろうな。たちが悪い」

そんなこと聞いていないわという言葉を言ってしまえば、彼を非難しているように聞こえる。彼だって言いたくないから言わないだけだ。

「夏は一番つらい。自分ひとり身の心配をすればいいのだけど、主治医をすっかり信用しているから安心だ」

彼の妻の佐和は埼玉の春日部の出身で、経済的には不自由のない生活をしている。マンションも親の資金で買っている。航太の研究を支えてきたのも、彼女のバックアップがあってこそとも言える。

夫婦の生活を垣間見たような気がする。都心で生活する夫婦で何一つ不自由ないと思っていたのに、長年の間に病魔が入り込んできたというのか。

「いや、もともと弱かった。決して昨日今日の病気ではない。元はといえばアレルギー体質ですべてに免疫がない」

麗子には繋ぐ言葉が見つからない。航太はこちらに泊まるときには、なんと言って出てくるのだろう。

「くよくよ考えたってしょうがない。ローマにはしっかり行ってくるよ」

「そのほうがいいわ。研究をまとめるにもいいと思うよ。専門書を作るのでしょう。世界の進み具合をワイドに見ておかなければいけないわ」

彼のICチップは何度聞いても分からないが、世界共通の標識だということには興味がある。食肉が国際ルートで販売されているなら日本だけを話題にしても意味がないのだ。それだけ彼の研究は実利が大きい。彼が、その第一人者であると聞いただけでも助けてあげたい。

「そうよね、外国から帰ってきてからフォローすれば」

「うん、そうする」と言って、彼はパスタにフォークを立てたまま考えている。

「どうしたの。まだ心配」

大丈夫だろう。妻にはいつも脅かされている。佐和が元気に自分を送り出したことなどない。後ろ髪を引かれるように気がかりなことばかり残し、日本を発っている。航太は目の前にいる麗子がいきいき見えてうらやましかった。手を伸ばせば手の届くところにいるのに、髪に触ることもできずに一晩過ごした。これは彼女の希望である。彼女は夫と話し合いがまとまるまで男と女の関係になりたくないと言って、この生活を持続している。

いつもと同じように、仕事のことばかり話題にする食事が終わった。

麗子は駐車場の外で航太の車を見送った。中型の乗用車がスムーズに出ていった後、若葉マークのほやほやのワゴン車を彼女はゆっくり走らせた。

この時間、一般道路は混むところもなく、カーブに気をつければ予定の時間には帰れる。山道に入れば、タヌキを轢かないように気をつける。ところどころにある人家の灯などで、どの辺を走っているか分かる。

「航太は、どの辺を走っているだろうか、都心に向かって、一直線に高速を飛ばす彼の心は、すでにマンションにいる妻のところへ飛んでいっているに違いない」

どこか元気がなかった航太は妻の病気を心配していたのだ。ローマに行くときには、同じ東京にいる義妹の郁子に見張りを頼んでいくと言っていた。「マンション住まいはまったく孤島のようなもので、医者に連れていってくれる人もいない。元気なときはいいけど、病気になると心配だ」と彼が愚痴っていたことを思い出して苦笑いした。こちらの開発地に建つ家だって同じく無干渉。元気なときにはいいが、具合が悪くなれば独りでは住めない。

その点、彼が提案している共同生活はお互いにいい。しかし、伴侶の健康が気になるようでは、田舎では暮らせない。航太は理想を掲げているが、マンションを引き払うことはできないだろう。まして病気の妻を抱えているのだから不自由さは際限ない。

（十六）

航太はマンションの高さ三十メートルの位置から新宿方面を見ている。風呂場がちょうど新宿方面を眺められるように設計されている。新宿の空に高層ビルが乱立している。幾重にも重なった高層ビルは赤い信号を発信している。光を点滅させて上空を飛ぶヘリコプターへ存在を示すのだ。深夜に見るときは都会の孤独な赤い光にやりきれなさを味わう。

先ほどまで麗子と一緒にいた充実感が残っているので、都心の眺めはいやじゃない。北のほうからサーチライトが空中に回って人工の街を照らしている。

「また、独りにしてしまった」誰に言うわけでもない言葉を吐いて湯船に浸かった。麗子に期待と罪作りをしているのだろうか。酷いのかも知れない。姿だけ現して、いい大人が、いい子ぶって戻ってきている。裸になることを拒否しているのは決して航太ではない。彼女がはっきり男と女になりたくないと言っているのだ。本気で同居の可能性が見つかるまで「負債」は負いたくないと言った。そうかもしれない。体の関係ができると夫の恵弘に対して対等にものが言えなくなる。また、佐和に対するモラルもある。彼女から心身ともに航太を奪ってしまうことは忍びない。

学生時代、航太がアパートで英語を教えながら麗子を抱いたときと状況は一八〇度変わっている。今彼女は押しも押されもせぬ職業人である。自分の意志で航太との距離を保てるし、将来を予測することもできる。麗子がノーと言えば航太でさえ近づけない。それでいてフレンドリーな関係は保てる大人の術を持っている。

「もう何年も妻の体に触れていない。ツインのベッドで添い寝をすることはあるが、いつも手を握るか軽いキスだけだ」

航太は佐和から拒絶されたので、良心の呵責は佐和のほうにある。航太は健康で、まだ自分の体は若いと思っている。

佐和の病気と比較すれば「このぐらいの我慢、たいしたことじゃない」

ブルッと顔を洗った。腕を見ると赤い筋が入っている。何かに引っかかれた痕。思い出そうとするが浮かばない。麗子と別れるとき、こらえきれなくてハグをした。あのとき、彼女のピアスでやられたのかもしれない。

　パジャマは洗ったものだが、日光の匂いがない。普通ならこだわりがないが、小山で嗅いだ日光の温かみを思い出したので、この差がつらい。妻を困らせるだけだから無視する。身にまとうものはどんなものでも人工的な匂い消しを使う。

「いい湯だった」頭をマッサージしながら居間に戻った。佐和は神妙にテーブルを片付けている。

「つまみはなんでもいい。今日もらってきたワインにする」

「先にやっていてください。私もシャワーを浴びてきますので」

　ああ、そうかと思いながら冷蔵庫からワインを出す。冷蔵庫に入っている食料品が減っていない。佐和の動きが緩慢なのは食欲がないからだと気になった。しかし、航太はそれを言葉にしない。彼女が言い出すまで黙っている。妻は体の変化を夫に訴えるのを極力避ける。それは「年上の女房は」というようなことを人に言われたのを気にしているからだ。航太は気にしていないのだが、三歳違いは彼女にとってコンプレックスになっている。リウマチ特有の可愛い感じは保っているが、最近は確かに年を感じるときがある。若いときは小顔で一重の優しい眼が可愛いかった。六十代から体の変化に滅入っているのだろうが、自分の具合の良さ悪さは口に出さない。

　風呂から上がった妻は、それでもさっきより元気になって顔に艶が出ている。

「いい気持ち。出張はいかがでしたか」

佐和はうつむき加減に座った。

「ローマに行ってくる間、郁子さんに毎日来てもらいなさいよ」

「毎日はいいわよ、自分でできるから。買い物だけがね」

いや心配だ。必ず一回は電話をしてもらいなさいと強めに言った。

佐和は軽い咳をする。この咳がどこからきているのか、それも心配だ。

航太はふと気づく。麗子に会った後、家に帰ると、佐和の体の様子ばかり気になる。妻に気後れがしているからなのだろうか。

「私をもっと普通に扱ってくださいよ。何か大事なものを扱っているようで、かえって愛情がないみたい」と怒ったときがある。確かにやさしく気を遣うことのほうが多い。これは麗子に会ってきたうしろめたさの表れだろうか。

「もう少し起きて調べものをするから、先に休んでいいよ」

航太はデスクのある部屋に入ってドアを閉めた。佐和はドアを閉められるのが嫌いだが、麗子に会った夜は独りの空間を作りたい。

眼はほとんど字を追っていない。今月締め切りの原稿を書かなければならないのに、書けない。

航太の書斎に置いてあるコチョウランが白い花をつけた。手入れがいいのか毎年花を咲かせる。さっき帰ったとき少し開けた窓を閉めた。暑いからといってもこの高層の部屋では窓を開けておけない。空調管理はできているから、開け閉めに気を遣う必要はないのだが、どうしても外の空気を入れたくなる。

足元に鳥の羽根がふわふわ動く。先ほど窓を開けたので、どこかのベランダから飛んできたのだろう。妻に見つかると叱られる。どんな鳥でもバイ菌を運んでくると信じている。

麗子に会ってきたときは、なかなか眠れない。麗子とはこのままで生きてゆけるだろうか。きっと、健康な彼女を欲する日が来るだろう。赦されるなら、彼女と一緒になりたい。これが航太の長年の夢でもある。眠りの際にいて、彼女を欲している体を持て余していた。

胸に暖かいものが滲んできた。麗子は昔の明るさを取り戻し始めた。航太の好きな、おおらかな眼差しが復活するのにも時間がかからないだろう。彼女が嬉しそうに笑う瞬間の顔を思い出しながら、航太は深い眠りに入った。

（十七）

ローマに発つ朝が来た。毎年この時期は気候が不順で、佐和の元気さを奪うときだ。

「コーヒー飲みます」

佐和の声で彼女のほうに顔を戻した。

天気予報では東京は晴天のマーク。風もない。

食後のコーヒーを飲み干した。

「それじゃ、出かけるか」

「ちょっと待って。見送ります」

「いいよ、ここでいいからね」

そう、それではと言って、佐和は洗面所の脇からショールを取ってきた。航太は外国に行くとその土地土地で必ずショールを買ってくるので溜まっている。比較的気に入っているエジプトのショール。佐和は首が長いのでショール美人だ。外国は、日本では考えられないほどショール文化が発達している。

航太は佐和の肩に手を置いた。佐和は背も低く骨細だ。

「お土産に、ローマでショールを見てこようか」

「模様を編みこんだのが一つ欲しいわ」

外まで送らなくていいからと言ったのに、妻はドアの外に立った。まだ残暑の季節なのに、肩に薄地のストールをかけている。「寒いのか」と訊くと、「なんとなくね」と眼に力がなく、うつむき加減にうなずく。

「大丈夫、心配しないで」と言って手を振る。病気を心配すると、十日間の出張は気が重くなる。気にしないように、平気な顔で成田に向かう。

九月初めの学会は毎年のことだが、今回はなぜか妻の様子が気になる。歯切れの悪い出発だ。リウマチが悪化しているかもしれない。帰ってきたら病院で精密検査を受けさせるつもりだ。

「行ってくるけど、無理しちゃダメだからな」

しっかり言い置いてきた。

成田からの飛行機は順調に飛んだ。イギリスのヒースロー空港で乗り継ぎ、ローマを目指した。航太にとっては何度も経験する飛行であり、新幹線で博多へ行くぐらいの感じである。体が拘束されることが重荷だが、普段観ることのできない映画を観たり、好きなだけ眠ったりできるのは、この上ないリラックスタイム。もちろん職場がビジネスクラスを用意してくれたので体は楽。

ローマは日本より先に秋が来ていた。プラタナスが色づいて少し乾季に入っている。

初日の学会が終わってホテルに着いたとき、日本からメッセージが入っていた。佐和の妹の郁子からだ。

「お姉さんが胸に痛みがあるというので、入院させました」

航太は日本の早朝を待って電話をかけた。

「たいしたことないと思う。佐和ちゃんは電話しなくていいというんだけど、私は心配で」

郁子と話し合った結果、学会だけ出席し、予定より三日帰国を早めた。佐和の病状は軽い狭心症らしい。精密検査を受ければ退院できるという。ホッとした航太は同行者と市内に繰り出した。

その後の連絡では、検査の結果、佐和の退院は無理と分かった。心臓の機能が弱っているので、安静をとって治療が必要になった。まして高層マンションの生活は体に良くないという。経過報告が郁子から毎日入る。

「佐和ちゃんが、航太さんは予定通りローマにいてもいいと言うけど、どうする」

いや、チケットの手配ができたから早めに帰ると返事をした。心配でおちおち討論などしていられない。日本に帰ったほうが安心だ。


航太は日本を出国してから七日目に戻った。

飛行場から直接病院に向かうと、早朝にもかかわらず、集中治療室に入っている妻に会うことができた。佐和は前日から急変したという。

機械に囲まれ顔さえ見えないほど遮断された佐和を見て、航太は絶望感を味わった。

なぜ、どうしてと繰り返し、信じられない、これが佐和であるはずがないと思った。傍に寄って声をかけても、意識が遠のいているのか、佐和は航太を認めた様子もない。

「佐和――」呼びかけた。妻の口元が緩んだような気がした。そこから涎が出ただけで反応はなく、ただ静かだ。

眠っているなら起きなさい、こんなのひどいじゃないかと叫びたかった。

「リウマチの熱が慢性的に出る例と、奥さんのように突然心臓に波及して炎症を起こす例がある。普段からかなり薬を服用している人に出るので、我々も、その急な変化に戸惑っています。心臓だけの炎症が脳も侵していました。あと二、三日の命です。申しわけありません」

「入院していれば安心だと思って予定のスケジュールをこなしてきたのに、こんなことならローマになんか行かなければよかった」

航太は悔しかった。なぜ、と拳を強く握った。

「御主人が外国へ行ったからではありません。きっといろんな薬を飲みすぎていたのでしょう。私たちも気がつきませんでした。もちろん病院が出した薬ではありません。奥さんはきっと、体に良いと思うものはすべて買って飲んでしまったのでしょう。とくにリウマチは免疫力を落とす病気ですから、腎臓が先にやられたのです。透析していますが、脳にいくのが早かった。きっと本人も自覚していなかったのでしょうね」

主治医の説明はここまでだった。どんな治療をしても、脳は快復しないという診断である。

主治医は言わなかったが、佐和の長年のリウマチの対症療法が災いしていた。なんということか、彼女のテーブルには幾種類かのホルモン剤や、植物のエキスを精製した薬が並んでいた。

「参ったな」航太は独り言を言った。彼女のやり方は過激すぎて自殺行為だったのだ。いつも傍にいた妻が遠い存在、手の届かない所へ行ってしまったようでやりきれなかった。

佐和の意識は戻ることなく、三日間現世を漂い、ここまでが限界と息を引き取った。

（十八）

いつもの十一月なら暖かく、コートを着ることはないのだが、今年はブレザーだけでは寒い。山の紅葉より先に桜紅葉が始まった。麗子は、なんとかしてダスターコートを手に入れたかった。三着ほど高円寺に置いてきたことが悔やまれる。どうしたら手に入るか、夫のいない時間を見計らって家に一度帰るほかない。しかし、盆以来帰っていない家は敷居が高い。恵弘に見つからないように運び出す手段はないものか思案したが思いつかない。

水霜が降りた朝、麗子は自分に言い聞かせた。

「家に冬服を取りに行くのは甘えだ。洋服の一枚二枚買うお金がないわけじゃない」

麗子の心の中に航太のはがきが引っかかっていた。彼はローマから戻って「報告書に忙しい。書き上がってからそちらに行く」とだけ書いてあった。この内容では理解できないことが一杯ある。ことによると佐和の具合が悪くなったのか、それとも身辺に変化があったのかと、はがきの端正な字をながめながら行間に潜むものを探ろうとしたが、思いつかない。

親も兄弟も頼らず生きてきたのだから、ここで航太を頼るわけにはいかない。仕事がある今は独りで生きられる。子どもたちも母を見ているはずだと自分に言い聞かせた。

「生まれた土地の寒さには慣れている。冬対策を始めよう」麗子は独り言を言った。

まず、自動車をスノータイヤに取り替える。次は灯油のストーブを買う。さらに、寒さに堪えられるかどうか水道を確認する。そして最後に床暖房の点検。

今週の休日は植木屋に木の剪定と小さな温室を造ってもらう予定だ。かなり鉢植えを増やしてしまった。高円寺なら霜が降りないからどんな花でも軒下で間に合うが、ここではそうもいかない。高い霜柱が張って、土が盛り上がってしまう。

「航太の棟のほうも一緒に見てもらおう。いつ来るかわからない航太のことは放っておいて、建物の管理は任されているのだから、冬対策をしっかり済ませておこう」と自分の胸に言い聞かせて、土日を潰した。

大きな木はサルスベリとマキ、モミジの木があるが、それは航太の好みで土地を買ったときに父親が選んで植えてくれたものだという。垣根は麗子の好みでドウダンツツジ。やがてこの間に白と黄を基調とした花畑を造るつもりだ。まだまだこの辺の気候に慣れていないので、霜にやられそうもない草花ばかりを、思いついたように植えている。統一がとれていないことは麗子も分かっている。高円寺では義母の好みを訊きながらバラ園を造った。その経験を生かして、西に黄色いバラ、東側には白と淡いピンクの芙蓉を植えようと思っている。

十二月に入った日、剪定を依頼していた植木職人が二人来てくれた。

「遅くなりました。この時期は混んでいてね」と詫びながら入ってきた。

一人は老熟した筋肉質の職人、もう一人は見習いの茶髪の青年。「一日やれば片付きますよ」きりっとした言い方で庭に入ってくれた。

シオリが茶髪の青年に向かって吠える。職人ズボンが膝にたっぷり垂れ下がっている。それだけでなく、紫のジャンパーも気になるようだ。

「シオリ、やめなさい。家の手伝いさんよ」

若い職人はジャンパーを脱いでシオリの目線に合わせてしゃがんだ。犬に慣れている。

「いい柴犬ですね。どこで買ったの」

「市内で」

シオリの胸をなでながらいいイヌだと褒め、留め金を外し庭の外れにあるサルスベリに繋いだ。

「犬は犬好きを知っている」と老職人も目を細めている。

「息子さん」

「いや、弟子です。大学を出ている地元の長男なんだが、庭のデザインが専門だという変わった子で、これからはデザイン感覚がないと植木職も伸びない」

茶髪の青年が戻ってきた。

「この庭なら、どんな花でも木でも育ちますよ。日当たりがバツグンですし、土も柔らかい。ただ、東側が山なので日が照るのが遅い。でもその分、南に邪魔するものがないから霜がすぐに融ける」

十時になってお茶を出した。庭に置いた丸いテーブルが格好の休憩所になっている。東南に筑波連峰が見える。冬になると山々ははっきり濃淡が出てくる。山々は穏やかで丸く連なっている。

職人は麗子にどんな庭にしたいかと訊いた。このままでは高低が出ないので、少し土を入れたりして構想を練る必要があるという。

「デザインを描いてくれれば手伝いますよ」

庭造りに興味を持つ若い職人が言った。

「デザインは描くつもりですが、ちょっと相棒にも訊いてみないと。彼にも好みがあるようなので」

「その方は、こっちの家の人ですか」

職人は別棟を見て、興味をもったようだ。

「その人から家の管理を頼まれているのですが、その人は東京にいて、いつこちらに来られるか分からないのです。自分の研究のためにも田舎のほうがいいとこちらに家を造ったのはいいのですが、奥さんが絶対に都会を離れたくないというか、離れられない事情があるらしいのです」

職人に内部のことまで話すつもりはなかったが、なりゆきでしゃべってしまった。

「松井さんは一人でさびしくありませんか」

さっきからシオリがこちらばかり見ている。青年がビスケットを投げたが見向きもしない。シオリは麗子以外の人からもらう餌は食べない。

「シオリと一緒なら。この家が気にいっているので、ゆっくりできます。家族に煩わされるほうが苦手で。隣の人が親切にしてくれる田舎なので助かります」

「ここの開発は困難だった。土地が傾斜のところで人が住んでくれるかと心配したようですよ。でもすぐに決まって、土建屋は喜んでいたな」

「だって日当たりはいいし、川の眺めもいい。向こうに見える連山を眺めていると別天地ですよ」

麗子は航太の親に感謝している。彼の親は息子が必ず田舎に戻りたくなるのではないかと、そのときのために、開発の宅地を買っておいてくれたのだ。

「得したのは私かもしれない。夫との別居が可能になったのだから」と胸につぶやいた。

「マキはどんなふうに。こんな感じでいいでしょうか」

「そうですね、もう少し梳いてください。私はどんな木でも、京都の寺院のように、空が見えるぐらいさっぱりしたほうが好きなのです」

二人の会話を聞いていた若い職人が、麗子のほうに手を出す。「それを貸してみな」え、と思うまもなく、剪定ばさみを研ぎ石の上に置く。

「切れるようにしたから、でもサツキやドウダンツツジは花が終わったときに切るのだから、ハサミは入れないでください」

これからは植木屋が時期を選んできてくれることになった。手入れを任せるといっても、花のほうは、麗子が好きなように咲く時期、空間、色などを若い植木屋と相談しながら決める。土を耕すのも彼女の仕事になるだろう。

高円寺でやっていたときも大変だった。毎年毎年、馴染みの職人が三人来て、三日かかった。ただハサミを入れるだけなら簡単だが、マキを形作っていくときには一人一日かかった。植木の多い庭はお金を喰うし、普段からの手入れも大変だ。これから高円寺の庭はどうなるだろう。恵弘は手を焼いているか、それとも一切手を入れずに放置しているかもしれない。麗子が見限った家だ。心配することはないのに、植木職人を見上げながら高円寺の庭が気になっていた。

（十九）

予想していなかったといえばウソになるが、植木の手入れが終わった週に恵弘が突然訪ねてきた。タクシーを降りた恵弘は大きなボストンバッグを抱えている。麗子がちょうど庭先で晩菊を切っていたときで、恵弘の姿は遠くから来た旅人のように見えた。靴も埃を被っている。

「どうしているかと思って」

シオリが激しく吠える。まるでセールスマンを追い払うような吠え方だ。

「どうしたのシオリ。静かにして」

胸をなでて吠えるのを鎮めた。フーンフーンと不満そうだ。麗子の心を見抜いて吠えたのだろうか。夫と生活していたときのことを思い出す。廊下から居間に来る足音にもぞっとした。観ていたテレビを消して、もう寝ましたというサインを出した。テレビも一緒に観たくなかった。

高台で見晴らしがいいな、と庭の先を歩きながら恵弘は話しかけてきた。敷地にはドウダンツツジが残照のように色を残している。本来なら霜を被ってしまうと何もかも枯れてしまうはずなのに、日当たりがいい分、紅葉を残している。裏の山はとっくに茶色の葉を落とし、裸木ばかり。

「寒いだろうと思ってオーバーを二枚持ってきた。何も持たずに出たので取りに戻るのではないかと家を留守にしないで待っていた」

ボストンバッグにはセーターや下着まで入っている。

夫を家に入れるのが普通だと思ったが、庭の先に置いてある丸いテーブルを勧めた。

「いい眺めだな。川が見える。お前の家はずっとこの上流だろう」

眼鏡を取った恵弘は遠くへ眼をやった。自然を久しく見ていないのか声に懐かしさが滲んでいる。

「もう、実家はないけど、家には川の霧が上がってきました。大きな柿の木があって、子どものころは登って飽きないほど川を見ていました」

「そうか、川が好きなんだ。だからここへ来てしまったのか」

恵弘はやっと合点がいったのか、川を眺めていた眼で麗子を見た。

「しっかりやっているようだね、友達の渡辺さんから聞いた」

渡辺は麗子の同僚で、何回か家に訪ねてきたことがある。夫は、わざわざ彼女を訪ねて学校へ行ったらしい。

「外は寒いので、どこかへ行きますか。喫茶店はありませんけど軽い食事なら出すところが近くにありますし」

恵弘は自分を部屋に入れたくないという麗子の気持ちを察したのか、急に声を大きくした。

「高円寺はどうするんだ。子どもたちも正月に帰ってくるのじゃないか、もう、学校は休みに入っただろう」

荒い声で麗子を抑えつけようとする。

ここで夫の乱暴な声に怖気づいては、いつものパターンになってしまう。麗子は腹に力を入れた。

「休みに入っていますが、ここで正月を迎えるつもりです。成美はアメリカで正月を過ごすと言っています」

「親のすねを齧っていながら勝手だな」

「いいえ、生活費は送っていません。成美は仕事のサラリーを貯めて入学したのだから一年は自活できると言っていました」

いつからだと訊く夫に、「今年の五月ごろ、一年の留学を思いついたときには貯金が貯まっていたから」

「どいつもこいつも好きなようにしやがって」

「そうですね。私も帰りません。仕事の予定が詰まっているので大学へ通う予定です。だから恵弘さんも好きなように」

「それでも三が日ぐらいは休むだろう。正月の準備は誰がするのだ。よその家に笑われるぞ」

「もう、笑われているでしょう。私の姿がないので、どこへ行ったのかと」

恵弘は手を振って、それはないというように落ち着いた声で言った。

「いや、女房は単身赴任したと言っている」

「良かった。ずっとそう言ってください。こちらの大学は六十八歳が定年だそうですから」

「そんなに働くのか」

南向きと言っても南西の山には太陽が下りてしまった。急に西の風が吹いてきた。外でしゃべるような話ではない。恵弘は入りたそうに家のほうを見ている。家に入れたら今晩泊まっていくと言うに決まっている。そうなれば力ずくでも夫を追い出すことはできない。

麗子は車庫から車を出した。

「運転できたのか。知らなかった」

「ここにいたら、車に乗れなければどこにも行けませんよ。夢中で免許を取りました」

シオリが心配してか、フンフンと言いながら後を追う。

車は曲がった開発中の土地から県道に降りた。ライトを点けた車に行き違う。麗子が黙って運転しているので、恵弘は知りたかったことを訊いてきた。

「何を怒っているんだ。こんな田舎での独り暮らしがそんなにいいのか」

麗子は気を取り直してしっかり言おうと決めた。

「私があなたと生活してからの三十七年、一日も気が休まったことはありません。いつでも怒鳴られ、いつも見下され、馬鹿呼ばわりされ、何か言おうものなら殴る。殴らなければ、気持ちがいじけるほどドアを蹴る。いつかは治るかと信じて過ごしてきました。田舎の娘でなければとっくに家を出たでしょうね、でも仕事が好きですから頑張りました。仕事は裏切りません。こうして次へのステップも用意してくれました。これが一番穏便な別れ方です。どうぞ離婚なりなんなりしてください。独り暮らしに自信もつきましたし」

「そんなに怒鳴ったかな」

「もう私は高円寺に帰らないと思います。帰ろうと思うと足がすくみます。私には都会が合わないということもはっきりしました。都会に憧れた私の若気の至りだったのです」

本心から言った。もう意地を張らなくても生きていける。子どもたちの故郷は高円寺であっても、思川が見えるここであってもどちらでもいい。

こんな大事なことを車の中で、まして相手を助手席に乗せながら延々と話すのは反則行為だが、恵弘も命がかかっているので怒鳴りたくても怒鳴れないだろう。

もし、二人で顔を合わせながら言いたいことを言ったら、夫は言葉で返せない分、手をあげるだろう。最後のＤＶにしたくないし、麗子は怪我もしたくない。

「お前も強くなったな」恵弘は、ため息を吐くように言った。

助手席が心地いいのか、駅に着いても恵弘は愚図ぐずしていて車を降りようとしない。麗子が先に降りて、外で待った。灯りのある町だが、人通りがないぶん寂しい。電車が入ってきて客を降ろし、高架にある改札口の辺がざわざわしている。この時間は乗る人が少なく降りる人ばかりだ。

ウィークデイなら新幹線で通勤しているサラリーマンがたくさん降りるが、休日のせいか、駅のロータリーはタクシーの台数も少ない。寒そうなミニスカートの女性が走って乗り込んだ。

「湘南ラインでちょうどいいのがあるといいんですけど」彼の気持ちを推し測って言った。

「じゃ、ここで。今日は洋服ありがとう。そのうち片付けにいきます」

恵弘は手ぶらで車から降りた。ボストンバッグを両手にさげてタクシーから降りたときには年寄りくさいと思ったが、今はバックスキンの半コートを着て、背筋を伸ばしているから元教師の威厳がある。そうでなくては困る。麗子は自分勝手をしていながら、夫の姿勢は気になった。

麗子は夫を見送らずに車を出した。一刻も早く家に戻りたかった。

麗子は今でも自動車を方向転換して「東京」に行きそうなほど良心の呵責に苛まれていた。恵弘に会わなければ平静でいられたのに、なんとしたことか気持ちが揺れて寂しさが襲う。

意地っ張りな彼が来たのだから、かなり心が弱っているのだ。麗子への執着よりも、煩雑な家事に参っているのだろう。どんなに主婦の仕事が大変か、それを麗子が共稼ぎをしながら手を抜かずにこなしてきたのが身に沁みているのだ。でもここで妥協しては何もならない。決心を固める意味でも、今年の暮れと正月は高円寺に帰らない。帰ってはいけないのだ。

物思いに浸っていた麗子は車の前を横切るものを見た。轢いてしまったかもしれない。降りて確かめるまもなく、カーブを曲がって対向車が来た。左右は山を削った切通し。

しばらく立ち止まって見ていると、左側に動物の光る眼が見えた。この辺にいる動物はタヌキだろう。もう少しで轢きそうになった。彼らは鈍重だ。とくに子どもを持っていると里に下りてくる。水を飲みに来るのだ。

「こんなところに独りで住んでいていいのだろうか」独り言を言った。

## （二十）

暮れの休みに入ってまずしたことは、これから付き合う主治医を探し、そこでインフルエンザの予防注射をした。次にシオリを動物病院に連れていき、健康診断を受けさせた。医者嫌いなシオリは機嫌が悪く、麗子が出した餌を食べない。水だけ飲んで尻尾を振らない。お腹が空いているのにおかしな動きをする。すっかり家族の一員のように拗ねる感情を持ち始めたようだ。

「シオリ、ごめんね。正月は一緒にいるから仲直りしよう」

次の朝、早くからシオリの足音で目が覚めた。檻の中でゴソゴソと音を立てている。これは食事の催促だ。機嫌が直ったらしい。外に出てみると尻尾を振って麗子が檻を開けるのを待っている。冬毛の伸びた全身をたっぷりブラッシングした後、鎖を長く伸ばして庭を走らせた。麗子が散歩に出かけられるまで助走している。

麗子がトレーナーに着替えて下りていくと、散歩用のロープに繋がる姿勢で待っている。「お早う」と声をかけ合う楽しみがある。この住宅街の家族連れをうらやましいと思ったときもあったが、今はシオリがいるので話は途切れないし、楽しい時間になる。

いつものとおり思川の縁に出ると、シオリは慣れたものでズンズン走る。鼻から白い息が出る。もっと走ると口を開けて呼吸する。ときどき麗子を振り返る。「ヨシ」と言うと、また一気に走っていく。彼女の行きたいところを知っているので、どうぞ、という感じだ。突堤を下りなければ川辺に出られない。少し先には縁があって水溜まりがある。流れの急な川だから縁も危険だが、食い込んだ先には砂地もあり、水浴びもできる。葦も茂っていて、魚が泳いでいる。シオリは一気にここまで来て魚を探す。チョビチョビと水を掻く。麗子が手を入れると、澱んでいる水は温かい。小さな川が流れ込んでいるから、いつも水はきれいだ。

四十メートルの川幅を持つ思川は水底が深く、ゆっくり流れる。向かい側は小山になっている。その淵は、河童でも出そうな青緑色の水が澱んでいる。この辺から朝霧が発生する。下流に行けば橋があるが、そこまでが朝霧の名所だ。淵にはコイがいるというが、ときどきウナギが獲れるので、釣り人は和船を漕いで傍まで行く。通の人は大体手前でアユを釣る。今は何が釣れるのか、日中は釣り人が数人川の中に入っている。十一月一杯はシャケが上がってきていた。

ある日、川が黒くなっているのでびっくりすると、産卵するシャケで一杯になっていた。ここは利根川支流の中で一番水がきれいな川としてシャケの故郷になっているのだ。

澄んだ水も瞬く間に産卵を終えたシャケの死骸が打ち上げられて澱んでくる。それを食べようとするトンビやカワウ、カラスがたくさん集まる。シャケの死骸がなくなるころに、またもとの澄んだ川に戻る。深さ四、五メートルもあるのだろうが、底辺に泳ぐ魚影を見つけることができる。

航太は一日も早くフリーになって釣りを楽しみたいと言っていたはずなのに、航太からはこの四か月音沙汰がない。もし、死んでしまったのなら、市役所から税金のことでなんらかの連絡があるはずだろうが梨のつぶてだ。麗子は待つのがつらく、勝手にしろという気持ちになって航太を無視しようと努めた。

「私のアジトなんだから追い出されるまで居座っていればいい」と居直ってさえいる。

いつの間にかこの家は、麗子にとってシェルターからアジトに変わった。

川の上に立ち込めていた霧が動き出した。真っ青な水辺に湯気のような蒸気が上がる。陽が差してきた証拠だ。小高い対岸から金色に放射する光線。モノトーンだった景色がすべて神々しい茜色に塗り込められる。

「シオリ、おいで」シオリは水に浸けていた足首をそろそろと上げて麗子を見上げる。まだ、遊んでいたいのだ。「帰ろう、お腹が空いた」

鎖を引きつける。シオリはちょっと抵抗を示したが、観念して麗子の傍に戻ってきた。

「航太さんが来たら釣りにつれていってもらいなさい。きっと浅瀬なら泳がせてくれるかもね」

シオリに言っても分からないだろうが、航太は真冬でも川に入って釣りをする。高校のころから釣りを楽しみ、趣味にしていた人が、なぜＲＦＩＤなどという固体標識の研究をライフワークにしたのだろう。田舎人特有の、頼まれればいやと言えない性格が、六十歳を過ぎてから深みに嵌ってしまったのだ。

「シオリ、走れ」麗子は綱を放した。シオリと走り比べだ。この時間ならまだ人は歩いていない。畑が途切れるまでシオリは駆け抜ける。途中潰れるのは麗子だ。シオリは規則正しい足運びで坂を登り、麗子のアジトを目指して走っていく。

（二十一）

物思いに耽っていた麗子の耳に、車のブレーキを踏む確かな音が聞こえた。麗子はドアを少し開けた。街灯の中に人影がある。そこに航太が両手に荷物をさげ、立っていた。

突然、前置きもなく、航太が現れた。

直感が当たったときに感じる鳥肌が二の腕に立った。

笑みを浮かべて迎えられるとは思っていなかったのか、航太は照れている。麗子が忘れようとしても忘れられない顔だ。

どうしたのと互いに言った。麗子は家庭のある航太が予告もなしに大晦日に来るとは思ってもいなかった。

航太は航太で「高円寺に帰らないの。正月だから留守かと思った。灯りが点いているのでびっくりした」と言った。ひょっとすると恵弘さんがこっちへ来ているのだろうかと疑ってさえいた。

「向こうに回ろうか」と手真似で訊きながら、航太は家人がいることを心配して玄関から入ろうとしない。冷たい風に髪を煽られている。

「なんで。あ、音ね。大きな音を出してテレビを観ていたから、ちょっと独りが寂しいので」

麗子はドアを大きく開けて、航太を通した。

「本当に、ここは留守だと思っていた」航太がまだ、独り言を言っている。航太こそ家族をおいてここに来るなんておかしいと麗子は言いたかった。

玄関の正面に正月の花、松、柳、菊を活けてある。麗子は独りでも正月飾りは忘れない。

「隣の家もきちんと活けてありますよ。主が来られなくても家の神様はいるから大事に奉って」

航太がありがとうと言ったのか、飾りはできないと言ったのか麗子には聞き取れなかったが、航太が荷物を持ったままリビングに入ってきた。

「ああ、暖かい」と航太が嬉しそうに言った。

「急にどうして。無理しなくてもいいのに、もう当分会えないだろうと諦めていたから」

「ごめん。でも、麗子さんがこちらにいるとは思ってもいなかったな。俺は正月一人でマンションにいたくなかったから、急ぎ身の回りをまとめてやってきた。音がするので、びっくりした」

麗子は熱いお茶を出しながら航太の顔色を見た。頬骨が出ている。やせたというよりも神経質な表情に嫌な予感がした。頬もこけた分、顔が長くなった。

「何かありました？」

「麗子さんには正直に言う。妻が九月に亡くなった」
エ、という言葉を呑み込んで、「どうなさったの」と訊いた。
航太はコートを着たまま、麗子が好きな背もたれ椅子に体を投げた。麗子は航太の言葉を待った、何を聞いても取り乱さない覚悟で。

「誰が悪いということではない。彼女の寿命なんだ。リウマチで心臓がやられていた。マンションは階段のない生活だから動悸などの自覚症状がなかった」

「いつ」

「俺がローマに行っていたとき。学会が終わってすぐに帰ってきたが、もう手遅れだった。でも最期は看取れた。それだけは良かったな」

「連絡がないから、何かあったのかとは思っていましたが」

「八月に来ただけだから、心配しているだろうとは思っていたが、連絡する言葉が見つからない。でも、この家を建てておいて良かった。帰る場所があると思うと心が落ち着く」

「いつでもどうぞ、あなたの家でしょう。私はもう高円寺には帰りません。ここを出るようなことになっても、小山に残ります」

これは先日、恵弘が訪ねてきたときに決心したことだ。高円寺の家もいらないし、まして恵弘と同じ家には住めない。彼に会ったとき、嫌悪感しか覚えなかったことを航太に話しても通じないだろう。

「反対に私はここでやり直したいの。今までやれなかった研究もあるし、時間も自由にできるし、集中できるので、できたらドクターコースに挑戦したい」

「良かったじゃないか。目標が決まって生き生きしている。うらやましい」

「うん、航太さんのおかげ。私は二度も失敗している。都会に憧れたことと都会の人と結婚したこと。すっかり自分を失くしてしまったことに気づいた。だからもう失敗したくない。もう戻りませんから、この家でやり直させてください、本来の私を取り戻せるまで」

「大賛成だ、好きなように生きなさい。西側のこの家と土地は麗子にあげる。この前、自分のものは何もないと麗子から聞いたときに決心が固まった。そのつもりで司法書士に頼んである売買の経費は最低もらうつもりだけれどね」

麗子は「嬉しい」と悲鳴を上げた。やっと自分の家が持てる、それも川の見えるところに。両親の位牌も兄から分けてもらおう。この土地で祀ってあげれば親孝行ができる。

「退職金が手つかずにあります。正規のルートで売ってください」

航太が初めて惹きつけられた高校時代の麗子。麗子の本当の姿、活きのいい姿を再発見できて、二度惚れしそう、いや三度惚れだ。

「良かった。航太さんが笑ってくれた。暗い顔をして入ってきたときには、死に神に憑かれているみたいでびっくりした」

「そんなにひどかったかな。マンションにいたらダメになると思ったから車を飛ばしてきたんだ。俺にもやり残した仕事があるから、まだまだくたばれない」

「航太さんの仕事は、日本ではまだ誰も手がけていないんでしょう。叙勲ものだって新聞に書いてあったわよ。そんな人が同じ高校を出ているのかと思うと励みになる」

「世界のＩＳＯタグ協議会で形にするまでは辞められない。日本の動物がすべてＩＣタグをつける時代が来なければならない。そのときまで研究し続けたい」

「ね、航太さんはいつからこの研究に」

「俺だって遅いんだ。会社員だった五十五歳まではＩＣのことなんか知りもしなかった。だって俺の専門は電気工学だろう。再就職したところで何か研究しないかと言われ、鑑識するＩＣのテーマに取り組んだのが、ちょうど狂牛病が問題になったときで、動物の固有の識別が世界共通の問題になっていたんだ。時期も良かったのかもしれない」

「成功することを願っています。私は地味だけど、本の登録、個人蔵書が参入するシステムを考えます」

「あれ、これって麗子が本で俺は動物で、対象の違いだけだな」

「でも大きな違いがある。動物は食肉に供されることを視野に入れているでしょう。私の研究は蔵書のお蔵入りをなくす家庭図書館のシステムよ。歴史に残る本をネットワークで取り上げてシステム化するの」

「俺の方は、ネコや、将来は爬虫類まで登録できるシステムにするんだ」

テレビには紅白歌合戦が映り、賑やかな花吹雪が舞っていた。華やかな衣装で知られる演歌歌手の登場までは、まだ時間がある。

麗子は独りの正月のつもりで何も用意していない。高円寺の反動で、暮れの忙しさにはうんざりしていたからだ。何もしないと自分に言い聞かせていた。

「好きな人と出直したい、生きている間に。でも依存はしないつもりです」麗子は自分の気持ちに素直になって生きたかった。

「やっとその言葉が聞けた。独りよりも二人のほうがいい。共同生活しよう。高円寺の家のしがらみはいろいろあるだろうが、ここで出直すことに決めるんだな」

「自分の家があれば私は強くなれます。航太がいつでも帰れるようにあなたの家も私が守ります。私にはシオリがいるから安心して」

リビングの声が聞こえたのか、シオリが檻の中で鼻をならした。「私はここにいます」という合図を送っている。

「大丈夫よ」シオリに声をかけた。シオリは麗子の話をかなり理解する。柴犬は家族を守る役をきちんと躾けられているのでクオリティーは高い。

シオリに向かって開けた窓から冷えた風が入ってきた。

「シオリ」と航太が呼ぶと窓際に走ってきた。彼は両腕でシオリの背中を抱えた。シオリの好きな愛され方だ。

曲げた航太の背中が寂しそうで麗子はやりきれなかった。妻を亡くした男の哀れな姿を麗子に見られているとも知らないで、無防備に窓に映している。麗子は抱きつきたかったが、かろうじて耐えた。

麗子も航太と同じようにシオリの傍に寄った。彼女もシオリをなでることで、航太と同じ気持ちを味わいたかった。

この時間に堪えられなくなった麗子は先に家に入った。

一年が終わろうとしている今、航太が「一緒に正月を過ごそう」と言った。麗子はずっとその言葉を待っていたような気がする。

「風呂に入ってよ」と航太を促した。まるで年上の女房みたいだ。

「一緒に入ろうか」彼は恐る恐る麗子の傍に来て言った。この辺の田舎では夫婦が一緒に入るのは当たり前だ。

「一緒に入ろう。この家の風呂場、天井が高くて素敵よ」麗子は弾んだ声で応じた。

航太の姿が映っている湯殿に、麗子は恥じらいもなく下りた。

待ちかねたように航太は、しっかり麗子を腕の中に抱いた。

「やっと手に入れた。もう離さないから。どこにも行かないと約束してくれ」と叫んだ。

「風呂に一緒に入れてうれしい、航太をずっと待っていたんだから」

「考えてみれば、俺も麗子がずっと好きだった。合うんだよ全体が、ぴったりだろう」

天井の高い風呂場に、絡み合う二人の声が反響する。

「好きだ」「好きだった」という声が航太のものなのか麗子のものなのか分からないほど、溶解して反響する。

飢えた獣のように互いの体を貪《むさぼ》り合ったひとときは去って、二人は湯船に体を沈めた。

「年越しは、やはり清酒だな」風呂から上がった航太の声に張りが戻った。「どうした、涙なんか流して」

いろんなことがあったものだからと前置きして「いつも寂しくてね、正月もお盆も。私には田舎がなかったでしょう。だから帰るところがなくって、子どもたちにも正月に親のところに帰る習慣をつけられなかったの」

「変な家庭だな。今度ここへ娘さんを呼べばいいじゃないか。思川が故郷だと」

「生まれたところだものね。魚のように戻ってきた。ここで産卵しようかな」

「おお、俺の子を産んでくれ。俺は子どもが欲しい。やったー」

麗子はユーモアが利きすぎたなと苦笑いした。一歳年下の女は何を彼にプレゼントしたらいいのかわからない。

「そうだな。俺と一緒に外国に行くこと。俺は麗子に英語を教えながら、そればかり考えていた」

「そうかしら。抱きたくて抱きたくて仕方ないといつも顔に書いてあったくせに」

「ばれていたか、何しろあのころは若かったから夢中だった。でも、外国へも一緒に行こう。次のISO学会はスペインだ。やっと念願が果たせる」

年越しの鐘の音が流れる。永平寺の山門、鐘撞堂、吹き込んだ雪に覆われた回廊の白く幻想的な景色がテレビに大きく映った。

窓に初日の出が反射していることにも気づかず、麗子は航太の胸の中で心の芯から休まる深い眠りを貪った。

元旦、麗子は大きな二重窓を開けた。川霧が珍しく軒下まで漂ってきている。航太が眼を覚ましたら、さぞ喜ぶだろう。航太を喜ばせたいと、麗子は初めて心に宿った温かさに自然に口元が緩んだ。

「あけましておめでとう」

シオリに向かって大声で挨拶した。シオリは脚を踏ん張って勇ましく吠えた。

# 小田急沿線

# プロローグ

滝川直子は今朝、とても幸せな気持ちで目覚めた。八月も下旬だが猛暑が続き、夜になっても温度は三十度前後もある。直子が眠る二階の寝室もエアコンと扇風機を併用しているが、涼しさとは無縁だ。喉を痛めるので、決して二十七度以下にはならないよう温度設定しているからだ。

どうしても我慢できないときはアイスノンで背中や足元を冷やす。だからこの時期、朝まで熟睡することはまずない。それなのにこの三、四日は明るい気持ちで目覚める。

「孫の雅哉が市役所の就職試験に受かったって」と独り言をいう。この言葉を誰かに言いたくてしかたがないのだ。身近な親友二人と三人のきょうだいにはすでに報告した。それでも、まだ誰かに言いたいのだが、孫自慢など誰も聞きたくないだろう。

もう、報告する相手は思いつかないが、それでも毎朝言いたい気持ちがくすぶっている。いや、一人残っていた。それは「神様」である。神様なら毎朝話しても笑われない。

「神様ありがとうございます。おかげさまで私が小さいときから面倒を見た雅哉が市役所の就職試験に受かりました。五十人採るところを七百人の応募があったという狭き門です。倍率十四倍をくぐりぬけ二回の面接もクリアして受かりました。決して私が勧めたわけではなく、雅哉が自分で決めたのです。家族から見ると大方面接で落ちそうな、何かこうはっきりしないおどおどした子が、よく面接官の目をクリアしたと驚いています。よくできましたねと褒めてあげました。偉いです」

長い独り言が続く。でも、まだ言い終わっていない。心の奥底にドカッと居座る言葉があって、本心はこの言葉が言いたいのだ。

「雅哉の合格が叶った裏には、祖母である私の大きな努力があるのです。これはやたらな人には言えませんが、私が三十年以上頑張ったその結果なのです。自分の能力や社会的地位を考えれば夫の暴言暴挙を許すなどありえなかったのに、些細なことで夫に怒鳴られたり暴力を振るわれたりしても、ずっと我慢してきたのは孫の雅哉のためでもあるのです」

「殴るなら殴れば」と居直れば、夫は充血した目で本気で手を振りおろしただろう。凶暴な一瞬は決して手加減などしない。夢中で手を下すか、その辺にある椅子を直子めがけて投げつける。そこに包丁があれば、それで直子を刺しただろう。彼女がこのことを友人に話しても「そんなことあり得ない。手加減するはずよ」とまともにとりあってはくれない。

しかし直子は知っている。夫は絶対に手加減しない。狂気が去れば手加減するかもしれないが、狂気の最中は見境なく突進してくる。この限界状況を知ったのは十年前のことである。

直子は夫の凶暴さを「短気」のせいと思っていた。振りあげた椅子も当てるつもりはないと思っていた。しかし、途中から夫の乱暴さは発達障害カテゴリーの一つアスペルガー症候群の強迫行為で、命中させるように振り上げていると知った時から、その狂暴さから逃げることにしている。

危ない目に遭いたくないからとか命が惜しいからとかではなく、暴力が行使されたら家族は警察を呼ばなければならない。その結果、夫の暴力が表面化して加害者として新聞記事になる。それを防ぐには、この暴力から逃げるしかなかった。悔しいが、何があっても逃げるしかなかった。直子が逃げるからなおさらやるのだと助言する人もいる。これは甘い見解だ。夫は決して振り下ろす手を途中でとめない。直子がそこにいる限り、気が済むまでやり込める。だから彼女は逃げる。

どんなに小さな怒りでも、火がつけば手加減しない。いや、手加減できない。一旦暴力的な自分をさらけ出すと、手を振り下ろすまで気がつかないのだ。自分の行為をやり遂げて、初めて自分の凶暴さを知るのだ。

夫が平常な時、「私は命が惜しくて逃げているのではないの。あなたの凶暴な行為や暴力によって私が怪我をするか死んで警察沙汰になったら、一番被害を受けるのは、これから世に出ていく孫たちなのよ」と訴えた。

流した血が社会に出る彼らの足元をふさいでしまうのだと言っても夫はその言葉を理解できない。手を上げた時に「怪我をしたらどうするの」と直子が叫んでも「警察でもなんでも呼べ」と大声で応酬する。一旦狂気にかられると、警察が来ようが世間に知られようが自分をとめることができない、ブレーキをかけられないという凶器を脳の中に持っている。だから直子は逃げるしかないのだ。

自分だけに向かってくる暴力から、直子がどのぐらい逃げてきたか分からない。

解決策は一つ、直子が家にいなければいいのだ。離婚か別居をすればいいのだが、二人の子どもが結婚した今も、まだしていない。周りの皆は、なぜしないのかと問う。直子も長年自問自答してきた。しかし夫のもとから離れていない。なぜ、離婚しないのかは自分しか分からない、いや自分も分かっていない。

「こんな人と結婚してしまった自分がいけないのだ。孫が成人すれば、もうおじいちゃんの事件は影響ないかもしれない。それまで穏便にしていたい」と捨て身で思っているわけでもないし、それほど強くもない。夫が改心するだろうと思うほど甘くもない。それでも直子が離婚しなかったのは、自分が建てたこの家が好きで、ここでの生活しか考えられなくなっていたからだ。夫は苦手だが、子どもや孫を愛し育ててきたこの家の歴史を塗り替えるわけにはいかないと思っていた。

直子が動かなければ夫婦の関係は維持できた。夫は家やこの土地を一度も出たことがなかった。この人ほど家に根を生やし、動けなくなっている人はいない。家から通える範囲で就職し、当然のように嫁を自分の家に迎えた。妻も子どももこの家に住み着いて一生を終える。

だから直子にとっては孫の就職が、決して幸せではなかった夫婦関係のなかで得た最高のプレゼントだったのだ。

直子は夫と結婚し共稼ぎをしながら三人の子どもを育て、孫四人を抱くこともでき、そのうえ直子の職業人生も充実して送ることができた。

ふと気がつくと夫から得たのは暴力だけでなく、直子への無関心さだった。そのおかげで仕事を続けることができた。夫から一度たりとも「早く帰って来い」とか「どこに行くのだ」など干渉されることもなく自由に振る舞う反面、精一杯母親として、嫁として、妻として務めを全うした。

結果論だが直子は好きなだけ仕事もできたし、遠い職場への転勤も可能だった。これは裏を返せば、夫は妻に関心がなく、妻が何をしようとも夫婦の距離は変わらず、妻とのコミュニケーションに何も期待していないということである。

友達が「楽な夫で共稼ぎ向きね」とうらやましがったがそれは違う。妻の直子が傍にいることの方が彼にとっては耐えがたかったのかもしれない。妻に干渉されるのが嫌だったに違いない。

直子は食事の支度や子どもの面倒、家の掃除や洗濯を夫に手伝ってもらったことはない。

この働き方は半端ではなかった。一度でも夫を頼って皿を洗ってもらったりトイレを汚したままにしておいたりしたことはない。自分の性分で家の管理は完璧なぐらい整理整頓に徹した。なぜなら夫が整理整頓をしない、できない人なので、その代わりに直子がどこもかしこもきれいにするように努力した。

一度だけ、食事した後の皿をシンクに入れておいてと頼んだことがある。彼がむっとしているのを目の隅でとらえてはいたが、そのまま出勤してしまった。その日家に帰ると、皿が全部シンクの外に投げ捨てられていた。それ以来、彼には一切用事を頼まないことにしている。

家庭の用事だけでなく、例えば市役所や銀行の手続きなどもすべて直子がやっていた。もちろん子どもの用事や姑の通院も一切夫には頼むことができなかった。

夫は往復はがきの返信一つ自分で投かんできない人だった。はがきをポストに入れるのを頼んでも彼は機嫌が悪く、まともに投かんできたためしがなかったので、そんな小さなことまで一切夫には頼まないという徹底した気構えで、直子は家事、育児、仕事を続けてきた。

夫に期待しないのはセクシャリティについても同じで、彼の流れに従って避妊はすべて自分のなかで調整して、子ども三人と決めてきた。彼のニーズは生理的な範囲で受け入れられたし、直子もそれで十分だった。

直子が夫婦間のコミュニケーションを図ろうと苦心した年月が彼にとっていかに受け入れがたかったのか、振り返ってみてぞっとする。発達障害のカテゴリーの一つアスペルガー症候群の夫と世話焼き女房のすれ違いは当然だったのだ。

このストーリーは、夫婦間でコミュニケーションをとれないことが大きな悲劇につながったという記録でもある。コミュニケーションの欠如はアスペルガー症候群の主な特徴で、夫婦が干渉しあうコミュニケーションは不得意だったのだ。

なぜ、直子は夫のアスペルガー症候群を見抜けなかったのかと彼女は長い間自分を責めていた。

その結果、直子を主人公にしたストーリーを書くことになる。

# 出会い

## 一

二十四歳の時の萩原直子の日記に滝川哲朗の初対面の印象が書いてある。

「公務員の家庭に育った青年らしく礼儀正しく、それでいて率直でおおらか。真面目な人だから尊敬できる」と褒めている。これは二十四歳だった直子の偽らざる気持ちである。他の人よりもはっきりした二重の眼は正直そうで、信頼できる人だと哲朗の人柄に好意を持ったのだ。


丹沢連峰で一番印象深いのはやはり三角に尖った大山である。

小田急線は右手の大山から表尾根の麓に囲まれながら秦野トンネルに入る。このトンネルは秦野盆地の入口で、車窓から盆地特有の水無川を真ん中に挟んだ町並みが一望できる。その盆地を囲うのは国定公園の表丹沢。なかでも目立つ二ノ塔、三ノ塔の高い山頂を背にして波形に連なる山々の稜線が重なって裾に下りてきている。

電車は平地を直線に隣の駅、渋沢に向かって走る。電車と一緒に野菜畑の中にある住宅も流れる。南面を囲むのは渋沢丘陵地帯で山裾は奥行きがなく、緑濃い木々で覆われている。走る電車の先に雪を被った富士山が目に入る。すべてが広い視野で作った箱庭だ。直子は栃木県のちまちました山に囲まれて育ったので、こんな大がかりで空を圧倒するような景色を「誰が作ったのだろう」と、絵に描かれたような盆地に惹かれる。

直子は四月から小田急線で小田原まで通っているので、自分が選ばれた人のようでうれしくてしょうがない。子どものころから聞いていた大山と富士山が次々と視野に入る小田急線に乗る自分の幸運に感謝し、この転勤を誰かに伝えたくてむずむずしていた。

畑の中を走る線路は丹沢登山の玄関口、渋沢駅まで一直線。四両編成の電車が踏切をどんどん越える。四、五秒ごとに通り抜ける踏切は二十か所もある。単純に計算すると五〇メートルに一つだ。そこに集落があれば踏切ができる。いかに生活に溶け込んでいるかが分かる。

道路と交差する場所は同じ平地で立体交差は一か所もない。それだけでなく、防音壁もない。竹の遮断機が下り、警報機を高らかに鳴らしている割には、「うるさい」と駅に苦情の電話をする人はいないというから市民性が高いといえる土地だ。

そして電車は長い尾根の下、菖蒲トンネルをくぐって四十八瀬川の縁を通り隣町に入る。

この四月から小田原保健所配属の辞令を受けた。保健所勤務はどこに住んでも自由だったので、直子は相模原にいる姉夫婦を頼り、広い借家に居候させてもらった。少し遠いが小田急線での通勤を始めた。電車で通う楽しさは長年夢に見ていたから、どんなに遠くても苦にならない。電車通勤の利点は時間通りに動けることだ。それだけではない。小田原には小田原城もある。城下町として栄えた観光地は由緒ある建物があるだけでなく人々の歴史の香りもする。小都市として名店街があり賑わっている。

二

その朝、いつも通りに秦野駅で多くの学生が降りた。明治時代からの威風堂々とした男子学生と、襟の大きなセーラー服に長いスカートの女子高生が革の平靴を履いてぞろぞろ降りてゆく。男女とも「秦野」という名前を付けた大きなカバンで歴史のある高校だということが分かる。

毎朝、同じ時刻に乗る車両で、直子は斜め前に立つ男が視野に入るようになった。数日前、秦野の駅で、ドアが閉まる寸前の車両に躊躇なく飛び込んでくる姿を見ていたので、なんとなく覚えていた。

五月のその朝、男は直子に見られているのに気づかないのか、斜め前の釣り革に摑まり、彼女と同じように窓の外を見ている。空席があるのに座ろうとせず、進行方向の左側に向かって立っている。

車内が混んでいるわけでもないのに、なぜ斜め前に立つのだろう。ちょっと目をやるが反応はない。そんなことに反応するほど直子を意識しているわけではないらしい。ただ、さっきから薄い冊子をめくっている。写真のパンフレットのようだ。

直子は顎のあたりまで視線を上げてびっくりした。紺の背広の襟に温泉マークと俗称される県章バッジを付けているではないか、この男性は直子と同じ県職員だったのだ。

確かに先ほど目が合ったときに挨拶らしく唇が少し開きかけたが、直子がはっきり応じなかったので、男はそのまま直立した姿勢を崩さない。男が彼女よりも二、三歳上ではないかと思うのは、カバンではなく風呂敷に書類を包んでいることだ。その風呂敷も紺地に白い蔦模様。古風というのか、それとも書類を包むのが好きなのか、田舎育ちの直子も親しみがわく。父親代わりの長兄も風呂敷を持っていたのを思い出す。

いつの間にか彼の隣に中年の男が立った。この人なら知っている。事務所が隣り合わせになっている児童相談所の指導課長、末成さんだ。

「おはよう、いつもこの車両に乗っているのか。どうりで会わないと思った」

課長が男と話す声が聞こえた。紺の背広にピンクとグレイの交じった太いネクタイが似合う、上背がある都会派だ。

「あ、紹介します、この人はうちのスタッフで滝川君、萩原さんの三年先輩に当たるかな。いつも秦野から乗るのだが、最近会わないと思っていたら、この電車に変更していたのか」

男は慌てて「いや、いつも乗る電車は一つ後でしたが、最近暖かくなったので早めに出るようにしているんです。この電車は学生がたくさん乗って秦野まで混むのですが、そこでほとんど降りてしまいます」

「高校生なら滝川君の後輩だろ。この電車でも余裕だよ。小田原で時間があるからゆっくり歩ける。僕はいつもこれだ。しかし、今日は珍しく座れなかった。ちょっと前の車両に来てみたら滝川君がいるのでびっくりした。また萩原直子さんまでいるとはね。君はどこから乗ってくるの」

「私は相模大野です」

「課長は愛甲石田からだから、みんな小田急組ですね」と滝川は補足した。

「そうだよ。駅まではバスで来るので、この電車に乗れない時は後になる。その時の方が多い」

「こちらは隣の保健所の保健師さん。いつも一緒に仕事するので教わることが多いんだ」

課長が話の続きのように、「この前、うちの子の体格見てくれましたよね」と言った。

「ええ、あの子があまり痩せていたから栄養が足らないのではないかと心配して」

「あの時は助かりました。滝川君、ホラ、親がコッペパンばかり食わせていた中井の子」

「きっと栄養が偏っていたんでしょうね。いかがですか、その後肉や卵食べますか」

「よく食うよ。好き嫌いはない。結局、親が食べさせなかったみたいだ。何しろ母親が箱根の旅館に働きに出ているから夜も帰れない。そんな子がいっぱいいる」

仕事の話はしたくないと、直子は話題を変えた。

「この電車は学生で混みますね。まず本厚木でたくさん降りる。そして秦野でまたどんと降りる。小田原まで学生列車みたいですよ。私はどこの学生か制服で覚えちゃいました。一番クラシックなのはさっき降りていった秦野女学校の生徒。私の田舎と同じ長いスカートが懐かしくて」

「小田急に沿って新設校がたくさん作られたんだ。みんな県立だから学生列車と言われているよ」

背の高い滝川はちょっと腰を曲げて、直子に低い声で話しかけた。

「私の田舎は高校まで四キロの自転車通学でしたから、シックに電車通学したかった」

「児相でも、なんでも相談できる保健師さんが欲しいですね。課長、人事に要望出してください」

「いや、一人雇うのは無理だよ。隣に保健師が十人もいるんだから、すぐ相談できる」

「そうだけど、親身に面倒見てくれる看護師さんでもいいから子どもには必要ですよ。母親みたいな人」

滝川が直子に視線を送りながら課長に進言した。

児童相談所の仕事は、家庭で養育できない、またはその疑いを持つ子を一時的に預かる施設も持っているのだということを知った。

「そうだな、発育不良の子どもを十五人も預かっているのだから、母親のような、それでいて専門の知識を持つ人は必要かもしれないな」

末成課長は、自分に問うように言った。

「そうですよ、病気を持っている子もいるんだから、生活だけでなく治療の専門家が必要です」

滝川も、直子の肩を持つように保健師の必要性を力説した。

「田舎はどちらですか。ちょっとイントネーションが違うので」

末成課長が興味をもったのか、初めて直子に質問した。

「栃木の山の中、専売公社で有名な茂木です。真岡線は下館から次々と専売公社の女性職員を乗せて終点の茂木まで。電車が着くと町中は彼女たちであふれます」

「よくそんな遠いところから出てきましたね」

「だって、神奈川県の保健師学校は日本一ですもの」

いる。


「そういうことですか」

末成課長と直子の話は自己紹介に近い。傍で聞いている滝川も仲間になったつもりか相槌を打っている。

「秦野も専売公社で持っていたから」

「滝川君は農家ではなかったのだろう」

「父が役場に勤めていたおかげで家から通えるならどんな大学でも入れました」

「そうだよな、小田急ができてから急に大学が近くなった。私大だって高校ぐらいの月謝で通えたものな。しかし萩原さんの田舎の専売公社は栃木一ではなかったかな」

「そこまでは知りませんが、ほとんどの農家は葉たばこ専業でした。家でも朝、兄がかいできたたばこを子どもたちが縄に挟み、それを庭に干しました。葉たばこが農家の一番の収入でした。私はそのおかげで四年間、専門学校へ行けたんです」

直子は二人に気を許して、何かせつない話をしてしまった。いやだなと思ったが滝川が真面目に相槌を打ってくれたのは意外だった。直子の田舎では高校卒がいい方で、その上に行く人は、親が学校の先生か専売公社にでも勤めていなければ無理だった。どれほど現金収入のない生活を強いられてきたか分からない。どこの農家もみんな同じだった。

「同じ専売公社でも、神奈川と栃木では大違いです」

直子は、駅で乗り降りする人たちをみて思ったことを言った。

「都心に近いということは、それだけ大きなメリットっていうわけか」

「そうだろう。でも専門学校に行かせてもらったのだから、親に感謝しなければな」

小田原駅に着いた。保健所と児童相談所は駅からみて南方向の海側にある。三人は同じ職場に行く同僚のように歩き始めた。

駅から保健所まで歩けば二十分かかるが、その途中に小田原城がある。城址公園に入って本丸広場、広場を通り抜けて、常盤木門を下りていく。その行程には急な坂道と、いくつかの石段がある。城は高台に建てられ、平地には堀が回っており、天守閣は遠くからでも見える。縦横に網の目のように造られている町の中を通り抜ければ国道に出て、その先は武家屋敷があったという住宅地へ行きつく。

今朝は珍しく隣の児童相談所の課長と滝川に声をかけられ、バスにも乗らず歩くことになった。近道も覚えられると足取りも軽い。

小田原保健所と小田原児童相談所はこの武家屋敷街の一角にある。駅から歩けば二キロとはない平坦な道のりだ。

二つの建物の前には、これも武家屋敷の名残か、大きなカシワの木が植わっている。入口は児童相談所が先だ。枝ぶりが良いので、毎年五月には「子どもの日」の出し物がある。実際にその葉っぱを使うわけではないが、柏餅屋が出店するという。保健所の職員も昼休みに買いに行くというから直子も買おうと思った。五月の節句が楽しみだ。

「保健所にはもっと見応えのあるタイザンボクがあって、夏になると真っ白い花がボタボタ落ちる」

末成課長の説明に見送られて直子は保健所に入った。

「おはようございます」と直子は挨拶して一階の事務室に入った。奥にある出勤簿のデスクに行きつくには事務所の真ん中を通る。職員の顔を覚えられるように机が配置されている間を通り抜ける。先に来た職員に声をかけられ、直子も明るく返事をする。

総務課長のデスクの脇にある出勤簿に捺印してすぐに二階に上がった。ロビーの左手にある大きな階段。そこにはクリニック室やレントゲン室、内科、歯科検診室が並んでいる。その角に保健指導室がある。どうしてこんな中心に造ったのだろうと、昨日も思ったことをまた思う。しかし、仕事をしてみれば分かる。保健指導室には一般の市民だけでなく多くの団体やグループが集まるからだ。

三

それから一か月も経たない六月の初め、また三人が揃った。

末成課長に、そろそろハスが咲きだしたから見にいこうかと電車のなかで誘われた。

城の東堀の古代ハスは有名だ。千葉県印旛沼から分けてもらった種を撒いたという。開花時期には大勢のカメラマンが来て、「ポン」という音を立てて咲く瞬間を狙う。日が昇った時間は咲き切ってしまって神秘性はないが、一見の価値はあるという末成課長の誘いで本丸広場を突っ切った。

六月の朝の陽差しがすでに暑い。二人は後ろから直子がついてきていることを忘れているのか、一時保護から逃げだした子どもの話に熱中している。

「それで逃げた子どもはどこに？」

「まだ改札口にいるところを見つけた」

「良かった、タツノリ君はこれからも逃げるだろう」

直子はすっかり忘れられている。これでは、直子がついてきている意味がない。二人が職場の関係以上に仲がいいのがうらやましい。滝川はなんでも課長に相談するのだろう。

ふと、課長が振り返った。直子が黙ってついてきているのを思い出したらしい。

「まわり道だが」と前置きし、課長がぜひ見せたいものがあると言って象の梅子の小屋のある囲いのところに連れて行かされた。朝なので象はまだ小屋の中にいた。

「滝川君は象が好きなんだ。写真をたくさん撮っているよな」と滝川に話を合わせた。それには何かの意図があるようだ
「象は何を食べるの」直子はちょっと楽しんで質問した。

「やはりバナナだ。子どもたちは持ってきても自分で食べちゃうので、象にはあげない」

「バナナ？　今度家から、甥っ子たちのおやつを持ってきてあげようか」

「喜ぶぞ。でもやるときは僕も呼んでな。鼻で皮をむく写真が撮りたい」

城址公園から常盤木門をくぐって坂を下りるとあかね橋があり、その下に広い沼堀がある。ここがハスの名所になっている。ハスの花盛りはまだだが、葉は猛々しく伸びている。そのうちにボツボツ

と花が咲いていた。しかし時間が遅い。日の出と一緒でなければ、ポッと咲く瞬間が見られない。たくさんいたカメラマンはすでに帰った後のようだ。

「じゃ、ハスの咲く時間に来ようかな」と滝川が独り言を言った。その言葉を課長が耳にして、「僕も行くよ。萩原さんもいかが」と直子を誘った。

「私はちょっと遠いし」直子が言葉をにごした。

「いいじゃないか。僕が一緒ならどうだね」

古代ハスが沼いっぱい、大きな葉の中に咲く。その瞬間も見たいと思えてきた。神々しいピンク色の透き通るような花だという。お釈迦さまが乗るという説話がある。

直子の気持ちが揺れた。

「その日がはっきりしたら連絡ください」と答えてしまった。三人ならいいかなと、どこかで滝川を意識している自分に気づき、用心しながら末成課長の勧めに乗った。

課長はすでに夏もののスーツを着ている。ワイシャツは細いブルーのストライプ。身だしなみがいい。それに比較して一緒に歩いている滝川は、まだ春もののスーツに長袖の白いシャツ。靴は埃をかぶっている。カバンを持たずにいつもの風呂敷包み。ネクタイは太いストライプで若々しいが、まだ身だしなみを気にしない青年という感じだ。二人の組み合わせを見ていると直子は安心していられる。まだ、滝川だけと会う気がしないが、末成課長がいれば滝川との会話も繋がってゆくから安心だ。二人だけだと話が続かない。風呂敷男とは一緒に歩けそうもなかった。彼らは上司と部下というよりも仲のいい友達という感じだ。二人の中にいると直子は安心していられる。課長が一緒ならハスの開花も楽しみに思えてきた。

直子は相模大野駅近くの姉夫婦の家に居住していたので朝早いのは大変だ。

滝川とは、かなり頻繁に電車に乗り合わせるようになった。帰りも直子が乗る時間を見計らったように乗り合わせてくる。一緒の電車に乗らなかった朝は、宿直したのか児童相談所の外で掃除をしながら直子を待っていた。職場の同僚も「滝川さんが外で、萩原さんを待っているよ」と噂するようになった。だからと言って避ける必要もないし、児童相談所の話は役に立つことが多く、児童養護という未知の世界が直子の目には新鮮に映った。

小田原市は相模湾に面して広がる市勢で、商業地でありながらも城下町の風情を残し、古くから東海道の要所として国・県の公共施設がたくさんある。裁判所だけでなく駅を囲んで警察、地方検察庁まで集中している。自治行政がしっかりしていて、そのうえ、新設校として立派な県立高校も三校あり、多数の文化人を輩出している。

観光地の箱根・湯河原、真鶴を所管する保健所は職員百名を超す大所帯。職員も小田原という城下町にふさわしいエリートが選ばれていた。技術職だけでも十五種類以上の人材が働いており、特徴的なものに細菌検査課と温泉課という部署がある。保健師は十二名。二十代が四名、三十代が一名、四十代が四名、超ベテランの五十代が三名だ。保健指導室は、保健所の中心ともいえる場所にある。この時代、乳幼児や成人病の健康管理が保健行政の目玉であったことが窺える。

箱根は保養所として充実していて日本のトップレベルの著名人が夏に集まるため、軽井沢以上の安全な食・水を供給することが、保健所の課題であった。そして世界に誇る温泉地を造ることにあった。国際会場が次々と建設され、世界的にも一等地となっていた。これらの整備・管理も小田原保健所の管轄だったので、優秀な職員が揃っているのは当然であった。

四

直子はプロポーズされたわけでもないのに、通勤途中の会話で滝川が何気なく「相模原のお姉さんに会いたい」と言った言葉で、「あ、この人は姉に結婚の話をするつもりなんだな」ということが分かった。自分に先に言えばいいのにという思いがあったが、滝川が言い出さないので黙っていた。

「今度の日曜日、おられるかな」と訊いた。改札口を出て今日はどの道から行こうかなと考えていた時、先に歩いていた滝川が思い出したように振り返って言った。

「夏休みで、子どもの宿題を見なければならないと言っていたから、早く帰ってくるんじゃない」と直子も軽く答えた。

「萩原さんが住んでいるところは相模女子大の裏手だろう。あの辺に知人がいるから知っているんだ」

「女子大のキャンパスを突っ切って通っている人多いよ」

「うん、大学の友人、いやその親が住んでいて、友人の妹が相模女子大の大学祭に出ていた時に見に行って、そのとき御馳走になった」

「じゃ、農家の人でしょう。周りはみんなブドウ農家だから、土地の人はみんな裕福よ。妹さんは女子大生？」

「妹さんとは会えなかった気がする。両親がブドウを作っていた。帰りはブドウをたくさんもらった」と独り言のように言った。

「私は毎朝、ブドウ棚の脇を通って出勤するの。全体にいい匂いがする。洋服が匂っている時があるの」直子は自分がまるでブドウを作っているかのように話した。

「そうだそうだ、思い出した。ブドウに袋をかぶせてなかったから蜂が飛んできた」

滝川の記憶の意味がはっきりしない。話が急に飛ぶ。だからなんなのと訊きたいが、面倒くさそうに見えたので黙っていた。姉を訪ねる話がどこかへ行って、ブドウ棚を通って出勤する話に移っていた。

駅前の信号が青になった。今朝は二人だから城内に向かわずに御堀端を歩くことにした。商店街を通ったアーケードの中は、もうすでに歩道までお土産屋が並んでいる。樽を並べてその上に梅干やきれいなビワがあった。もうビワが食べごろなのかと急に田舎を思い出した。

直子は後ろについてきた滝川を振り返って「いつごろ来ますか」と忘れていた返事をした。

男の人を後ろにつれて歩くことなどなかったので、直子は自分で恥ずかしくなった。

ブドウの話と姉に会いにくる話が結びつかないまま日曜日になった。八月も終わりの週、もう来ないのかと思っていると、午後三時を過ぎて、滝川がのっそりと庭に立った。

「家が分かりにくくて遅くなりました」と言い訳をする。ちょうど姉が買い物袋を提げて戻ってきたので時間的には良かった。

「三時だったかしら」

「あれ、言わなかったかな。言ったような気がするけど」滝川は恐縮がる様子もない。直子は庭先で甥とキャッチボールをしていた。借家住まいにしては広い敷地に洗濯ものがたくさん干せる。家族中の布団まで並べて干した。

「この辺は何度来ても道に迷う。女子大を抜けてくるのだが畑の道はどこも同じに見える。都合が悪ければ、また来ます。家だけでも見たかった」直子に向かって話しているが、姉への挨拶かもしれない。変なことを言う人だと彼女は一瞬頭が混乱した。

「いらっしゃいませ。妹がお世話になっています」姉が笑顔で迎えた。姉は直子と違って、いつでもすぐ笑顔になれる人だ。だから店のウエートレスが務まるのだ。

直子は子どもの洗濯ものをとり込んだ。

家の中から姉が「どうぞ」と呼んでいる。滝川は二十八歳と言っていたから、姉に近い年齢だ。直子よりも姉との方が話しやすそうだ。

「どうぞ入ってください。何もないけれどコーヒーをどうぞ。お好きなんですってね」

社交的な姉が賑やかに滝川を迎える。盆にはスイカが盛られている。姉は滝川が気に入ったようだ。滝川の仕事について質問している。

「ご家族は、お父さんは亡くなったとか」

「脳溢血で入院もせずに亡くなりました。市会議員でしたから無理をしたのでしょう」

姉は滝川の父親がいないことに拘っている。きっと大勢の家族のなかで、長男の滝川が世帯主であることが心配のようだ。

「うちの父も五十三歳で亡くなりましたの。三日三晩意識不明で。昔は入院など考えてもみませんでしたものね」

「僕の父も同じでした。入院させれば、後遺症が残りながらも、きっと生きられたでしょうが、手に負えなかったようで。僕はそのとき谷川岳に行っていて死に目に会えなかったのです」

「お気の毒でしたね。心残りでしたでしょう」

「はい。ですから家族は自分が守らなければと、いつも思っています。母は助産婦ですから夜の仕事が多くて」

「開業しているんですってね。大変でしょう」

「だから母は、血圧ぐらい測れる嫁さんをもらってくれと言うのです」

「そう、お母さんの希望でね。直子は仕事が好きだから結婚したら辞めろとは言えませんよ。姉の私が言うのはおかしいですが、妹はすごい努力家。家が経済的に苦しかったので、絶対に自分でお金を稼ぐのだと言って保健師になりましたから仕事はやめませんよ」

「とんでもない。仕事する人の方がうちは大歓迎です」

「え、なぜですか」

「母は助産婦の仕事がもう限界だから、嫁さんが来たら家に入りたいなんて言うんです」

二人の話は直子が知らないことばかりだ。姉も姉だと思った。まるで滝川と直子が結婚の約束をすでにしたかのように話し合っている。直子は滝川から結婚の申し込みを受けていない。まさか今日家を訪ねてきたのは、結婚の話をするためなのだろうか。滝川とは通勤の道中で会うだけで、喫茶店にすら一緒に行ったことがない。会話も仕事のことばかりで、結婚を話題にしたこともない。確かに職場の噂になってはいるが、だからと言ってプロポーズされたわけでもないのに、自分が滝川の家に入ることまで話題にしているのは心外だ。

滝川は姉と小一時間ばかり話して帰った。姉は直子が彼を送っていくものと思ったようだが、彼女は玄関で彼を見送った。

「駅まで送っていけばいいのに」と言う姉に直子は「相模原の友達の所へ寄るから見送りはいらないと言ったわ」と反論した。

「それならいいけど、やけにさっぱりしているのね。おかしな二人。直子ったら子どもたちと遊んでばかりで、せっかく滝川さんが訪ねてきてくれたというのに、うれしそうな顔もしないで」と滝川の訪問に違和感を覚える様子もなくうれしそうに笑い、つづけて「滝川さんは照れ屋なのよ。正直に自分の気持ちを言えない。だから友達に会うなんてウソを言ったのよ。滝川さんは直子に断られるのが嫌だから、約束しないで来たのよ。それだけ直子を好きになってしまったのよ」と言った。まだプロポーズもしてくれてないのに、姉に会いに来るなんて変な人と直子は思った。

「結婚について、まだ何も約束していないのよ」と姉に言いたかったが、ここまで来てくれたからには、もう断れないだろうと直子は思った。

滝川と姉の会話を聞きながら、直子は滝川の側面を見たような気がした。先輩の上司ともフラットに話すし、彼は年上の人間が好きなのだと思った。

「お母さんが助産婦をしているくらいだから、お嫁さんが働くのは大賛成ですって」

働くことの好きな嫁を待っている母親を安心させたいという滝川の気持ちがいじらしいと言って、「いい人じゃないの、結婚したら」姉はすっかりその気になっている。結婚するのは姉ではない。姉はいとも簡単に同調している。まだまだ彼の家庭の状況も知りたいし、兄弟にも会わなければならない。直子はもっと滝川と話して、そのうえで決めたかった。

「犬猫をやるみたいに簡単に決めないでよ」と姉にくぎを刺した。

直子は、たしかにそれがすべてと言ってもおかしくないほど働くことに拘っていた。この拘りは、どこからきているのだろう。

看護学生の時に同じ故郷を持つ医大生に好かれたことがある。「医者と結婚するのもいいじゃない」

と親友に言われたが、直子は医者という職業にあこがれる気持ちは少しもなかった。医者と結婚したら家族は喜ぶだろうが、自分らしく生きられないと思った。

「医者の妻になったら働けないから」と断ってしまった。

なぜ、働くことに拘るのか訊かれたら、その答えは単純で「自分でお金を稼ぎたい」という願望が強い。それは小さいころからの決心で、決して高校時代の貧しさから生まれたものではない。実家は村一番の地主で、戦後の農地解放で少なくなったと言っても、まだまだ資産家の娘であった。ただし土地がたくさんあっても片田舎では売れないし、まして山林では買い手もつかない、そのうえ、両親が早死にしている。貧しくなったのは後見人の長兄が結核にかかって入院するという状況に陥ってからだ。兄の妻は裕福な家から嫁いできたので、学生だった直子たちに意地悪することもなく、高校卒業後に進んだ直子に義姉は看護学校の学費と生活費はきちんと送ってくれた。

何がなんでも働くという信念は単純で奥が深いものだった。女性の自立には経済性がなければという信念は中学時代に読んだヘレン・ケラーから得たものであった。お金持ちの伴侶を選ぶという選択肢はなかった。だから働いていない町内の主婦を見ると不思議な気がした。自分が社会に出て働いたお金で生きることが身上だった。

## 五

滝川が相模原に来て一週間後、児童相談所の近くの小さな公園で子どもたちと遊ぶ、彼の若々しい姿に見とれた。小学校低学年の子どもたちに追いかけられている。子どもたちは半ズボンで裸足。滝川も軽やかに横跳びしながら子どもたちと道端で戯れている。子どもたちの声に耳を傾けると、滝川を「風呂敷センセイ」と呼んでいる。滝川の風呂敷好きが子どもたちの目にもおかしく映っているのか、「分かる」と思った。

直子は子どもたちと遊ぶ滝川の姿に惹かれた。足取りも軽やかで声も大きい。直子はいつも滝川の姿を見て何か若さがないと思っていたが、外で子どもと遊ぶ姿は少年のようだ。普段大きな風呂敷を抱えている姿とは大きな違いである。大きめの運動靴を履いてスキップする。子どもたちに捕まえてほしくて後ろを振り返り、そこでまたスキップする。この繰り返しを眺めながら直子は、「風呂敷センセイ」もいいじゃないかと思う。彼には誰も真似できない足蹴りがあるらしい。九月に跳ねるのはツバメだけでなく、子どもも先生も跳ねる。

直子はそのとき自分の用事を思い出した。これから家庭訪問へ行くのだ。狭い貸家で世帯主が結核で療養している。入院して病状は安定したのだが、在宅になると必ずというほど抗結核薬をやめてしまう。この家には小学生が二人いるが、この子たちへの感染を防ぎたい。それには本人の継続した治療が必要だ。家庭内感染を防ぐのが保健師の仕事だが、二人の子どもを育てるのには無理がある、四十歳の父親を入院させる準備をしなければならない。何よりも治療を続けてもらいたいが、保健師に内緒で働きに出てしまう。

そんなことを考えながら、直子は次に滝川と会ったときに、公園で子どもたちと遊ぶ姿を見かけたことを話題にしようと思った。

翌朝、いつもの電車で滝川に会った。

「子どもたちと一緒に遊んでいる姿を見たわ」と昨日の話をした。滝川も気づいていたと思ったが、「どこで」と訊き返された。滝川と視線が合ったとき、照れながらアイコンタクトしたつもりだったが、滝川には見えてなかった。

「ほら、あのサルスベリの咲いた小さな公園を偶然通ったのよ」と言った途端、滝川はうれしそうな顔をした。しかし気持ちとは裏腹に「仕事をしているところを見たりしちゃ駄目だよ」と照れながら言った。

「ごめんなさい。とっても楽しそうだったから、つい通り過ぎるのがもったいなくて。決して滝川さんをつけたわけじゃないからね。まったくの偶然。赤ちゃんを訪問する途中よ」本当は結核患者の訪問だったが、言いにくくて赤ちゃんの訪問とウソをついた。

「いや、ありがとう。僕は子ども好きだ。たくさん産んでな」

直子はびっくりした。まさか、こんなところで赤ちゃんの話をされるとは思ってもみなかった。でも、その素直な言葉がまたうれしかった。照れ屋の彼が最短距離で結婚を申し込んだのだ。直子は返事をしなかった。その朝は二人で城内公園に向かった。城を回る道は幾通りもあって、本丸の広場に出れば誰かに見られる可能性が高い。それを事前に察知して、回覧車のある高台の遊園地に向かった。

少し回り道だが、城の裏手を歩く人は少ない。

誰かと会ってもおかしくないのに、二人は前後に並んで坂道を登った。彼の革靴はいつ見ても埃をかぶっている。「自分で磨くに決まっているよ」といつか言っていたのを思い出す。確かに本当に自分で磨くのだろうか、磨く回数が少ないから埃をかぶってしまうのだろうと直子は自分に都合のいいように解釈し「靴ぐらいいいか」と独り言を言った。

高台の遊園地は大きな樫の木の陰になっている。すでに初夏なのに涼しい。ワイシャツ姿の滝川がスタスタと歩く。

ふと、前を行く滝川の姿勢、背中が丸まっている。背を丸める人だったのかと意外に思った。

「背中を丸めている。いつも」と無意識に言った。

「ああ、丸まっていたか。どうも登山の癖が出てしまうのだ」

「登山をなさるのですか」

「写真が趣味で、山の写真が撮りたいので登山もする」

だから、筋肉質で足元がしっかりしているのだと思った。

「そうか丸まっていたか。癖なんだ、猫背」

滝川の素直な言葉を聞いて直子は親しみをもった。直子は仕事柄母性愛が強いせいか、つい人に手を貸したくなる。大体姿勢のいい人が好きで、姿勢の悪い人は頑固な人が多い。彼も頑固かもしれないと歩きながら思った。

遊園地は人が近隣のお年寄りや犬の散歩に絶好の場所だが誰もいなかった。高台を下りると図書館がある。直子はなんとなく彼が本好きかどうか訊きたくなった。彼女の友人となる条件は読書家であること。読書の苦手な人や新聞を読まない人にはついてゆけない。

「本は好き」と直子が訊いた。

「ああ。家には本がいっぱいある」と滝川が自慢げに答えた。

本がいっぱいあるというのはうれしかった。直子は図書館から借りなければ本を読めなかった。本が自宅にいっぱいある人と結婚したいと、ひそかに思っていた。田舎の家にある本は兄が読んだ日本名作全集だけで、本屋に置いてあるような文芸書はなく、まして月刊誌を定期購読するのは無理だった。直子は中学生向けの学習書が欲しくて図書館から借りて読んだ。毎月付録がいっぱい付いた月刊誌を定期購読している友達がどれだけうらやましかったか分からない。だから月刊誌を定期購読できる生活を夢見ていた。滝川の家では本が自由に買えると聞くと、うらやましくて、それだけでも彼の家庭を見たくなった。

図書館前には紅葉した桜の葉がたくさん落ちていた。桜の葉に滑って直子はバランスを崩したが、滝川に体を支えられてなんとか踏みとどまった。

「危なかった」滝川が落ち着いた声で体を抱きかかえてくれた。

その瞬間直子は、この人と結婚することになるのではないかと思った。滝川の筋肉質の腕も頼もしかった。

滝川と直子が毎朝一緒に城山を歩いているという噂は一気に広まった。もうあれこれ考えても仕方ない。交際は始まっているし隠すことでもないと直子は覚悟した。

# 婚約

## 一

秋に婚約してから滝川とのデートは彼の趣味である山登りが多かった。田舎育ちの直子には山登りをするという休日の過ごし方はなかった。彼がプレゼントしてくれた登山シューズとヤッケ、そして自分で買った登山用ズボンとリュックで格好はついた。滝川が連れていくのは、ほとんど小田急沿線の大山・丹沢や金時山。大山は霊峰と言われ、女人禁制の信仰の山だと思っていたが、実は都会の人があこがれて登る、女性に人気の山だった。木の根っこが張る登山道も登山靴で登れた。なかでも直子が好きなのは丹沢の千四百メートルの塔ノ岳や鍋割山だった。

丹沢山系の一つ、鍋割山に登る途中で一本松からの急坂を登った。登り終えると両脇に丈の短いクマザサが茂る平たんな道になる。視野が広がって表尾根がどこまでも続き、その上に富士山が貼り絵のように見える。もう少しで頂上にたどり着く前のゆるい坂道である。

その途中ですれ違った登山者のラジオからニュース速報が流れた。

「三十五代大統領のケネディが射殺されました」と聞こえた。直子はそのニュースに驚いて足を止めた。そしてもっと詳しく聞きたいと、すれ違った登山者の後を追った。確かにケネディの暗殺を世界に向けて報じている。直子はびっくりして前を歩く滝川に追いつき「ケネディが撃たれたって」と大声で伝えた。しかし滝川は振り向きもせず、ニュースを確かめることもなく、黙って歩き続けた。関係ないよと言っているようだ。直子は滝川の予想外の反応に一瞬身構えてしまった。関係ないと言われれば確かにそうかもしれない。だからと言って世界中を飛び回っているビッグニュースだ。もっと驚いてもいいのではなかろうかと思った。彼の態度の方がおかしいと彼女は思った。

すばらしいアメリカの大統領が暗殺されて、これから世界はどうなるのだろう。まず日本が心配になってきた、日本国民はきっと恐れ悲しむだろうと思った。

しかし滝川は平静で歩幅を変えることなく歩き続けている。直子はどうしたらいいのか分からず、滝川の姿にも違和感を覚えた。でも思い直して本当にケネディ暗殺に興味がないのか確かめたかった。そこで走り寄って「ケネディがね」と滝川のパーカーを引っ張ったが、相変わらず反応がない。直子は言葉が通じていないと思った。

「山に来て、そんな話はしない。山では自然だけを楽しむのだ」と彼は振り向きもせず彼女をシャットアウトした。

「こんな重要な事件なのに」と直子は不満だった。下界では情報がかけ回っているだろう。そのニュースを千メートルもの山の上でキャッチできたことがうれしかったし、話題にしたかった。それを無視するなど直子には予想外だった。

「なぜ、しゃべっちゃいけないの」と滝川を見た。滝川は直子の動揺を無視して先へ先へと行く。直子は小学生のように言葉が封じられて口惜しい思いをした。

「山登りってそんなに神聖なものなの」直子は訊き返したかったが、山のなかで逆らってまで話題にすることではないと口を閉ざし、この動揺は自分が登山の神聖さに慣れていないからだと無理に心を抑えた。

でも、何かがおかしいと思った。その思いが心から離れることはなかった。

山に入ったとしても、世の中を変えるほどの大事件である。これについて知ることは大切なことではないか。この話題をなぜ拒否するのか分からなかった。直子は滝川が意固地な性格で、直子が先に情報をキャッチしたことへのやっかみがあるのではないかと思った。そのあと何を話題にすればいいのか分からなくなった。山に入れば山のことしかしゃべらないとしたら、なんと融通のきかない人なんだと思った。今、ケネディ以外に何の話題があるというのだ。そのぐらい世界中に影響力のあるアメリカ大統領である。明日職場に行けばこの話題で持ちきりだろう。それほどの事件についてしゃべってはいけないという彼の偏屈さが直子の心を暗くした。

「こんにちは。いい天気ですね」と他の登山者とはしゃべるが、直子は無駄話をするなと言われているからしゃべれない。しゃべろうとしても何が無駄話で、何が無駄話でないのか直子は判断できない。

滝川から完全にシャットアウトされた直子はすっかり山登りへの興味を失った。滝川は政治情勢など興味ないのかもしれない。

昼近くなり、ようやく鍋割山の頂上に着いた。塔ノ岳にも劣らず見晴らしがいい、たくさんの人々が大声でしゃべっている。堅苦しく黙っているのは直子と滝川ぐらいだ。気まずい雰囲気を変えたかったが彼に近づく方法が思いつかない。

仕方なく直子は、用意してきた弁当を広げた。

「食べる」と訊いた。

「ああ」と彼が言った。やっとという感じで口を開いた。

おにぎりはオカカと梅干の両方だ。

「どっちがいい」と訊くと、滝川は両方と言って手を出した。

「いいノリを使っているな」初めて直子を褒めた。それでも彼女の方を見るでもなく、おにぎりを頬張っている。直子は姉の家に下宿しているので食生活には恵まれていた。姉の子どもたちにも同じ大きなおにぎりを作ってきた。おかずは卵焼きとウインナーで、野菜はレタスサラダを添えて。

滝川は直子のおにぎりを三個も食べた。

「おいしい。山で食べるものはなんでもおいしいさ」

「良かった。そうこなくちゃ。朝早くから作ったんだからさ」と直子も男言葉で応じた。

笑わせようとしたが、滝川はにこりともしなかった。二人でいるのになぜか気難しい。冗談の通じない人だと、わけもなく哀しかった。まじめだからか、ケネディ暗殺についてしつこく話しかけたから彼の気難しさを煽ってしまったのか、分からない。

最後まで手をつなぐこともなく、山登りだけが目的だと言わんばかりにコツコツ登って下りてきた。決して楽しくない。もう二人で山登りなど行くものかと思った。確かに彼と二人きりの山登りはこの鍋割が最初で最後になった。

その年に滝川は富士山や菩薩峠に登っている。季節に合わせるのだろうが彼の誘いは必ず仲間がいた。滝川の一番仲良しは村山肇で、面倒見のいい彼は国鉄マン。滝川よりもずっと山歴が豊富だ。労働組合がしっかりしていて自由がきくのか、よく休んで山に登る。どんな山でも一人で行くと滝川から聞いたときにはびっくりした。

「家族がいないから自由がきくんだ」

「でも、長男でしょう」

「長男だけど父親はお坊さんをやっていて、彼が大学を卒業するときに亡くなった。寺を継げば母親と一緒にいられたのだが、継ぎたくないと言ったので寺を出された」

「それで借家に住んでいるのね。お母さんは」

「実家に戻った。実家は茨城県でそちらに戻って仕事をしている」

友人のことならなんでもよくしゃべる。「高校の親友っていいわね」と思わず出た言葉に滝川はすぐに反応した。「寺って世襲じゃないから大変なんだぞ。お坊さんにならなければ追い出される。その時は土地も財産もない。全部檀家のものなんだ」

滝川はこの土地から離れたことがないので、村山を擁護していた。直子は村山の話を聞いても同情しなかった。大学に行かせてもらっただけありがたいと思わなければ、行きたくても行けない人はいっぱいいる。直子だってそうだ。滝川はすんなりと大学に入れてもらって、そのうえ山登りが趣味だなんて、なんと恵まれているのだろう。家の手伝いもあまりしないみたいだし、恵まれすぎている。こんな環境の人と結婚していいのだろうか。直子の理想は大学卒の男性だが、すんなり大学に入った人を心では望んでいない。地方から出てきてアルバイトをしながら苦学した人の方が好きだ。そんな人の方が自分に向いていると思っていた。直子自身地方から出てきたから、慣れない土地で頑張った人の方が心が広く人間味があるのではないかと思っている。

二

滝川哲朗は昭和十三年生まれで、彼の周りに大学卒は少なかった。義務教育である中学卒が国民の半分を占める時代に、大学は経済的にも狭き門だったが、父親が地方自治体の公務員のうえ、母親が開業助産師で収入が安定していたせいか、滝川の兄弟は三人とも大学卒という恵まれた家庭である。

父親は農業高校卒業だが地方公務員になった。本家から土地を譲られて分家している。定年退職後は市会議員になり、二期市政界で活躍した。三期目に落選し、その心労がもとで、脳血管疾患で亡くなっている。それは直子が結婚する前のことで、彼女は彼の父親のことをあまり知らない。市会議員を父に持つ家族だと知った時にも、姉が「すごい家柄ね、直子大丈夫」と念を押されたが、直子は興味がわかなかった。それよりも家族全員がぬるい炬燵にもぐっているようなのんびりした雰囲気が不安だった。助産師の母親もこまめに動く人ではなく、それも心配だった。直子は農家の生まれで、いつも体を動かしている家族を見てきたので、日中家の中でお茶を飲んでいる姿は意外でなじめなかった。

直子の田舎の人たちは「早起きに貧乏神追いつかず」という諺の如く早起きで、いつ天気が悪くなるか分からないので、早め早めに片付けておくという段取りの良さが重要だった。

滝川の大学卒というインテリジェンスは尊敬しなければと思ったが、滝川が母親と弟、妹二人ずつの家族を支える世帯主であるのも気になっていた。

しかし、彼からプロポーズされた時、一番注目すべき家族構成に視線がいかず「働いていい？」とだけ直子は訊いた。結婚後も働けるかどうかしか頭になかった、家族が多いのは共稼ぎにいい条件だとさえ思った。母親が助産院を閉めると決心したのももっけの幸いだった。助産師を「苔の執念」と例える人が多いなかで、六十歳で「もう限界だ」という姑の気持ちを尊重した。これで姑に孫の面倒を頼めそうだと、すでに頭のなかでは仕事する自分を描いていた。

仕事を辞めなくて済むだけではなく、働いて家計を助けて欲しいという条件も直子にピッタリだった。働くのをやめるなら結婚はしたくなかった。貫きたかったのは働くこと。それがすべてでその他の野心はない。その時「結婚しない」という選択肢はまったくなかった。結婚して仕事を貫くという目標が大きく横たわっていた。だから安定した仕事を持っている人なら、正直そのほかの要望はなかった。その点滝川哲朗は公務員であり、問題はなかった。

彼との婚約期間は一年あった。その時も彼の慎重さを直子は尊敬した。本当は会場を決める行動力がなかったのかもしれない。ほとんど友人に頼り、中心的な存在の村山に任せていた。村山は由緒あるところが大事だと言って小田原市にある「二宮神社」で挙式すると決めて神社の予定をいただくのに半年以上もかかった。式を待つなど大したことではなかったが、振り返れば何事を決めるにも彼は時間がかかった。

直子は就職して二年目、何もかも一人で決めなければならない生活だったので、彼のように周りと相談しなければ決められないというのは意外だった。しかし、直子は、湘南地域の人と結婚するのだから、手続きに時間がかかってもしょうがないとあきらめていた。

「慎重な人・誠意のある人」という滝川家のイメージで小田原の二宮神社で式を挙げ、何の因果か新婚旅行は秋田の男鹿半島と決められていた。これも村山の妻が秋田市の人だったので、その勧めに従ったというものだ。秋田市で一泊して観光は男鹿半島。ここで二泊して帰ってくるという、何か若い人が選ぶスケジュールではないが、直子はお任せした手前意見を言わなかった。そのころの新婚旅行は京都、奈良へ華やかに新幹線で旅立った人が多かったのに、何か物足りない結婚のスタートだった。

# 結婚

## 一

直子は結婚するとき、哲朗の家族五人と当たり前に同居した。兄弟たちがすでに勤めていたし、兄貴が結婚すればいつでも出ていくよという義弟たちは家に拘っている様子がなかったので安心していた。

「弟も妹もすぐに家を出てゆきます。長男が家にいなければ、この辺では笑いものになります」という義母の強力なエールで、直子は同居が当然と思っていた。確かに二十九歳になった哲朗は今まで何度見合いをしても縁がなかったので、義母の佳代はうれしくてしょうがなかったのだ。自身も六十一歳になっていて、もう「開業助産院」は限界だと思っていた。

「孫が生まれれば未練なく、きれいさっぱり辞めます。孫の面倒に専念するから直子さんは好きなように働いてください。うちも経済的に苦しい。今までは弟たちの援助でやってきたが、彼らも結婚させなければならない。みんな出てゆきます。全員が揃っているのは一時ですよ」とこれも正論だ。哲朗も一切家から出たことのない人らしくおっとりして靴一足磨いたことがない、誰が見ても湘南地域に勤めている長男が家を出るなど考えられないことだった。

しかし、いかに大きな家といっても総勢七人が生活する家、それも平屋では改築しようがない。哲朗が何も希望を言わないのをいいことに、家の北部屋、納戸に使っていた部屋に畳を入れて新婚夫婦の寝室にした。日の入らないこの部屋で哲朗と直子は新婚生活を始めた。一番困ったのはトイレの場所が遠いこと。トイレに行くには弟や妹が寝ている枕元を通って表廊下に出て、そのとっつきまでそろそろと歩いていく。何か悪いことをしているようで我慢することが多かった。この家に部屋がいくつあったのかというと、義兄弟の部屋が四部屋と奥の佳代の部屋と居間で六部屋。空いている部屋は玄関続きの四畳半だけ。

結婚して三か月経った真冬、家の気温は五度、なかでも一番寒いのはお勝手である。直子は一番先に起きてお勝手に入っていた。七人家族の朝食は慌ただしい。そのうえ弁当も自分たちと合わせて弟二つ、妹一つで計五つ。まるで下宿屋だ。さらに土間に置いてある石油コンロの石油が切れていた。朝のお総菜はコンロで炒めものをすることが多い。滝川家での生活で一番つらいのは石油コンロの火加減を見ることだった。こんな生活に慣れた人ならなんでもないだろうが、姉の家ではすでにプロパンガスが入っていたので石油コンロの調理は大変な仕事だった。

家族全員の目玉焼きがまだできない。急ピッチで皿に載せ、テーブルに並べた。

そこへ起きてきた哲朗に、何気なく布団を片付けるよう頼んだ。

朝食を済ませ、寝室に入ってびっくり、哲朗と直子の掛け布団が窓の外に投げてあった。誰がやったのか？　と直子には意味が分からなかった。

寝室にしている部屋は家の裏側の北西に位置し、大きな平屋の家は田の字型の間取りで造られた陽の入らない納戸部屋である。どこの家でも納戸には寝具類や日常使わない調度品が置いてある。普通なら壁で三方を囲ってあるのだが、直子たちが寝室にするということで角の両方を腰丈のガラス戸にしてある。だから布団があった場所は、庇はあるがほとんど土の上だ。そこは隣家と接した空間で人には見えないが、家の人はそこを通って隣に行くこともできる。布団が投げられた時に誰も見ていなかったとすれば奇跡だ。

この部屋に入るのは哲朗しかいない。哲朗の頭がおかしくなったのだろうか、直子は確かめようと哲朗を探した。しかし彼の姿はなかった。哲朗の職場は県の中央に移っていて、直子よりも一時間早く出なければならなかった。

直子は涙が出て止まらなかった。

予備が何枚もないカバーをはがし、布団は外の物干しに干した。寝具を外に投げるなんて、直子には経験のないことである。枕だけならまだしも、掛け布団と敷き布団は直子の兄が結婚を祝って送ってくれたものである。両親のいない直子が肩身の狭い思いをしないように、結婚の準備は兄がそれなりにしてくれた。決して大げさな嫁入り道具ではないが、和箪笥と洋箪笥、下駄箱まで栃木の田舎からトラックで運んでくれたので、最低限のものは揃っている。兄の精一杯の気持ちが込められた貴重なものだった。

夜帰ってきた哲朗に布団をなぜ外に放り投げたのか確かめた。直子は哲朗が言い訳せずに謝ると思っていた。一日考えた結果、彼が謝った場合は、二度としないでと念押しして許すつもりでいた。しかし、なぜ気分を害したのかは聞くつもりでいた。

しかし、彼の答えは、「俺に頼むのに『畳んでおいて』はない。だから見せしめに外に放った」という。結婚したばかりの妻になんというむごいことをとぞっとした。

布団を畳むのは妻の役目と頭から信じている哲朗の心のありようが直子には理解できなかった。外に投げ出した布団をどうするつもりなのだろう、捨ててもいいと思っているのか、それとも妻が拾って干せばまた使えると思ってやったのか、一日逡巡して訊いた質問の結果に、なんの言葉も挟むことができなかった。

そして直子が思ったのは、哲朗は考えてやったのではなく、一瞬、キレて前後見境なくやってしまっただけということだ。やってしまって、その場から逃げたのだ。前後を考えるような人なら布団を外に投げたりしない。この結末を彼は何も考えていなかった。いや頭の隅に直子がなんとかするだろうとよぎったのかもしれない。前後の対応策もなく、むごいことを平気でやる人なのだということが分かった。最後まで一言も「悪かった」という言葉はなかった。

彼はただ衝動的に揺り動かされ、動いてしまったのだ。衝動的にぶん投げたり叩いたり切ったりする行動は彼のキレやすさを表している。彼が理屈なしに激高するタイプだということを直子は結婚三か月目で知った。

直子が哲朗に対して抱いた「目がきれい」「尊敬できる人」「面倒見のいい人」はすべて外からの印象で、一緒に暮らして分かったことは、尊大なタイプということだ。布団を外にぶん投げた事実は、見事に彼が持つ暴力性を表すことになった。それも結婚三か月目で。

直子はこの布団投げが気まぐれでないことを理解しなければならなかったのに、深く考えもせずに見過ごしてしまった。田舎の兄も、弟や妹を殴って怒るのが日常茶飯事だったので、それと似ていると好意的に考え、本当は腹が立ったのに我慢してしまった。

本来はもっと話し合うか、直子が家を出ることもできたかもしれない。勤めをしている人特有の余計なことを考える時間がないときめつけて、分刻みで窮屈な生活に流されていた。

その夜、何の問題もなかったかのように、直子は布団カバーを洗い、新しい布団を敷いてあげた。この寛容さが哲朗を勝手気ままにしてしまったことに気づかなかった。

二

哲朗は型にはまったような威張り屋で、義母を手足のように使い、文句の一つでも言えば不機嫌でなかなか帰宅しないという、想像以上の我儘ぶりであった。好き嫌いの多い食事、朝寝坊、そして夜中まで起きている生活ぶりは結婚した当時から分かっていたが、三世代家族のそれぞれが役割を担って生活しているなかで一人だけはみ出ていた。毎週日曜日はみんなで家の前にある野菜畑に出かけるのに一切手を出さない傲慢さは、旧態依然とした家父長制度を絵に描いたようだった。日曜日は家にいたことがなく、山登りか仕事に出てしまうという無責任ぶりでも、誰も忠告する人がいない。彼は一度も家を出たことがないので、家族の役割意識に自分で気づくこともないまま生きてきた。

本来は結婚を機に家長の役割を意識すればよかったのに、働きものの妻にすべて任せ、その上にあぐらをかいていた。直子は直子でトラブルを起こすよりも自分がフルに働けばいいのだからと野菜畑まで草むしりをした。大勢の家族の世話で哲朗と話し合う暇もない。元気さが取り柄の直子は共働きを続けるためにこの状況を甘受し、習慣化させてしまった。

もちろん仕事は好きだから不平不満はなかったが、なぜかいつも一人で頑張っているような気がしていた。義母もそうだが、家族はいつも「あるがまま」という感じで、ご飯を食べればそのままにして出かけてしまうし、庭で飼っている犬の散歩もやらないという怠慢。暑くても寒くても犬小屋に入れたまま放っている。いろんな木が庭に植えられているのに、それを切る人もいない。なんでも自然のままという流儀を直子は知った。直子から見れば家事のサイクルは日曜日にまとめ、月曜日から始まる学校、仕事に準備するつもりで洗濯、アイロンかけ、掃除、片付けという流れを考えているのに、日曜日になっても誰もそんなサイクルを気にしない。だからトイレはいつ誰が掃除するのか、犬の散歩は誰がするのか、お勝手は誰が片付けるのかという役割分担がない。そこにいた人が気づけば片付け、気づかなければ幾日も放ってある。トイレの汚れを誰も気にすることもなく、なんとなく直子がやるだろうと思っている。いつの間にか妹たちは、休日は家にいない方が得だと考えるようになって出かけてしまう。

哲朗の弟が小学校の先生をしているから、きっと学校ではもっと規則正しい生活を教えているのだろうが、その教えを実行する気もなく、家のなかでは無関心だ。なんとなく義母に任せるので、いつも片付かない家の中はショウジョウバエやゴキブリで溢れていた。

昭和四十年代はどこの家も生活が苦しかったから、不衛生なのは滝川の家だけではないかもしれない。しかしそれでも大人が七人いるのだから、きれいにしようと思えばできたはずだ。ものぐさ集団というのだろうか、義母の佳代をはじめ家族全員が人をあてにして自分でやろうという意識がない。直子は生活になじむに従って驚くことばかりだった。

それでいて何がこの家を支配するのかというと、帰宅した哲朗の怒声である。それは家長の責任として言うだけで、率先して何かをするという気概はない。いや家族の誰よりも整理力のない人であった。哲朗が言うだけだから、弟も妹も他人事のように実行しない。哲朗は当たる人がいないので、母親と直子に向かって大きな声で怒鳴るようになった。

「流しに茶碗がいっぱいだ。ダラシナイ」と怒鳴る。

「今やろうとしていたところよ」義母はよっこらしょと重い腰を上げてテレビを消した。テレビの前に残るのは末っ子の育子だけで、みんな自分の部屋に逃げてしまう。

その時、直子はすでにお勝手に立っていた。最後の片付けだけ残して床の掃除をしていたところだ。

居丈高に怒鳴るだけで、生活のリズムを変えさせる覇気はない。長年家族全員が好きな時間に食べ、流しに茶碗を運ぶだけだ。母親が大変だからと、片付けを手伝う人もいない。もちろん義母自身が子どもに手伝わせる躾をしてこなかったからであろう。

哲朗は今さら直子の目を意識して家族を動かそうとしても無理だった。兄弟は全員、家庭のことは全部直子と母親に任せて生活しているので、きれいにするという習慣がない。

よく、知的レベルが高いのに「お引摺り」という家族がいるが、滝川家がまさにそれである。なかでも哲朗が一番、家の手伝いをしない。怒鳴るだけで靴下一つ洗濯場に持っていかない。居間にはいつも誰かの靴下、タオル、カーディガンが置いてある。母親が助産師で夜中まで働くというサイクルだから自然にこのようになってしまったらしい。大勢の家族の割には働かない人ばかりで、年中ぬるい炬燵に足を入れていた。直子のように片時もじっとしていられない性格は宙に浮いて、何もかも彼女がやるだろうと期待されている。

直子が仕事から帰ると義母は「さて今晩は何にしようかな」と独り言を言う。テーブルにはお茶を飲んだ茶器が溜まっている。まだお米も研いでない。直子は急いで炊飯器を仕掛ける。ご飯を炊くのに一時間必要だということを義母は知っているのだろうか、段取りを考えない性格は哲朗と同じだ。

哲朗も母に似ている。口だけで一切手伝う気持ちはない。着替えて自分は炬燵に横になって菓子をかじっている。家族みんな菓子やパン類が大好きで、母親が食事の前に一時凌ぎに食べさせていたのが習慣になっていた。

哲朗が張り切るのはイベントや来客を迎えるときだけだ。佳代も同じで、そのときだけ徹底的に手料理に精を出す。お赤飯から寿司、そしてお蕎麦。お煮しめ、きんぴら、金時豆、サラダ、酢の物とフルコースを用意する。その徹底ぶりは他人のお客だけではなく、おじさんおばさん、そして子どもの友達にまで、御馳走を用意する。

その動きは哲朗も似ていてびっくりする。彼はまず玄関を徹底的に磨く。そして庭の掃除だけでなく玄関脇の部屋も掃除する。来客が通るところは全部磨き上げる。彼の掃除ぶりは正気とは思えず、家族はみんなピリピリする。例えば玄関に靴を脱いでおこうものなら彼の怒声が家中に響く。直子は天皇陛下の「御成り」という言葉で彼の見栄っ張りさを批判している。なぜ、普段はやらないで、来客やイベントの時だけやるのかといつも腹だたしくなる。きっと直子がこの家を訪問した時も彼は玄関を磨き上げ、家族をピリピリさせたに違いない。これが地域風習なのかもしれないとあきらめた。

三

三年も経つと結婚する前の化けの皮が剝がれてきた。直子もいけない。結婚する前は「尊敬できる人」「頭のいい人」「誠実な人」と思ってきたから、その内と外の違いに幻滅を感じていた。ましてこの尊敬できるという言葉は一番厄介である。彼の理屈っぽさ、いや、自己中心的な理論武装をすべて「尊敬に値する」と信じて疑わなかったのだ。

同居している義母に聞いたことだが、哲朗はこの地方で優秀な高校を卒業し、その時代、私学では比較的有名な大学を出ている。

義母があるとき自慢げに言った言葉が直子の胸に突き刺さっている。「哲朗は他の子と違って試験勉強をしたことがない。高校時代も静かだから勉強しているのかと覗くとラジオを組み立てている。試験勉強だけでなく受験のときもそうだった。おかしな子だねって言うと、一度聞いたことは決して忘れないって誇らしげに言う。そんなものかね、秀才なのだろうか」と。

結婚当初、この言葉を聞いたとき、直子は職業柄、何かが心に引っ掛かったのを覚えている。素直に秀才だと喜んだわけではない。喜ぶにはまだ早すぎる。哲朗は整理整頓のできないことも多く、どう考えればいいのか分からなかった。記銘力の強い子には何かあるような気がする。それはなんだろうか。秀才というのはそういうものか、それとも何かの病気なのか。誰かに聞いてみようと思いつつ確かめる機会もなく、意識の外に置いてしまった。

この時期、もう一つ気になることがあった、母親にものすごく当たることだ。会話を聞いていると、母親を頭ごなしに怒る。「片付けもできない」「そこどけ」「早く寝ろ」「うるさいんだよ」という言葉が高飛車に出てくる。なぜそんなことをいうのかと気持ちが悪くなって聞き返すと、哲朗は当然のように「しょうがねえだろう、本当のことだから」と言う。

「でも、あなたのお母さんでしょう。だらしがないとかこんなところに寝てとか悪く言うのはどうかしらね。まして私の前で怒鳴られるお母さんを見るのはつらいわ」

「しょうがねえだろう、本当にこの汚らしさを見ろ、片付けができてないだろう」

「だからと言って、あなただって片付けられないのは同じよね、書斎見てごらん」

「俺は男だから。あいつは女だろう」

「でもいつかは片付くわよ、遅いだけなんだから」

「俺はずっとこうして母親のだらしなさに付き合ってきた。だからもう嫌なんだよ」

という母親批判は長く続いた。しかし、母親のだらしなさは家族全体が持っているもので、誰がというものでもない。それよりも、哲朗自身なんでも他人のせいにするくせに片付けができない。なんでもしまっておくという性格は見過ごせないほどで、そのうえいろんなものを集めて捨てられないでいる。例えばカメラの部品や使い切ったフィルムケース、文房具、昔のノートなど山と積んである。それらはいつ使うか分からないまま置いてある。


居間に入ると哲朗と義母が二人で炬燵に入ってテレビを見ていた。

「ただいま、遅くなりました。タクシーがつかまりませんでこんな時間になりました」と謝った。

直子は朝義母に「今夜は上司の送別会で遅くなります」と言って出かけたので、それほど後ろめたさもなく家に戻ったのである。

たしかに、いつもなら八時台に帰れることが多い宴会ではあるが、その夜は横浜の中華街が会場だったので、九時を過ぎていた。

「すみません、遅くなりました」と言って謝ったが家族は誰も返事をしない。気分を害しているなと思ったが、これも仕事の一つとそれ以上言い訳もせずに、子どもたちの寝姿を確かめて、自分も風呂に入る準備をしていた。

その脱衣所に哲朗が黙って入ってきて、直子の頬を叩き、太ももを足で思いっきり蹴飛ばした。かなり強い衝撃に直子は、ドアに手をついて体を支えた。ガラスがガタガタ揺れたが倒れなかった。倒れていたらもっと大きな怪我になっていた。

足の付け根から血が流れていたが、タオルで巻いてズボンを穿いた。

義母が寄ってきて「弟に車を出させるから国道沿いの外科医院に行きなさい」と勧めてくれた。

直子はこのまま寝てしまうよりも、手当てしたほうが後々いいだろうと、義母に言われるまま義弟の車で医院に向かった。

傷の痛みよりも、家に戻りたくないという憤りが強く、椅子から立ち上がれなかった。先生が直子の姿を見て、傍に寄ってきた。

「一晩泊まって行ってはどうですか。部屋が空いていますよ」

診療室のドアを開けようとする看護師に、「三号室が開いているだろう」と言った。

看護師は、はいという前に直子に手を伸ばして、椅子から立ち上がらせてくれた。その手の温かさにどっと涙が出た。

看護師の素足の足元を見ながら黙ってついていった。きっと看護師も直子の怪我が家族同士の喧嘩だということをすでに察していたのだ。普通なら、どうしますかと声をかけるのに、やさしい背中を見せて病室に入った。

ベッドメーキングが終わって、「痛み止めが効くでしょうから眠れますよ。家族の方には帰ってもらいます」と言って出ていった。

部屋の電気が明るいせいか、目が冴えて、眠りはやってこないで涙ばかり出る。直子は「もう帰ってしまおうか、しかしどこへ」とまでは思うが、どこに帰ったらいいのか思いつかない。姉はもう相模原市にはいない。中野にマンションを買って引っ越してしまった。帰るところがない。怪我など一週間も経てば治るが、この悔しさと情けなさはどうしたものだろう、もう哲朗の顔もあの家族のいる茶の間も見たくなかった。

でも、どこに行くというのだ。直子が娘の理恵を連れていくところなどあるわけがなかった。アパートを借りるぐらいのお金はあるが、幼稚園に行っているあの子を置いてゆくわけにはいかない。しかしこのままでは、理恵の気持ちに哲朗への憎悪が乗り移ってしまう。理恵が父親を嫌いになったらどうしよう。直子は母親を早く亡くしているので、父親の存在が大きい。いつも父親の顔を見ながら生きてきた。厳格な父親に甘えることもできず、びくびくしていた。直子は理恵に自分と同じような経験だけはさせたくなかった。

「でもキレるということがすべてではないし」直子は哲朗の良いところを見直そうと、また、目を開けて天井を見た。スタンドの影が心細そうに天井に揺れている。

直子以外の母親や兄弟には、キレる暴力はしていない。

職場で嫌なことがあった時だけ、カッとなる性格かもしれない。それならばここで踏ん張って生きなければ彼も駄目になる。哲朗の仕事だけでなく自分の仕事も捨てることになる。仕事を続けたくて結婚したようなものだ。今回のことで仕事まで捨てることはできない。

直子は夜通し哲朗から離れるか離れないか。家に帰るか帰るまいか、そればかり考えた。病室のスタンドに蛾が飛び回っていた。昔母が亡くなったとき、どういうわけか毎晩大きな蛾が家の中に入ってきた。姉が「母ちゃんが来た」と叫んだのを思い出す。あの大きな蛾は、母の化身のように夜になると蚊帳の外にとまっていた。なんという虫なのか姉に訊くと「肥虫《こいむし》」だという。堆肥なら庭先に積んであったので、肥やしのなかで育つ蛾の幼虫だったのかもしれない。

直子は突然、誰もいない部屋で独りで生活したいと思った。大勢の家族に囲まれる生活はたくさんだ。哲朗が長男という立場でものを言ったり考えたりしているから、家族の代表になったつもりで彼はキレたのだと、好意的に考えてみた。夫婦だけの生活になれば彼も変わるのではないだろうか。哲朗の本意はどうなのだろう。今の我儘な生活を捨てることができるだろうか。直子はまた、深いため息をついた。

直子は瀬戸内海の「倉橋島」で保健師の仕事を全うした人のことを思い出していた。彼女は離婚して山口県から瀬戸内海の島に渡り、島の人々の健康相談をした。その実績を学会のフォーラムで聴いたことがあるが、島民の相談相手を独りでやり遂げたという一途な保健活動が評価されていた。直子は勇気ある決断に感動した。直子ももし哲朗と離婚したら、瀬戸内海の島に子どもを連れて住もうと胸に秘めていた。が、それは自分を解放する最後の手段であり、実際は実行しないだろう。理恵を連れて行くわけにはいかないし、理恵を置いて逃げることなどできない。直子が子どものころ、母のいない生活がどのぐらい辛かったことか。そんな辛い思いは自分一人でたくさんだと思った。

診療所に泊まった翌朝、直子は新聞配達のオートバイの音で目ざめ、そっと裏口から出た。

# 生活

## 一

直子は誰もいないお勝手に立った。四時半ならもう、いてもおかしくない。理恵の過敏な神経を逆なでしないようにしなければならない。四歳の子どもでも両親の喧嘩は嫌なもので、夕べも直子の後を追った。義母に抱かれて眠ったに違いない。哲朗はどうだろう、心中は穏やかではなかったはずだ。どの程度の怪我か、ひそかに診療所に問い合わせていたかもしれない。いやそんなことをする人ではない。妻が悪いのだと決めて、そのうち帰ってくると高を括っている。直子に行くところなどあるわけがないと決めて、楽に眠ったに違いない。

「あいつが余計なことを言うからだ」と決めつければ、家族のなかで誰も彼に意見を言う人はいない。普通なら心配のあまりどこに行ったのだろうと聞いてくるはずなのに、夕べは何も言わず寝てしまった。義母の佳代でさえ哲朗に気を遣っている、世帯主がブレたらおしまい。それでなくても働き者の嫁を連れてきてくれたのだから御の字だ。その長男を悪く思うはずも、意見するはずもない。

直子は朝ご飯をささっと作ってテーブルに並べた、足が痛かったが、おかずは佳代が作ってくれる。佳代が「大丈夫か」と一言訊いてくれたが後は何も言わない。状況は察したはずだが、訊きただすことで息子を汚すのは耐えられないのだろう。うっかりすれば警察の問題にもなる。無視して黙っていようと決めたのだ。

「早くご飯を食べて」佳代は家族五人に声をかけてどんどん出勤させる。おかずは納豆に味噌汁、そしてハムの野菜炒めだから簡単だ。いつもならこの上に卵焼きを出すが、今朝は直子の足の怪我で段取りが狂っている。でも哲朗と理恵、そして直子のお弁当には入っている。お弁当は佳代が作った。義母がいるから共稼ぎが続けられる。そして理恵も市立の幼稚園に。園は送り迎えがそれぞれ当番制だが、それも佳代がやってくれる。

職場へ行く準備ができた直子は、足の不自由さを気にすることなくいつもどおりバスに乗った。普段どおりにできなかったのは食事の片付けだけだが、後で佳代がやってくれるはずだ。きっと義母は直子の怪我を知って、息子夫婦は駄目になると思ったのだろう。そのためにも哲朗と一緒に食事をしなくて済むように先に出したと思える。直子も哲朗と話すほど気持ちにゆとりはなかったが、職場だけは絶対に休めないと思った。今日の予定がびっしり入っている。直子はいつも職場至上主義だ。だから家庭のことは職場では触れない。足の怪我も風呂場で転んだことにして、予定通り仕事はこなすつもりだ。まして今は主任主事だから責任がある。

直子がこのように仕事する自分を守るためには、哲朗と土壇場まで喧嘩をしてはならない、家出もできない、子どもを背負っていたのでは小田急に飛び込めないと思った。決して世間体を気にしているわけではなく、端的に言えば仕事に「穴をあけられない」だけなのだ。

この事件でも直子は哲朗と話し合うことはなかった。直子が話しかけても哲朗は黙って返事をしない。直子が話しかけても彼は一か月でも二か月でも平気で返事をしない。なぜしゃべらないのかと訊いても「別に」というだけだ。話の入口で心を閉ざしてしまう。直子との会話では「どうしてなんだ」などと会話を促すことはなく、「なんでだ」とか「なんの用なんだ」というようにいつも押さえつけるような脅し文句ばかりで会話にならない。都合が悪くなると「黙秘権」を使って一切会話に入ってこない。

しかしおかしなもので、どんなに言葉がなくても同じ部屋で寝ている。夫婦の会話はまったく成立しなくても、理恵と夏未をはさんで寝ていると親子になり夫婦になる。古い時代の夫婦である。自分が我慢すれば哲朗との夫婦関係は壊れないならと、直子はこの事件を直視するのはやめて、仕事と家庭生活が普通に流れればいいと、高望みをせずに淡々と続けていた。

直子は時々友人たちに「こんなにものを言わない夫婦ってあるのかしら。おかしいよね」と言うと「みんなこんなものじゃない」と友人は当然のように言い返す。しかしこの時期から直子は、自分たち夫婦が普通ではないことを自覚した。それはまず哲朗は妻に関心がない。直子がどう生きようとも、食事、洗濯、掃除などの生活が整っていれば、後は「関係ナイッス」という無関心であることが分かった。彼は自分がつつがなく過ごせれば、妻が仕事を持ち帰ろうが、休日出勤しようが何も文句を言わない。自分の生活が守られればいいのだ。哲朗が激高するのは彼の行動や生き方に直子が介入したときで、放っておけばなんのトラブルもないということがおぼろげながら理解できた。「俺には関心を持たず、放っといてくれ」というタイプだ。彼の無関心さは直子だけでなく家族全員に対してでもある。

二

義母が七十歳を過ぎたころ、隣家との境界線の問題で簡易裁判所に何度も出廷しなければならなくなった。この土地は父親の死亡で受け継いだ哲朗名義のものだった。しかし彼は自分が争いの中心人物なのに一度も出廷しなかった。調停は折半で結審したからよかったが、母親が「半分ということで終わった」と言うと哲朗は「そんなことだと思った」と言った。七十歳の母親が法廷で闘っているのにその返事はないと直子は思ったので、「どうして助けなかったの。あなたの土地でしょう。あなたの専門でしょう。民事なんか好きな範疇でしょう」と言うと、哲朗から返った言葉が印象的だった。「どうせ俺が出たってこんなものだ。もう判例で決まっている。境界線は折半が常套手段だ」とことともなげに言った。

「でも、お母さん大変だったわよ。昔の資料探しに毎日苦労していたわよ」と言ったときの返事がまた傑作だ。「俺は頼まれていねえからな」と言い切った。老母が一生懸命資料と格闘している姿を見ても、平気で声もかけない、その無関心さにぞっとした。親子関係は無意識のうちに了解しているものがあるのだろう、途中から加わった直子の言うことではなかったが、無関心さも最たるものだと思った。しかし、これが哲朗の友達や職場の同僚ならこんな冷たいことは言わない。とくに友達からの頼まれごとにはなんでも相談に乗って、誰かを紹介するのが大好きだ。直子の田舎の人が医者を探しているなどと聞けば我先にと必要以上に情報を集め紹介する。他人に頼られるのが好きなのだ。家のことと違って、人に尊敬されるため何を犠牲にしても時間を費やすのだ。

直子が「何もしない夫。家の中のことには無関心」と言うと友人たちはびっくりする。それだけ哲朗が外に出れば社交的でオーバーなほど世話好きだったのだ。直子は自分がなんでもやってしまうから哲朗がやらなくなるのだと先輩からアドバイスをもらったので、税金の支払いや家の修理などじっと我慢して待っていた。しかしいくら待っても哲朗は書類一つ作らず放っておく。滞納金を支払うことが多くなってうんざりした。結局、彼は家の中のことでは腰が重い。もう限界という寸前でなければ動かない。いや寸前になっても動かない。頼まれた次の日には動いてしまうという直子のせっかちな性格とは正反対だから、哲朗には頼まない。頼んでいらいらするだけ損をすると悟った。何もかも自分でやってしまうから、なおさら哲朗は無関心さを装って何もやらなくなってしまうのだ。

## 三

この延長線上の話である。あるとき中古車が哲朗の所有になった。

そのころ直子は子どもが三人に増え、通勤しながら子どもを保育園に預け、そして夕方には迎えにいかなければならなかった。車で行動しなければ共稼ぎは続けられない。その必須条件を初期の段階でクリアしていた。二十五キロ離れた職場でも、車通勤のおかげで短時間で医者に診せられるし、授業参観にも出席できた。自動車がなければ共働きはできないと言えた。

運転免許証を持っていない哲朗がある日、まったく誰にも相談せずに、親友の村山から廃車寸前の乗用車をもらってきたのである。哲朗は自動車免許証など簡単に取れると思ったのか、自動車教習所に入校すると一般的なコースを選択しないで、直接、運転免許試験場で試験を受けるという、運転に自信のある人の免許取得コースに通った。

哲朗は高校時代から一五〇ccのオートバイに乗っていた。バイクの運転免許証は持っていたので二、三週間通えば普通自動車運転免許合格できるという自信があったようだ。

哲朗は教習所で、実地指導の教官が親切に段取りよく教えてくれると思っていたらしい。それが意に反して厳しく素人のように扱われ、すっかり自尊心を傷つけられた。教え方も半端なく怒鳴られたというから、彼は教習所に通う意欲を失った。

そんなことだから、何度試験を受けても実地だけは合格しなかった。

そしてある夜哲朗はしびれを切らしたのか、村山から譲り受けてまだ名義変更もしていない車で、夜中に裏通りをゆっくり走った。その不慣れな様子を警官に見つかり、哲朗は無免許運転で捕まってしまった。何か事故を起こしたわけではなかったので厳重な注意と、身元引受人がいればいいということで無罪放免となった。直子は哲朗のこの行為をさもありなんと思った。大学入試の時にも受験勉強をせずにラジオや自転車の解体をしていたと母親から聞いていたので、一段ずつ階段を上るような教習所の教え方では身につかない。一発勝負で合格を目指すその手順が彼らしいと思った。残念ながらそれが当たってしまった。教官から頭ごなしに叱られながら教わるのは土台無理。小さな「王様」のような人だからと直子は思った。

哲朗にとって教官に指図されるのは、ものすごい苦痛だったのだ。それも厳しい言葉で叱られるなど屈辱以外のなにものでもなかった。普通の人なら耐えられることでも彼には耐えられなかった。結局哲朗がもう一度教習所の門をくぐることはなかった。

哲朗にとってコツコツと積み上げる試験は無理だ。直子はかえって夫は免許証のないまま生きる方がいいと思った。しかし、その後、オートバイでも何回か事故を起こし廃車せざるを得なかった。それから哲朗は車やバイクの運転をあきらめ、自転車で行動するようになった。

# 旅行

直子が五十代のころ、気の合う姉夫婦たちと外国旅行をしようという計画が持ち上がった。東京にいる三女夫婦と田舎にいる四女夫婦との三組で、思い切って北欧四か国に、十月半ばの十日間。一生に一度の夫婦連れで、かなり思い切ったプランになった。三女は夫が建築業界で働いているので夫婦一緒の海外旅行は特別なことではないが、直子夫婦も四女の真知子夫婦も初めてで不安があった。直子夫婦で言えば外国で泊まりというプランはかなり困難なことだった。長時間一緒にいるのを避けて三十年近く暮らしてきたし、子育てや高齢になった義母の世話などもあって家を空けることもなかったからだ。年とともに哲朗の気難しさが増してきていることも無視できなかった。直子は旅行が好きで、どこでも独りで出かけたから外国が苦手ということはなかった。しかし二人で長期旅行がうまくいくとは思えない。

魅力的なプランだが哲朗と同行するのは気が重かった。でも姉たちがカバーしてくれるというので、姉妹ならなんとかなるかもしれないと哲朗を普通の夫のように連れ出した。

何よりも直子は二人だけになるホテルが心配だった。今まで新婚旅行を除いて夫婦で一泊以上の旅行に行ったことはなく、ましてやドアからベッドという西洋のホテルに入ったことはなかった。

飛行機から降りた初日と二日目のフィンランドは疲れていたせいか、また夜になるのが遅かったこともあってかぐっすり眠れた。三晩目、ノルウェーのフログネル公園などで、愛や友情などをテーマにした濃い人間関係のモチーフの彫刻を見て、圧倒された哲朗はその日の昼頃から気難しくなってきた。話しかけても直子の方を見ないで、真知子の夫の滋とばかり話している。滋は教育者だから哲朗とは気が合う。

十月の夜は長く、夜になれば直子夫婦は長時間一緒になる。その時間が彼には耐えがたかったのか、日中でも直子とは顔も合わせないという険悪な状況になった。

三晩はなんとか持ったが四晩目には部屋の外に出たまま帰ってこない。毎晩一つのルームで直子と過ごすのに耐えられなくなったいた。純日本式の生活をしている彼は、夫婦単位でダブルベッドの部屋に泊まることなど想像していなかったようだ。三姉妹夫婦で旅行するのだから、みんなで同じ部屋に泊まるものだと思っていたようだ。「直子と別の部屋で寝る」と言ってきかない。

姉妹だけで寝ることも考えたが、ほかの義兄たちは男同士で寝るのはぎこちないと言っていい顔をしない。当たり前だ。彼らは夫婦一緒にいることが自然なのだから。

四日目の夜、「お前が出ていかなければ俺が出てゆく。廊下でもどこでも寝るからいい」と不機嫌になってしまった。哲朗を真知子がなだめてくれた。

「明日から私と直子が一緒、哲朗さんとうちの滋さんが同室というように分けるから今晩は我慢して頂戴」と代案を出して説得した。哲朗はこの案を喜んで呑んだ。

確かに直子は夫婦だけで旅行したことがない。あっても一泊だけだ。八泊という長期間の観光は哲朗には不可能だったに違いない。彼は大勢の家族の中心にあって、母親まで従属させていたのだから、妻と二人で夜を過ごすなど想定外である。まして北欧は白夜のあとで夜が十二時間もある、ホテルでそんな時間を過ごしたことのない哲朗は窮屈でいたたまれなくなった。直子は眠ってしまえば平気だが、哲朗のように夜更かしの朝寝坊にはかなり辛いようだ。彼はこの時間を読書でごまかすというほど大人にはなれていなかったのだ。

哲朗は初めからこのようにすればよかったのにと、おかしなことを言う。大勢の家族のなかで過ごす家庭生活が哲朗には当たり前になってしまった。純日本式の襖で仕切る生活しか彼にはできなくなっていた。

これが哲朗のスタイルなのだ。大勢の家族のなかで生活する彼は、夫婦二人だけになると何をしたらいいのか分からなくなるのだろう。まして従順でない妻にいつも気分を害されているという被害意識の強い彼は、外国旅行で修正しようなどとは思うゆとりもなく、さらに溝を深めた。

姉たちが一生懸命哲朗を説得してくれた。直子と同じ部屋にいるのがなぜ嫌なのかと訊いても、哲朗からはなんの返事もない。「なぜ嫌なのか」「どうすればいいのか」という代案は彼にはない。「妻と別れたい」という意思ももちろんない。ただ干渉されるのが嫌で、自分流に生活したいのだ。例えば今日穿いたパンツを明日も穿きたいという単純な思考で、そこへ妻に新しいパンツを出されては困ってしまうのだ。なんでも自分流にやらせてほしいと思っているだけなのだ。

家にいれば直子は忙しく、哲朗のことまで構わないから自分流に生活できる。それが急に外国で、「こうしなさい、ああしなさい」と言われて戸惑ってしまったらしい。

# 仕事

## 一

哲朗は仕事で依頼された福祉関係の原稿をときどき書いていた。原稿がどのぐらい意味のあるものかは知らないが、前もってスケジュールを組んでバランスよくやればいいものを、ぎりぎりまで放っておいて、締切が近づいてから書きはじめる。締切が近づかなければ書く気がしないのか、いつも同じことの繰り返しだ。しかも、短い日数で原稿を書き上げたいのか、彼には悪い癖があってその日から徹夜をすることだ。直子が仕事で留守にする日中は寝ているようだ。日中をどう使おうが勝手だが、夜寝ていない彼は不機嫌なことこの上なく、傍に寄るのも声をかけられるのも嫌がる。普段から気難しいのに、さらに不機嫌さを訾にして閉じこもる。一緒にいる家族は腫れものにさわるように遠巻きにして、食事もトイレも彼にぶつからないように避ける。

直子はあるとき、どうしても話す必要があって、哲朗に話しかけた。

「隣の奥さんが一晩中クーラーの音がうるさいんですって、せめて夜中は小さくしてほしいと昨日言われちゃった」

「うちのクーラーだ。どう使おうと勝手だろう」

「そうだけど。もう少し弱くできない」

「いつも同じにしているのに、なんで今回はそんなこと言うんだ」

「前の時にも言ったわよ」

「俺は聞いていない」

えっ、と思った。毎回同じことを言っているはずだ。

「いつも不機嫌そうにしているから、簡単に言ったつもりだけど」

「言ったかどうか知らないが、聞いてねえ」

「そうかしら。哲朗さんと顔を合わせる時間もないでしょう。いつまで居間に籠もっているつもり。夜も朝も占拠して起きてこないし」

哲朗は「何を！」という顔で睨んだ。

「いつまで籠もっているつもり」と直子が背中に向かって言った。自分勝手なんだからという言葉を投げかける前に哲朗は振り返った。目が据わっている。アブナイと思った。逃げるのはいやだが、ここで怪我をしたくない。そう思って直子は玄関から裸足で逃げた。追ってこないと思ったが追ってくる。本当に暴力を振るうつもりらしい。直子は「暴力を振るったら警察に訴えるから」といつも言っているので、逃げない方がいいのだが、今は駄目だ。本気で手を振り上げている。仕事も家族も大事だし、明日は福祉センターで講演会をしなければならない。哲朗と諍いを起こしているわけにもいかない、無難な道をとって裸足で逃げた。追いかけてきそうな気配がするが、まさか道までは追いかけられないのか、小石を持った手を戻し、家に入ったようだ。玄関やら廊下の戸に鍵をかける音がする。また閉め出された。

庭先で富士山に沈む夕日を見ていたら、何かひどく悲しくなって涙がこぼれた。

哲朗の顔など絶対に見たくないが、それでも裏口からこっそり家に入った。

家族の夕飯の準備、洗濯物の片付けもある。足を洗うついでに風呂場に入った。戸には鍵をかけ、用心に携帯を持ち込んだ。

二

十月末、哲朗に原稿を依頼した短大の教授である仲田から電話があった。仲田は仕事を斡旋したり、原稿を依頼したりする哲朗とは密接な友人でもある。直接話したことはないが、毎年お歳暮・お中元も届く、親切で頼りがいのある友人だと直子は思っていた。

「夫は留守ですが、どんな用件でしょうか」

「原稿がどうかと思って」

哲朗の原稿の進捗状況を心配する仲田に、直子は締切が近いのにまだ書けていないようだということを話し、毎晩徹夜までして書こうとしているが、捗っている様子はないと正直に話した。

仲田も哲朗の期限伸ばしには疑問を感じていたらしく、直子の話に耳を傾けた。今回の哲朗の執筆状況は目に余るので、渡りに船とばかり彼に向かって困っている心情を訴えた。

「夫は毎晩徹夜ばかりしていて、ぜんぜん地に足がついていません。時間ばかり費やし、依存症のように部屋から出てきません。デスクにかじりついています。一か月程度ならいざ知らず、三か月にも及んで、とても普通じゃありません」

十月に入ってから徹夜で原稿に執着する気持ちが高じ、家族を拒否する態度は異常だ。いつも不機嫌でイライラしている。原稿を書くこと自体彼には向いていないのではないかと正直に打ち明けた。

「原稿はオリジナルなものでなくてもいい。前に書いたものがあれば加筆していただいてもいい」と言って頼んだという。

直子はさらに続けたが、仲田はよく意味が捉えられないのか返事をしない。

「普通でない人を抱える家族はやりきれない。進捗状況を訊くこともできない。訊こうとしても聞く耳を持たないので話し合う余地がない。ともかく異常である。毎晩毎晩徹夜して、顔つきも目だけ光っていて険しい表情、こんな夫と生活するこちらも頭がおかしくなってしまう」と言うようなことも話した。

「昔はそんなことなかったけど」仲田は驚いている。

「確かに以前はこんなに籠もる人ではなかったけど、なぜだか私にも分からない」さらに「きっと集中力がなくなって書けなくなったのではないでしょうか。外から見ているとおかしいですよ」とつづけた。

「それは申し訳ない。そんなに変わりましたか。確か七十六歳かな」

「まだ、七十五歳です。夫は前から締切間際になってやっと書く気になる人なんです。そうすると一週間ぐらい徹夜する。でも今回はもう三か月は書斎から出てこない」

「でも、昔の原稿の加筆ですよ。分担執筆ですから半月、仕事しながらでも一か月あれば書けるでしょうし、徹夜するほどの集中力はいらないはずだし、籠もって書くものでもないでしょう」と彼は率直に言った。締切は十月末だから、すでに一か月以上も過ぎている、仲田自身も困っている。共著だから他の先生方の原稿は十月に提出されていると言った。そして仲田は「滝川さんと直接話し合います」と丁寧に詫びて電話を切った。

哲朗の原稿は十二月二十九日に脱稿した。たったの三十枚の原稿を大義名分に掲げ、三か月も閉じ籠もった末、提出した。

最近、隣近所でいろんなトラブルがあり哲朗に確認しなければならないことが多い。それらはどんなときでも会話になっていないが、それでも近隣の苦情は知っていなければならない。ましてやこのころ、哲朗は家にいることが多くなったので、事前に相談しておかなければ彼は「聞いていない」と言ってすぐに不機嫌になるから、伝えておく必要があった。

ある朝のこと、直子が外で花をいじっていると哲朗が外出の支度をしている。どこかに行くらしい。まあ、家にいるよりはいいか、昨晩も早くから寝たし、あの徹夜の原稿から解放されたようで良かった。

家に上がって部屋に入ると下着が放り出してある。哲朗は段取りよく支度ができない。探し物が箪笥の中に見つからないと、周辺にあるものをすべて放り出す癖がある。ズボンは広げてみないと穿けるかどうかの判断ができない。手に取ってしまうと元に戻すことができないので全部出しっぱなしで出かける。

哲朗はこんな幼稚なことばかりする。三歳の子どもよりもひどい。結局全体が見えなければ、そのものがつかめないのだ。イメージが湧かない。どんな洋服も同じで、冬になればオーバーからセーターまで畳の上に広げて着るものを選ぶ。それは靴下でも同じ。箪笥の中にあるものから選び出す能力がない。洋服の組み合わせはいつも同じで、そのパターンを壊すことができないのだ。

誰が彼の下着を洗濯して箪笥に戻しているのか想像できないのだろう。しかし、何をしても直らないからと直子は妥協している。

## 催事

一

七月十四日はお盆である。この地方のお盆は七月だから、なんとなく慌ただしい。まだ学校は夏休みに入っていないし、地域でもいろんな催し物があって落ち着かない。

市内では通常の八月にやるところも多いのに、なぜ昔の農村地域だけ七月盆をやるのか、と佳代に聞いたことがある。

「たばこ農家が、七月にしたんだ」と教えてくれた。

葉たばこは八月になると収穫から乾燥でものすごく忙しいから、一か月前に持ってきたと言われている。お盆の時期まで動かすという、いかにたばこ農業は地域の重要な産業だったかが分かる。

お盆前には、お墓の掃除と住職への挨拶がある。

いつも当日は直子が行き、事前の掃除は哲朗の役目と決めている。

墓の用事は一年に五回ある。盆、正月そして彼岸、命日だ。この年中行事をクリアするのが家長の役目、直子は哲朗と役割分担している。彼は当日よりも掃除の日を選び、直子は当日、寺に挨拶し、祈りを捧げ、お布施を届けることにしている。それも彼と話し合った上で決めたことである。彼は決まった日にどこかへ行くのが苦手で、自分の都合でしか動けない人だ、彼岸の中日だからとお寺に行くことができない。だから自分の予定で動ける掃除を取った。菩提寺が決して遠いわけではない、歩いて十分のところにある。彼はその距離でさえ時間がかかると厭うが、全部直子がやってしまっては世帯主という役目が全うできない。直子は一つずつ、本当に一つずつ彼に役割を担ってもらおうと努めている。「頼む」ということで彼に仕事をしてもらっているが、本当はそんなやり方はよくない。でも、墓の掃除でさえ、「よろしく」とお願いしている。彼は直子が頼まなければ決してやらない。家の用事に気づいて率先してやることなどできない。

盆の前日、墓の掃除をしたかと訊くと案の定していないと答える。そのことで問答しているとまた彼がキレて椅子を投げつけてきた。

夏の朝は早い。五時に起きてしまう。直子は家にいるときは四時に起きるから、ここではゆっくりできる。月三回、麻溝にいる長女の子ども（孫）の世話をしている。小学校五年生になった孫は早起きが苦手だ。七時にやっと食卓に着かせることができる。

理恵も朝が遅く八時に食卓に着く。前夜の帰宅が一時を過ぎていたから仕方ない。直子に残された仕事は洗濯ものを干すだけだ。家族四人分のバスタオルと下着、今朝は洗濯機を二回まわしている。麻溝に来れば来たで直子の用事はいっぱいある。仕事は嫌いではないが、娘の朝寝坊は嫌だ。遅寝遅起きは父親似だ。直子に似たところのない娘の横顔を見た。鼻梁の骨っぽさは哲朗にそっくり、コーヒー好きも似ている。

理恵が珍しく直子の分までコーヒーをドリップしてくれた。確かに美味しい。哲朗も毎朝自分用に落としているが、直子は一度もリクエストしたことがない。脇を甘くするとしっぺ返しを食うから期待しないことにしている。

理恵が淹れてくれたコーヒーに誘われて気持ちにゆとりができたのか、直子は哲朗から暴力を受けていると告白した。長女に言うことではないと思ったが。彼女は知っていたようで、「お母さんも言い方を変えたら」と言う。まさかの忠告だった。娘に相談しても無理だと悟った。直子はそれ以上言葉が出なかった。

昨晩は哲朗と離れてのんびりした。直子は長女のところに行って体を使ったせいか、今朝は体調がいい。彼と二日間接点がないだけでも元気が出る。

日中のせいか帰りの電車は空いていた。中年の女性が多い。女性たちには必ず仲間がいてよくしゃべる。彼女たちは経済力がなくてもたくましい。

なぜだろう。家事を全部担っているから強いのだろうか。直子が彼女たちを見て思うのは「群れる強さ」があるということ。家庭のなかでは専業主婦の方が強い。家出して家族を困らせる術を持っているからだろう。仕事を持っている女性は、仕事のことを考えると家出ができない、それだけでなく夫に不自由をかけているという摩訶不思議なコンプレックスを持っている。外で働くことで二倍も三倍も体を酷使していながら引け目がある。直子も持っている「働かせてもらっている」というコンプレックスだ。これが哲朗を増長させているのだろうか。

直子は主婦のグループを見ながら彼女たちのようなたくましさが欲しいと思った。哲朗の暴力をやり過ごす実力、彼の暴力を剝ぎ取るほどの精神力、彼から逃げずにやっつける方法を身につけたいと思った。

いつもの駅で電車を降りたが、バスに乗るにはまだ時間がある。暑さよけにいつも寄る書店に入った。

前から欲しかった発達障害関係の本を何冊か求めた。哲朗の本質を究めたいと思ったのだ。やはり気付くのが遅かった。哲朗は典型的なアスペルガー症候群（ＡＳＤ）の症状を持っている。なんで曖昧にしていたんだろうと、買った本を読んで直子はそう思った。

直子は哲朗のことを知性があり、仕事のできる人、周りから信頼される人だと無理やり自分に言い聞かせ、ごまかしていた。

哲朗はまったく、簡単に言えばずっと暴力男だったのだ。結婚前からそうだった。役割分担のはっきりしている公務員だから務まるので、そうでなければ生きられなかったであろう。

あの暴力的な言動は先天的な問題だ。決して環境性のものではない。

直子には、どうしてもやらなければならないことがあった。哲朗の暴力をやめさせなければ結婚生活を続ける意味がないと決心した。哲朗の暴力は家族の問題である。どうしても避けたい、決して繰り返しさせたくない悪い習慣である。そのためにもうこの辺で、本気で哲朗と直面しなければならない。「絶対にいやだ」と説得したい。

直子は自分の人生をかけても、哲朗と話し合っておかねばならないと思った。

二

彼岸が終わって涼しい風が入ってきた。やっと人心地がついた夜、哲朗も家にいた。

直子はこみ上げるように暴力を話題にしてみたくなった。今日なら平易にしゃべれるのではないか。

直子は本心を平静にぶつけられるのではないかと思った。被害者としてではなく、暴力は許されるものではないという倫理を伝えたかった。

この行為は、決して消えていくものではなく、必ず繰り返し、大きな被害をもたらすので、絶対に哲朗と話し合っておかなければならない。これからどんな展開になろうとも、話し合うことはプロセスにおいて重要だ。

哲朗に自分は暴言・暴力夫だということを認識してもらいたい。彼のなかでそれを起こす精神状態、成り行きの結果を認識してもらいたい。

さらに哲朗はその行為を避けたいと思っているのか、それとも直子には何をしてもいいと思っているのか。その答えをしっかり聞く。

そして一度キレたら、成り行きで避けられないのかどうかも知りたかった。

真正面から訊いた。

「哲朗さん、どうして私を殴るの、なぜ」平静な声で、哲朗の目を見て尋ねた。

「お前が俺の言うことをきかずに言い返すから」

「だって、頭ごなしにぶん殴ってくるじゃないの、怖いよ、怪我したらどうするの」

「……」

「このままでいいと。暴力は悪いと思っていないの。それとも自分では止められないと思っているの」

「……」

「医者に行こう、なんらかの脳の病気じゃないかと、思っている。自分で止められないなら医者に行こうよ、きっと病気かもよ」

「……」

哲朗は一言も言葉を挟まなかった。彼の言葉は聞けなかったが、言うだけは言った。嫌悪感を持ってぶつけた。直子は暴力を振るわれるようなことは一度もしてはいないし、屈辱の中で溺れそうだ。

切々と話した効果なのか、それとも一つの周期なのか、哲朗は静かにしている。反省しているのかもしれないが、決して信じてはいけない。情にほだされてはいけない。また、ストレスが溜まれば同じことを繰り返す危険性をはらんでいるのだ。すぐキレて暴言・暴力を起こす人間だということを本人に自覚させなければいけない。

声をひそめてびくびくするのは飽きた。もう、哲朗を赦す気にならない。一年ぐらい静かなら別だが、今のままでは駄目。

ここで一年という目標を立てた。一年暴力的な行為を起こさなかったら赦す。

十月に入ったのに三十度に届く熱暑だ。直子は眠れない夜のために、窓を閉めてエアコンをつけた。今朝の哲朗は、ざわざわとしている。彼の動きを見ていると狂気に近い不穏な雰囲気をかもし出していた。直子は、彼は自分でセーブしているんだなということが分かった。セーブがきくうちはいいが、とも思った。

暴力習慣から自らを避けるのが賢明だということを理解できてきたようだ。今のところ狂気を隠して生きているのだ。外への不満は出さずに自分のうちに籠める。家のなかでは出せるという甘さがあって、生きてきている。家族の認識ができないで育っている。悪い性格だ。血かもしれない。血統のような気がする。気が小さいから家の中だけで暴れる。

家庭内暴力や子どもの虐待が消えないのはそんな心根があるからだ。哲朗自身も怖いと思う。年をとっても少しも変わらない。六十五歳過ぎてかえって醜さが増加されている。でも今朝のように、暴力心を自分で抑えられるとしたら光明が見える気がする。でも直子は決して喜んでいるわけではない、見込み違いがあるかもしれないので。ともかく、ぶつかっても話しかけられないようにする。一番いけないのは頼みごとだ、何にも頼まない。たくましく自分でやってしまうことだ。


十月半ば、やっと涼しくなったと思ったら、暴言に火がついた。哲朗に期待をしてはいけなかったのだ。

家が手狭になって、どうしても哲朗の書庫を作らなければならない。本がだんだん増えて、今では応接室がいっぱいになっている。直子はここに置いてある本を、別棟にある物置を書庫に改良して入れる、と哲朗と話し合ってきた。哲朗は自分のものを部屋いっぱいに広げていることに疑問を持っていない。どうせ来客用の部屋だ、自分専用にしてどこが悪いくらいにと思っている。

哲朗の本を買いためる習慣は昔からあった、本屋で見たものをなんでも欲しくなる。最近はブックオフのお得意さんになって、目についたものは値段が安いので躊躇なく買ってくる。そのことをちょっとでも注意すれば、「お前が出てゆけ」と逆切れする。家の中が本でいっぱいになっていることが自慢の種で、どう説明してもこのコレクション癖は治らない。古いものを集める収集癖の人と同じだ。よく死ななきゃ治らないというが、自分の存在の証を求めるのだろう、哲朗は画集や写真集も好きでかなり集めている。若い時は登山や音楽関係が多く、それで仲間から尊敬されていたが、今は誰も寄ってこない。だからというわけでもないが、今は世界中の画家の全集ものを集めている。将来値がつくと思っているようだ。それらが溜まって、歩く場所もないほど部屋に積まれている。

直子は十五年前、昔の家が平屋で手狭になった時に、二階屋を建てようと、義母と結託して五〇坪の家を建てた。その時、直子たちの寝室だった別棟を残して物置に使っていた。

直子は別棟の床をコンクリートにして、頑丈な書庫にすることを急遽決めた。前々から哲朗に相談しても彼は何にも決断できない人だから、黙ってやることに決めていた。それも専門の人を頼むのだから、問題はないはずだった。

それが今朝見つかって、直子は怒鳴られた。怒鳴れるなど慣れっこになっているが、建築を請け負ってくれる大工にまで八つ当たりしそうになった。斉藤建築が今日から来てくれることになっている。前々からなじみの人なので、市への建築許可を届出なしで改築してくれることになっていた。

この経過を簡単にしたせいか、哲朗の腑に落ちない。坪数は五坪で、今まで物置にしていた所だから建築許可が必要ないのだと何度も説明したが、自分抜きに進められた、だまされたと怒っている。市に黙ってやるのだから、という言葉が気に入らないらしい。

「俺は承知していない、市役所が調べに来たらどうするのだ。お前が簡単だというからやった、こんなことになった」

そして、今は斉藤建築のことが憎いらしい。斉藤にだまされていると疑心暗鬼になっている。なぜ、ここで斉藤さんのことを怒るのかが分からない。彼はこの家に古くから出入りしている職人だ。哲朗と同い年で中学まで同級生だった。彼は苦学して、高校を定時制で卒業している。哲朗が最も信頼している一人なのに、ここにきてどうして疑うようになったのだろう。

哲朗は何事でも変化が嫌いだ。作り替えるのが大嫌いで、何も捨てられないで、何もいじれない。家にあるものはゴミ一つでも捨てられない人だ。そのうえ本を移動すると言えば捨てられてしまうのかと疑心暗鬼になっている。何とかこの場をやり過ごさなければならない。どうしたらいいのだろうと、悩んでいると斉藤さんが三人の人夫を連れてどかどかとやってきた。

「お世話になります」と、斉藤さんが挨拶すると、哲朗は人が変わったように、「お願いします」と言って家を出て行った。哲朗は何を言っても敵わないと判断したのか、それとも業者に任せた方が得だと思ったのかどちらか分からないが、一難去った。もともと直子には辛く当たっても外の人にはものが言えない人だから、なんでも知り合いの業者に全権を任せるに限る。直子が独りで立ち向かうことになれば、半殺しにするほど追いかけて棒で殴られるのが落ちだ。知り合いの業者に任せる手があったと直子はホッとした。

三

透明な寒空、二月に入っていた。

直子は図書館へ通じる道を歩きながら今日はバレンタインデーだと思い出した。足元ばかり見ていたので背中が曲がっているかもしれない。背筋をすっと伸ばした。見上げた青空がどこまでも透明で冷たい。寒い一日になりそうである。陽が昇っても暖かくはならないだろう。

直子は今朝見た天気予報の冬型の気圧配置を思い出した。等圧線が大きく日本をまたいでいる。雲がないと思った空に小さな飛ばされそうな雲の破片を見つけた。決して日本晴れではない。新聞の天気マークでは、ダイヤモンドのようにお日様が煌めいて、あと三日はこのような晴天が続くと報じていた。最高気温は七度まで、この地域では冬の底だ。二日前の初午は雨が降って悪い天気だったのに、昨日から晴天になった。

市役所の会議はスムーズに済んだ。八割は男性。哲朗の年齢に近い人ばかり。地域の代表は、ほとんど男性で小父さまだ。

十時から始まった会議が一時間で終わった。昼時まで時間がある。

直子が「図書館に寄って行こう」と何気なく口に出したとき、隣に座っていた委員が、「じゃ、通り道だから、送っていきましょう」

と声をかけてくれた。車のなかで、

「年度末は会議ばかりね、よく大人しく、賛成・サンセイというよね」

「早く終わりにしたいからだ、意見を言ったらきりないものな」

「……」

「そうそう賛成に限る。うちの女房は俺を二重人格だと言っている」

「男はみんな二重人格よ」哲朗を思い浮かべ、自然に口に出た。

「なんだよ、偉そうに」

「いや、うちの夫のこと。外ではネコのように大人しいくせに、一旦家に入ると威張り散らして」

「そんなことはないでしょう、あんなに大人しい人が。俺はそんなに威張らないよ、女房が怖いもの。臍を曲げたら何もしてくれない」

彼は哲朗を知っている。しかし家のなかでの哲朗を知らない。それも妻にだけ見せる凶暴さを。それは暴力団の暴力以上のものだ。夫婦であることも、長い間一緒に生きてきたことも、義母や兄弟が妻に世話になったこともすべて忘れるほど、凶暴になる。

直子がどのように社会から認知され、仕事をしてきたかも忘れるほど、まったく価値を見出せないほど、虫けらのごとく踏みにじっても構わないという凶暴さをむき出す。

そして三十歳過ぎて同居している娘に見せる父親の威厳、男の優しさ、何もかも忘れ去るほど下種な人間に変わり果てて、娘の見ている前で凶暴になる。娘がどのぐらい人生に幻滅を感じるかどうか知る由もない、ただ欲望のままに妻に手を上げる。

夫であり、父親であることを忘れ、また立派な家柄であることを見失って手を上げ、暴力を振るう。家庭内暴力の典型的な例であり、暴力を悪とする知識も常識も十分に持っている大人の行為とは思えない。これを外に出せば、哲朗も家族もみんな裁かれる。社会的に葬られることは間違いないのに、それでもあえて行っている。行わざるを得ない欲求に衝き動かされているのだ。

図書館に繋がる芝生を歩きながら果てしない空虚さ、自信のなさを直子は味わった。こんな生活をこれからも続けるというのか、もう、いい加減に終わりにしたい、平和に生きたい。

築山に子どもが四人登っていく。着膨れて丸い玉のようになって転げ落ちてくる。母親が間に合って、下りる子どもを抱きとめた。ジーパンのお尻が大きな母親が子どもを抱き上げた。四歳ぐらいの子は大きな声を立てる。今日は休みなのか、このぐらいの子どもなら幼稚園に行っているはずだが。

親子の次に、犬を連れた老婦人がやってくる。胴長な犬に赤い洋服を着せて、寒さを凌ぐ、愛しさが出ている。

裸の桜木が棒のように空に枝をひろげ、冬でございますという感じだ。すぐに春がくればたわわに花をつけるはずなのに。枝の向こうに雪の被った表丹沢の稜線がくっきりして信州の山のような確かな存在だ。大山や塔ケ岳、一の塔が白くなるのは珍しくないが、尾根の雪が一週間以上も消えないのは珍しい。土地の人は雪化粧を歓迎する。やがて湧き水になるのだから寒さぐらい我慢して欲しいと。

桜側から言うと今年はいい桜、たわわな花を見ることができるだろう。昨年は、一度も雪を被らなかった。そのことで桜のつぼみが少なく、満開の醍醐味を味わえなかった。

親子連れとすれ違った。子どもよりも母親のほうが着膨れている。ダウンジャケットのポケットに手を入れて、完全武装だ。

直子は、三十代のころから哲朗の暴力と闘ってきた。決して昨日今日の問題ではなかった。暴力を受けたときの虚しさをなんで補っていたのだろう、今よりも若い時の虚しさの方がもっと激しかった。

直子はいろんな宝石、洋服を買って気持ちをごまかしていたのだ。自分の収入があって、買い物は好きにできたのでお金の使い方は自由だった。哲朗への当てつけに一カラットのダイヤを買ったこともある。あのころは付けていくところがたくさんあったし、いろんな旅行にも参加した。今は行動が億劫になって、おしゃれにもお金をかけないし、欲望も少ない。

心を紛らすものは何があるのだろう。哲朗のいる位置から逃げ去りたい。死んでくれないかとも思う。しかし、死なれても困ることがいっぱいある。社会的な建前の付き合い、財産管理、収入など。では離婚して自由になる。しかし離婚の手続きは煩わしい。ではどうする。若いときに哲朗を治そうと意気込んでいたとき、親族に注意してもらったこともある。しかしすべて無駄であった。哲朗の中にある直子への暴力は、子どもを虐待する父親と同じ。心の奥に闇を抱えているのだ。

本来は哲朗も監獄に入らなければ暴力の依存症からは立ち直れないと、直子も絶望感に立ち向かっている。一時図書館に逃避しても絶望感からは立ち直れないだろう。

空は、どこまでも澄んでいる、冷たい風をよけるように暖房の入った図書館に入った。一時の心の憩いを得て、元気になろうとするはかない努力。

バレンタインデーは直子には意味のない行事に思えた。

## 四

暖かい日が続き、彼岸に入った。物置を書庫にする工事はやっと終わった。

こんな工事をどうしてやったのだろうと思うほどの大きな取り組みをした。なんと言っても建築許可を取らずにやるのだから、周りにしれないように短期間でやった。

この工事中に直子は、哲朗からどのぐらい怒られたか分からない。


六十代に入ってから、哲朗との喧嘩もすごくなった。夫婦が毎日体力が続く限り闘うというアメリカ映画を思い出す。

あのように夫婦双方で闘う内容は面白いが、直子のように、哲朗から一方的に暴力を振るわれるのは面白くない。直子は小さい時から人に手を上げたことはないから、手を上げることも、暴言を吐くこともできない。手の届く距離にいれば、哲朗の暴力で怪我をするであろう。実際怪我もしているのだ。怪我だけで済むならいいが、命まで失うことになりかねない。

哲朗は凶器を内在している。それは直子に向かうもので、決して他者には向かわない。いや母親が生きていて、そして直子がいなければ母親にも向かったであろう。

なぜ、どうしてと訊かれれば答えは簡単、直子が哲朗を抑える、彼に意見する人だから。

哲朗は自分を批判する人、または邪魔をする人が大嫌い。母親や妻は、自分の家来だと思っているのに、意見されたり、小言を言われたりすることが嫌なのだ。その折、彼の頭は理性が働かずカーッとなる。もっと語彙が多く、妻をやり込められるほど弁が立てばいいのだが、言葉が出てこない。正論で核心を突かれるから、絶体絶命になって妻を殴りたくなる。この衝動は本人の許容量のなせる業である。

ここまで、かなり正確に哲朗の暴力行為を挙げてはいるが、解決策にはなっていない。この現象が歳をとる毎になおさら深まっていくことも今後の課題である。何故なら現役の時と違って視野が狭くなり、顔を見合わせる時間が多くなっているからだ。こんな危険な夫婦が四十年も続いているというから不思議だ。

その大きな理由は直子が仕事をしているからであろう。とくに彼女は責任ある仕事を延々と続けてきているからいつも仕事に逃げていた。

直子は湯河原泊まりの保健師学校のクラス会に参加した。十四人が集まって昔の話になる。このクラスとは何年ぶりか、きっと二十年ぐらい会ってないのではないか。なんか遠い存在になっていた。しかし会ってみると傍によってきてくれて楽しい。いろんな話題が一気にできる。昔を知っているだけに気が楽だ。この期間いろんなことを経験している。一番応えるのは本人の病気、夫の病気、恒例の姑の病気。いろんなことをクリアして生きている。

大学卒という自意識もなく、女子大という女性らしさもない。しかし保健師を目指しただけに全員働いている。自立して生きられる自信があり、強さと平凡、したたかさを持っている。全員が結婚していて、一人も離婚者がいないという珍しいグループだ。仕事をしてきた女性は離婚しないのだろうか、不思議な現象だ。したたかさと言えば、直子の専売特許のようなもので仕事、家庭、哲朗からの暴力への対応と家の管理、そして創作という、幾重にも大変なことをこなし課題を潰しながら生きている。最低の夫のことでもいい点をつけられるとすれば、病気をしていない。精神的に自立している。独りでほうっておいても文句を言わない。趣味を持っている。これくらいだ。

少しでもいいところを見つけなければバランスが取れないと、クラス会が終わった時、直子はこんな感想を持った。

# 定年退職

## 一

このごろ直子は、退職した哲朗からどう逃げるか、逃避をいつも生活の中心にしている。

距離を置くこと、言うなれば一緒にいる時間を最少にする。しかし、無視するわけにはいかないし、「そっちに行ってて」というほど強くはない。言葉に出さなくても動く様子で分かって欲しいのだがそれは無理だ。

ある時、ちょっとしたことで話しかけようとしたのだが、隣の主婦の名前がスムーズに出ない。

「隣の奥さんが、留守すると言って声がかかりました」

「隣って裏か西側か、なんの用事だって」

「旅行へ行くと言っていた」

「どこに」

「知らない」

いつもの哲朗なら、隣人の旅行など気にしないのに、最近の哲朗は隣人の動静を特別気にする。直子が隣人の妻と仲がいいので気にしているのかもしれない。

「どこと言ったかしら、でもどこだっていいでしょう、関係ないわ」

「隣人の名前も忘れる。いつもそうなんだから、お前、ボケたんではないか」

「かもね、ボケたと言われても関係ないものは聞かないよ」と直子は語調を強くしていった。

本当に知らないし、訊いてもいない。いつも学校の先生に報告しているようで嫌な感じがする。秋晴れの中、機嫌よく洗濯干してきて、ここで気持ちがつまずいてはやりきれない。無視するに限る。

「回覧板は置いといていいと言ってたから」と言ってその場を離れた。哲朗はまだまだ新聞を読んで、時間をかけて食事する。周りに直子がいない方がいい。直子は廊下の掃除がまだだったことを思い出して、掃除機を押しながら逃げた。

とくに朝は機嫌が悪い。明るい返事など期待してはいけない。退職してからなお「遅寝遅起き」だ。哲朗の機嫌の善し悪しで、一日が左右されるほど情けないものはない。一気にゴミ出しまでやってしまいたい。まだお勝手が残っている、哲朗の食器も片付けて出かけたい。

「何しているんだ、ここに汚れたタオルが置いてある」と、また怒り足りないのかお勝手で怒っている。

「ここに置いてあった空き箱を捨てたのか、誰が片付けろと言った」

直子が出かけられないように、いちゃもんを付ける。このようなフレーズを繰り返し、直子に当たる。気にしていたのでは部屋は片付かない、聞こえないふりをしてどんどんやることをやってしまわなければ時間がいくらあっても足らない。

直子に対する暴言「出てゆけ」は終生直らないであろう、自分は生まれた時からこの地にいて一生この家に住んでいるのだから、彼から見れば妻であっても、いや母親であっても他所《よそ》の人なのだ。だから彼の老化した頭脳では妻を追い出すことで自分の存在が確固たるものになる。自分を制御する妻を追い出したいのだ。だから、二言目には「出てゆけ」という言葉が出るのだ。

「あなたの方が出てゆけば、この家は私が建てたのだから」と、直子が言い返そうものなら哲朗の手は、「なに！」と言ってふり上がる。この「なに！」が怖い。この尻上がりのアクセントに、なんとも言えないすごみがある。ヤクザに怒鳴られているようなものだ。

夫婦でありながら、哲朗のいない場所、夫のいない時間を求めている。直子が若い時、宿直で哲朗が家にいない時間が寂しく、眠れないこともあったなんてうそのようだ。いつの間にか、哲朗と時間を共有したくないと、いつも逃げの姿勢でいる。

二

夫婦ともに定年になった。それを期に直子は哲朗を栃木の田舎に連れて行った。

夏休み恒例の行事として、長男夫婦と小学三年と五歳の孫、総勢六人で栃木の実家に帰った。今年は二泊の予定で、泊まりはいつも泊めて貰うすぐ上の姉の家で、彼女の三年生になる孫が加わった。家から一キロ離れたところにある那珂川で泳がせるつもりだ。直子は孫たちを海には連れて行ったことがあるが川遊びはさせたことがない。五〇メートル幅の川が流れているが、岸の水溜まりで泳いでいれば問題はない。那珂川で水遊びをしながら育った直子たちは、ちっとも怖くなかった。しかし川になじみのない人から見れば、恐ろしいと思うかもしれない。現に哲朗は二の足を踏んでいる。

「傍にいなければ駄目だ、流れの方に行かせてはいけない」とさっきから怒鳴ってばかりいる。

「大丈夫よ、大人が三人も傍にいるんだから、慎一は川に慣れているし」と直子が言い返した。

水溜まりにいる子どもたちは夢中でドジョウを追いかけ、フナまで掴もうとしている。子どもたちの胸元にある水は澄んでいてきれいだ。

「おばーちゃん、おばーちゃん」と孫たちが呼ぶ。コンクリートを打った崖の上に立って、孫たちの水着姿を見ていた直子は、「エーヤー」と手を挙げ駆け下りた。

「何が捕れた」と直子は口に手を当てて叫んだ。

「うなぎ一匹」うなぎは、子どもたちに取れるわけがない。きっとフナかもしれない。フナはいっぱいいるからすぐに掬える。魚を手に掴んで孫たちは大騒ぎ。

川面は風もなく陽気もいいから好きなだけ遊ばせたいと思った。

「もっと、気を付けて見ていろ、手を放すなよ」と哲朗が土手の上からまた怒鳴った。

「手を繋いでいたら魚が掴めないよ」と直子は大声で言い返した。実家に帰っている時ぐらい自分の思うとおりにしたい、いつも、アーじゃない、コーじゃないと指図されていたのではたまんない。自分の田舎だから土地勘はあるし、少しは直子に任せて貰いたいと強気に言い返した。

「なんだよ、その言い方は」哲朗は直子の言葉に反撃してきた。

「別に大丈夫だよ。大人が二人もついているんだから、のんびり遊ばせておこうよ。その方が今晩よく眠れる」

手を振って大丈夫だとメッセージを夫に送った。

哲朗は何が気に障ったのか、また大声を上げた。

「お前の口の利き方はなんだ」

自分が言った言葉を撤回されるのが嫌いだから、直子の言い方が気になったのだ。

「大丈夫よ、ここで溺れても」直子が無意識に言った。途端に「そんなことがあるか、溺れたらどうするんだ、あいつらを預かってきた責任があるんだ」どこまでも拘った言い方だ。

「平気よ、水は浅いし」直子も、自分の田舎にいるんだ、負けてたまるか、という大声でやり返した。

「俺は帰る」哲朗は、切り返してきた。

「帰るってどういうこと」直子はびっくりして哲朗の方を見た。確かに、彼の忠告をなおざりにした。

哲朗は、「俺は帰る」と言って、後ろを振り返りもしないで、すたすたと駐車場の方に歩いて行く。

「いいわよ、放っときな」と四女の真知子が直子を止めた。

「直子がいつも機嫌を取るから彼がいい気になるんだ。家に戻った時ぐらい倍返ししたら」と強気だ。

直子は、水で遊んでいる孫の方に声をかけた。

「もう、いいでしょう、帰ろうか」

「まだ、大丈夫だよ。アユが取れるまで」

「アユは手でつかまえられないよ、逃げるの早いし、きっと出てこない」

それでもフナはたくさん掬えたし、大きなドジョウもいる。

ドジョウとフナを捕ってみんなが家に戻ると、先に帰っているはずの哲朗の姿がない。

「どうしたの」直子は心配して家の周りを探しても姿がない。少し経って義兄が車から降りてきた。

「哲朗さんを送ってきた」と言う。

「なんで、おじいちゃん、どうしたの」と孫たちも一緒に声を上げる。

「なんでなのか、こちらが訊きたいよ。なんだかすぐに帰るから駅まで送ってくれと頼まれた」

「あれ、おじいちゃんは？　帰ったの、もう仕事はないのでしょう」と孫たちに訊かれても、何が何だか分からない。直子は返事のしようがない。

「おじいちゃんは急用ですって」と、真知子がフォローしてくれた。

他の人では返事ができないだろう。哲朗がキレやすいということを直子は姉に話しているが彼女は信じていなかった。いつも「あの大人しい哲朗さんが」と言って取り合ってくれない。

「なんで、帰ってしまわれた家族の気持ちを考えないのだろうか」と姉は不満そうに言った。

「平気よ、慣れているから」

孫たちはおじいちゃんがいなくてもおばあちゃんがいれば平気だ。おじいちゃんが帰ってしまったことなど関係ない。孫たちのことは心配ない。

「私がハイと言わなかったから。家にいる時ならすぐにハイと返事するんだけど、ここは私のテリトリーだから、あえて素直に言うことをきかなかった」

「いつもあんななの。直子が弱気だからいけないんだ。もっと強く出なさいよ。北欧に行った時もこんな感じだったね。哲朗さんは余所に泊まれないんだよ。直子はあの時、直子といるのが嫌だからだと言ったけど、違うと思う。余所に泊まれない何かが彼の中にあるんじゃないか」

「私も、最近そう思うようになった。同窓会が箱根であって、泊まってくるのかと思うと夜中に帰ってくる。だから彼は旅館に泊まったことは、現役時の出張の時だけではないかな。なんか余所に泊まれないものが彼の内面にあるんだろうね」

「肉体的欠陥があるのかしら」

「いや、私は精神的なものじゃないかと思っている、個室なら別だけど相部屋では眠れないのかもね。いや家から出たことがないから心理的に嫌なんじゃないかな」

「なぜだろう。一度専門の人に相談してみたら」

姉にだけは本当のことを言おう、そして軽くなろうと瞬間考えた。

「彼は病気なのよ。保健所に来ている精神科の先生に相談したら、家族への関心やこだわりからみて発達障害の中にあるアスペルガー症候群だと言われたわ。しかし本人には言ってない。同じ公務員だから他に知られたら出世に響くから」

「なにそれ、どんな病気」

「うーん、家でしか眠れない人。それと余所の人への拘りが強い。でも有名なタレント、小説家や学者でアスペルガー症候群（ＡＳＤ）の人いっぱいいる。私の職場でも机の上がぜんぜん片づかなくても仕事ができる人は何人かいた。かなり発明家にも多いよ」

哲朗は妻の実家での一泊さえ実行できない。何かいいがかりをつけて家に帰ろうとする。考えてみれば、彼は出張や登山以外で家を空けたことがない。それもほとんど一泊のみだ。哲朗は自分の家の自分の布団以外では寝られない。新婚時代に直子の嫁入り道具の一つ、新しい布団をなぜ外へ投げたかやっと分かった。彼はなじんだ寝具でなければ安眠できないのだ。新しいものを受け入れられない人だった。慣れるまでストレスになって、それがあるとき爆発することがある。直子は五十年近く夫婦をやってきてやっと分かってきた。哲朗のアスペルガー症候群の症状は、新しいものはなんでもストレスになることだ。彼は自分の家がすべてでそれ以外は他者なのだ。だから彼は兄弟仲はいい。決して弟たちも叱ったりしない。子どもも叱らない。その代わり余所から来た母親や、直子のことは身内でなく他人だからものすごい憎悪を持つ。これをアスペルガー症候群では何と説明するのだろう。コミュニケーション能力の欠如と捉えるのだろうか。一人考えこんでいた直子は姉の真知子の声で、考えを止めた。ここは姉の家で間取りも広い、哲朗は泊まれないだろう。早めに帰りたかったのだ。新婚のとき彼が選んだ納戸の部屋と同じ、自分の家に愛着があるのだろう。大学のとき下宿できなかった気持ちもよく分かる。

「哲朗さんと電話をしている時は、ものすごくやさしいよ。なんでも話してくれる。直子の方が家事放棄とかしてるのかと思っていた。仕事ばかりしてきたのだから、今度は家のことをしっかりやって夫に仕えたらどうなの」

真知子は哲朗の味方だ。直子と一緒に悪口を言ってしまえば離婚に拍車をかけてしまうと恐れているのかもしれない。

「そういうことじゃない。病気なんだから。間違いない、今いろんなところで言われている発達障害の中にある病気の一つなのよ」

「どんな」

真知子が再度訊く。きょうだいも子どもたちも哲朗のことを悪く言う直子がいやなのだ。曲げて取っているると思っている。きっと暴力的な哲朗の批判をしてもきょうだいは分かってくれない。実の子どもでさえ分からないのだから。

「うん、簡単に言うと、アスペルガー症候群。他人と連携が取れない。そして自分が経験したことしか理解しない。想像だけでものを考えることはできない。それゆえ想像域が狭くなって、正確に伝わらなくなる。哲朗はもともと頭がいいから、分かるだろうと思っていたことが実際には何も分かっていなかった。だから誤解が多い」

夕食に出たビールで、直子は口が軽くなっている。孫たちは風呂からあがって体を寄せ合ってゲームに熱中している。五人とも、仲良しで助かる。

「なにそれ、アスペルガーって」

「うーんと難しい病気」

「頭がいい人なのに、難しいんだ」

「確かに哲朗さんは一回聞いたことは忘れないよ。でも新しいことは駄目。だから家から出られないのよ。ほら北欧旅行の時にも、いちゃもんつけたでしょう、だから私たちの実家のことも理解できないの」

「難しい病気があるのね」

「若い時に哲朗さんを家から出せばよかったんだ。そこで新しい場所を体験することが必要だった。

親が一歩も家から出さなかったのが悪いのかな?」

「それは大きな原因でしょうね、本質的に適応障害があるのよね。同じ体験をしなくても人間は学習するのだが彼にはできない、想像力がないから」

「よく知らない人は大人しくて仏様みたいな人と言う。それも彼の本当の姿なの」

「じゃ、どうして今日みたいにカーッとするの」

「それは、本人も自覚していないと思う。今日のようにみんながいる前で私をやり込めたいの。それがいいのよ。私がハイハイ、と素直に返事をすれば彼は逆上しないでしょうし、一晩ぐらい泊まったかもしれない。しかし今日は私が返事しなかったので逆上した。周りに他の人がいたから見せたかったのでしょう、自分の偉いところを、それが彼の場合暴力なの」

「そうなんだ。自分の偉いところを見せたいのか」

「そう、でも二人だけの時も大人しいとは限らない。その時は必ず暴力で追いかけてくる。逃げればいいんだけど、居直れば必ず殴られるでしょうね。しかし怪我させたとしても本人は自覚していない。怪我している妻を見てびっくりする。どうして倒れているのかなーと思う。自分が殺したことを自覚しないという例もあると、アスペルガー症候群の本に書いてあった」

「おぞましい、びっくりした」

「私はいつか大怪我をするのではないかと思っている。そのためにも手が届かない距離まで逃げる。これが無傷でいられるコツ。絶対に追いかけてこないとは言い切れないから。でも外に逃げれば大丈夫なの」

「本人は自覚しているの」

「きっと自覚していないと思う。だって喧嘩したその後も何もなかったかのように普通に出かけるもの。『行ってくる』と言って」

「へえ、驚いた。そんな人、見たことも聞いたこともない。びっくりするな」

「怪我しなければ大丈夫、もう慣れたから。でもいつ殺されるか分からないと言ってはいるけど、覚悟はできていない」

孫たちの前で哲朗は大人気ないことをした。これはやがて孫の母親、長女の理恵にも届くかもしれない。しかし長女は母親の直子が悪いと思うに違いない。彼女はまだ父親の病気を理解していないし、知ることさえ拒んでいる。

三

ある日、新聞に載った記事を眺め、直子はこの犯人は間違いなくアスペルガー症候群（ＡＳＤ）であると思った。内容は、五十八歳の民間会社の役員が八十三歳の母親に灯油をかけ、マッチで火を点けて殺害しようとしたもので、役員は殺意はなかった、脅すだけのつもりだったと供述している。

この新聞記事はすべて本当のことだろうと思った。ただ、息子に殺意がなかったという点だけは本人の自覚と関係なく本当のことではない。なぜなら、灯油を体に掛けそれにマッチを擦っておいて、殺意がないというのはあやしい。水をかけたなら別だが灯油では丸焼けになるのは当然だ。息子の殺意はわずかな時間であったというだけで、殺意がまったくなかったとは言えないはずだ。例えば灯油を持ってくる。それを屈んでいたか逃げようとしていたのかもしれない母親に向かってかける。そしてかけた灯油が母親の体にかかったことを見る。次にマッチを擦る。マッチは手元にあったわけではなく、どこかの引き出しに入っていたかもしれない、そしてこの間にも息子は、母親から投げられた言葉を反芻し憎悪を募らせていただろう。それで自分を煽りマッチを擦る。マッチは簡単に灯油に点火して一気に燃え広がる。この間どう考えても四、五分かかっている。ほんの一瞬のことで覚えてない、という供述には無理がある。マッチを擦る前に一瞬は終わっているに違いない。そして母親は火だるまになるということも予測できる。これだけで息子が母親を殺してやる、と決めつけたに違いない。この時間の心のありようをなんといったらいいのだろうか。瞬時的な殺意だと直子は思った。

直子は生活のなかでいつも思っている。いつ哲朗に殺されるか分からないと。夫婦であるなしにかかわりなく、この殺意は俄かに生まれるもので、きっかけがどこにあるか分からないが、ある瞬間に哲朗は妻である直子に殺意を抱く。この殺意はどんな動機で現れるのか予測できない。瞬間に燃えたぎる。なぜとかどうしてとかということではない。その解明は難しい。きっと毎日のなかで直子の言葉にチクチクと傷ついているのだろう。それがある不本意な強い言葉で爆発する。注意されたことのない人だから、殺意は注意する人に向けられる。だから妻か母親なのだ。なぜ妻なのか、なぜ母親なのか、と直子は思う。これは一番近い距離にいて直接自分に影響するからだ。

直子が結婚した当時、哲朗から母親の悪口をいつも聞かされていた。「仕事がのろい」「洗濯が嫌いだし洗っても畳まない」「体の痛いところを探して家族に言い聞かすグチが多い」と列挙したらきりがないほど母親の悪口をいう。結婚する前のデート中は母親のことを「ゴミ溜めに降りてきたツルみたいと言われるぐらい助産婦として評判がいい」と褒めたのに、生活を共にし始めると一八〇度変えたように悪口を言う。その時直子は、なんで母親をそこまで悪く言うのだろうと思って質問したことがあった。

「お母さんをなぜ悪く言うの。お母さんを一人の女性だと思えないの」。しかし哲朗は「母親のだらしないことが許せない」と言った。お勝手を汚すことが、片付けられないことが許せないとも。だからと言って哲朗はどうなのか。靴下から下着まで、脱衣かごに入れておくこともできない。着た洋服は背広以外は全部畳の上に置いてある。弟たちの方こそもっとだらしなかったが、彼らには叱らないくせに母親のだらしなさを怒鳴る。そして洋服を摑んで放り投げる、こんなことざらだった。

哲朗が母親に本を投げつけることなどなんとも思っていない。そして言葉も悪く、罵るように「何度言ったら分かるんだ」「その辺にいつも新聞が置いてある」と母親に愛情のひとかけらもない言葉を投げつけていた。

その言葉がいつの間にか直子に向かっていた。母が亡くなったあと哲朗の怒声は全部直子に向かって、いつも真上から言葉が降ってくる。

「なんでそこにいるんだ、そこどけ」「文句があるなら出ていけ」「バカヤロ」「聞こえねえのか、うるせえんだ」というように、怒声が飛ぶ。この言葉で直子は萎縮してしまって、何も言い返せなくなる。こんな言葉を投げられて言い返せる女性がいたとしたら、その人は若い時に修羅場をくぐった人だろう。

直子はいつも思う、友達たちよりも自分は喧嘩言葉を知っていないと。そして言葉よりも涙の方が先に出る自分を情けないと思っている。喧嘩言葉に弱いと、喧嘩するたび落ち込んでいた。

哲朗が本気で威張るようになったのは母親が亡くなってからだから、五十五歳ごろである。この頃哲朗は部長職に就いていたので、直子と話し合うというゆとりがなくなった。一方的に二言目には「ダマレ」とか「ウルセエナ」、「クダラナイ」「デテイケ」と言って直子の声を封じさせるようになった。そしてこのように怒鳴るのは大方人の前である。他人がいて話し合わなければならないときに、このような言葉を直子に浴びせる。他人の目の前でも平気で使う。他人の前で自分の偉さを、強さをひけらかしたいのだ。そこで返事ができないようにするのではなく、人の前で俺は妻にこんな言葉を言えるんだという、自分の立場を顕示したいのだ。常識では考えられないので、他人は聞いていられず、「もう止せば」と助言するのはいい方で、逃げてしまう人の方が多い。

先の住職の母親殺しは、ＡＳＤのこだわりが原因と理解できる。一瞬だが目の前の母親を殺そうとする激しさは持ったことであろう、その後自分でもびっくりするほど、その激高は去ってしまう。これはいつも見ている夫・哲朗の状況と同じだ。彼の現状を毎日見ている直子には納得いく。その時だけでなく、この症状は繰り返すからよく分かる。

決して偶然ではない。もし偶然であったなら、母親が、「殺すつもりなら殺せ」と居直ったからその結果殺されたのだと言える。この居直りが効いて冷静さを取り戻すようなら安心だが、きっとこの住職は母親の居直りを考える範疇に入れていなかった。母親が逃げると思っていたに違いない。いつもなら逃げていたか、または手の届かぬ五メートル先にいたに違いない。この日に限って母親は逃げもせずにその場にいたことで、住職にとって誤差が生じた。

いつもの住職なら母親のやけどの状況を見てびっくりし、慌てふためくだろうが、まったく目が据わっている時には動じない。動じないというよりは、自分が何をしたかも覚えていない。だから救急処置はしない。母親が気丈に風呂場に駆け込み、自分で自分の体にシャワーを浴びせた。そこでやっと住職は気がつき、自分の携帯から一一〇番した。

十五分後、消防隊が駆け付けた時には、住職は母親の体から洋服を脱がし、毛布でくるんでいた。母親はやけどをした痛みで意識がない。住職は自分でやったことを覚えていないので、なぜここに母親が横たわっているのかも、きちんと警察には言えなかった。

このような場に直子がいたなら、絶対に怒っている息子の近いところにはいない。追いかけられても追いつかないところまで逃げる。逃げなければいつ暴力を振るわれるかもしれないので、逃げられるところで鋭く言う。絶対に相手の動静から目を離さない。刃物が飛んできても逃げられるように用心する。

# 小田急沿線

## 一

　直子は、踏切を通るときの小田急の音が好きだ。警報機がゴトゴトとなる。ゴトゴトと鳴るはずがないのだが、そう聞こえる。直子の家は踏切から五〇メートルしか離れていないし、その中間には畑と墓があるだけだ。

　踏切は自動車一台分の道幅、そして右側には古い寺の敷地がある。この辺では由緒ある寺らしい。墓地の広さも半端じゃない。線路の近くまで墓は続いている。

　直子はさっきから貨物電車が通るような音を聞いているが、実際小田急電車は荷物を運ばない。カーンカーンとなる警報機の音をゴトゴトと聞こえるのは雨のせいだ。雨がさっきから激しく降っている。雨の音が風の流れで屈折して届くのだ。濁った、ゴットン、ゴットンは遅い電車が通過する、ノスタルジックな音だ。

　夜に通り過ぎる小田急の音に、遠い昔、帰りの遅い哲朗を待ちわびたことが、夢のようだ。

　新婚時代の哲朗は宿直が週一回はあって、直子は帰ってこない哲朗を想い、寂しさを味わった。そんな期間が何年ぐらいあったのだろうか。

　哲朗を迎えに行こうとして、小田急線沿いを理恵を背負って歩いていた。このまま動かないでいよう。そうすれば夫のいない家に帰らなくても済むと思った。理恵が一歳を過ぎていたから結婚二年目。哲朗を待ちわびた期間は案外短かったのだ。

長女の理恵がロマンスカーの音は普通電車と違うと、直子に教えてくれたときは小学校三年になっていた。理恵は母親の心をじかに反応するデリケートなところがあって、彼女は早い時期から父親が母親に突然暴言を吐くことを知っていた。だから両親を疎ましく思っていたのかもしれない。

理恵はロマンスカーが好きで、黄土色のロマンスカーが通ると、「パパキラーパパキラー」と警笛が鳴ると言った。どうしてそのような音が彼女の耳に入るのか不思議で、母親の心を反映しているようでぞっとした。理恵は大人に囲まれて育ったから両親の関係がスムーズでないことを知ったのかもしれない、直子は理恵に申し訳ないことをしたと思った。

二

直子は枕から頭を少しずらして一階の足音を確かめた。間違いない、夏未が帰ってきた。これで今晩の顚末は終わりにできる。直子は哲朗に怒鳴られ感情が落ち着かない時には、部屋に鍵をかけベッドに潜ってしまう。いつもならこのまま眠れるのだが、彼女はさっきからトイレに行きたくてしょうがない。我慢ができないところまできている。今夜はいつも寄る居酒屋のカウンターでジョッキ一杯飲んできているのだ。

ソーッと戸を開けた。階段を上がってきた次女の夏未と鉢合わせした。

「お帰り」と声をかけた。「うん」という感じで夏未は返事した。

「どうしたの、また」

「うん、なんか帰ってきて、風呂がぬるいと怒っているの」

「温めればいいじゃないの」と彼女はいとも簡単に言う。

「いつものことよ。ホラ、そこにかけていたセーターを私が全部クリーニングに出したのが気に入らないの、まだ着たいんでしょう」

「私が出したと言えばいいのに。お母さんに出されるのが嫌なのよ、お母さんは片付け魔だから」夏未の意見ももっともだ。

「でもね、もう五月半ばよ、冬物がゴロゴロしていて、うんざりよ」

「……」

「ご心配おかけして。でも裸で風呂から上がってきて、椅子で殴られるところだった」

「逃げたんでしょう」

「それは逃げるわよ。椅子でも頭に当たったら怪我するもの。怖いよ、その瞬間は」

夏未は聞きたくなさそうに、隣の部屋に入ってしまった。次女が都心に勤めていた時は家から離れて下宿していたが、横浜の職場になってから通勤可能だということでこの小田急沿線の家に戻ってきてくれた。三十五歳を過ぎているがまだ当分結婚しないだろう。仕事は福祉のケースワーカーだ。父親の後を継いであげると言いながら、娘は夫婦仲の悪い親を持ってうんざりしているだろう。彼女が家に戻るまでは年老いた佳代と三人暮らしで、哲朗はそのころ横浜の女子短大に再就職していたから、問題なく過ごせたのかもしれない。哲朗が短大を六十七歳でやめ、そのあと直子が再就職先の障害施設で働くようになってから、彼の暴言・暴力は顕著になってきた。しかし今晩のように風呂場の椅子をもって、裸で直子を追いかけるようなことは想像できなかった。

娘も家に帰るまでは母親に当たる父親の暴言を知らなかった。というよりは母親から聞いてはいたが、母親が悪いと思っていた。確かに哲朗は子どもの前ではこれほどの暴挙はしなかった。

先ほど聞いていた雨の音がやんで、小田急の警報機が、すんなりコンコンという音に変わった。直子は昔、毎晩この音を子守歌のように聞いていた。踏切の音をうるさいとも、きらいだと思うこともなかった。いや、直子は子供たちが家を出てゆく定年前までは哲朗と同じ部屋、一階の六畳間に寝ていたからこの音はあまり聞こえなかった。

三十三年前の結婚したばかりのころ、小田急の音を田舎の遅い電車のように、郷愁をもって聞いたことを直子は今でも思い出す。児童相談所は一時保護の子どもを二十人も預かっていた。

そのために職場に泊まることが週一回はあった。宿直なのに、なぜか哲朗が終電で帰ってくるかもしれないと思いながら寝ていたことを、直子は昨日のことのように思い出すから不思議だ。最終電車、十二時三十分を過ぎると、そうか今夜も泊まりなんだと思いながら眠った。あのころから哲朗は「今晩は宿直だ」と言って出かけたことはない。いつも十二時過ぎて帰らなければ、その晩は泊まりだと思うことにしていた。「いちいち、泊まりかどうかなど、家族に言う必要はない。帰りが遅ければ泊まりに決まっている」というように教えられていた。直子は納得したわけではないが母親から、それ以上のことを詮索するなといわれた通り聞き質すことは止めた。

あの時の音と今の音は違っていた。どんな風に、と聞かれれば今の方が警報機らしい高い金属音だ。

「お母さん、本当はどんな人と結婚したかったの」

両親の仲が悪いということを知っていて聞いてくるんだから夏未もたちが悪い。

直子は、「なんでだ」といつも聞き返す哲朗の会話法に倣って訊き返した。質問を質問で返すやり方には免疫があるが、今日は母の日にあやかって直子の方から丁寧に答えたいと気持ちを平らにする。

「そうね、若い時に考えていたのは、地方から出てきて苦学した人。財産がなくても二人で働けば家ぐらい建てられるでしょうから。ただ六大学は出ていてほしかったかな。父親が大学を出てなくて、大卒へのコンプレックスがあると子どもの教育に邪念が入るから、それは避けなければと、その程度の望みね」

「そうか、今は誰でも出ているけど、お父さんの時代は地方から出てきた人の大学卒は無理かもね。昭和三十年代の初めではまだ高校卒が多かったから、子どもに余分なバイアスが入って、変に競争意識を煽るからね」

「でもお父さんとは六大学卒を尊敬して結婚したのではないのよ。好かれてしまって、そのうえ私が一番大事にしていた働くこと、これを認めてくれた。家族中が歓迎してくれた。それだけで十分だった。結婚して働くことはあの時代大変だった。だからかえって家族が多い方が良かった。子どもをみんなで育ててくれた」

「それじゃ、初志貫徹で、結婚で夢が叶えられたのでしょう」

「確かに、共稼ぎという点では最高の環境をもらっている。一度もそのことでお父さんから苦情を言われたことはない。帰りが遅いとか、仕事を辞めろとか言われたこともない」

「その時代にすごいことじゃない。」

「もちろん、公務員だからできたの。民間では無理でしょうね。友達の看護師さんはほとんどやめているもの」

夏未は公務員らしく言葉が少ない子だが、心のなかでは親の不仲を心配してくれている。

彼女の心配はもっともだが、哲朗と直子の間では話し合いが通じるレベルではなかった。

夏未に訊かれるまで直子はこのことに気づかなかったが、共稼ぎに関してはいい夫だったのではなかったのではなかろうか。何にも手伝ってはくれなかったけど。本筋では妻の職業は認めていただろう。

しかし、とまた直子は思う。毎日後悔だらけ。結婚の本来のあり方を考えれば、本質的にこの結婚生活は間違っているし、とっくに破たんしているのだ。

共稼ぎの面ではうまくいったが、哲朗から人格を無視されつづけてきた。彼は人との関係を結べない人であったし、そのことにきづいた時には遅かった。ＡＳＤの人との関係を結ぼうとする虚しい努力をしてきただけなのだ。

しかしＡＳＤを抜きにしても、決して直子が考えていた結婚生活ではなかった。つまり姑、小姑がいるなかでの世帯主という哲朗の立場が問題であった。

もし父親が生きていたなら哲朗は今のようにワンマンではなかったはずだ。そのころの田舎では、世帯主は強固なポジションが与えられ、傲慢さを許されていた。その傲慢さは、哲朗の収入が多ければ多いほど強固なものであった。さらに、公務員として稼ぐ嫁を連れてきたのだから、彼のポジションはなお盤石になった。

哲朗は黙って座っていればよかった。家族は哲朗夫婦の収入で生活ができたのだから、彼は家族を服従させることができた。彼は、好き放題、我儘いっぱいに振る舞えた。家族は、哲朗夫婦のコミュニケーションに問題があるとは思っていなかった。夫婦に会話がなくても子どもができたじゃないかと言われれば、本当にその通りだ。問題があるとは思えない、と打ち消されてしまう。

三

しかし直子は、夫婦は話をしなければ何にも分かり合えないと信じている。なんでも言葉にすることで意思の疎通が図れると。しかしその言葉による会話は、哲朗とうまくいっていないし避けられている。最近はほとんど話をしない。なぜ話がないかというと、彼と会話が嚙み合わないからで、なるべく話をしないように努めている。

直子が、外のゴミが多いので出しておいてね、とでも頼めば、「どういうことだ」と言い返される。どういうことではなく、毎日のことである。今朝のゴミが特別重いから夫に頼んでいるだけなのに、返事の代わりに「なんでだ」と理由を問われる。ゴミが多いから重くなったという答えはあるが、家事のことで理由を問われることに嫌気が差す。結局「なんでだ」という理由が確かめられなければ動かない。哲朗とのやり取りは理屈が必要なのだ。それなら直子は一人でやってしまった方が早いと何事でも自分で動いてしまう。日々の生活のすべてがこんな調子である。

直子はいちいち「なんでだ」「どうしてだ」と確認しなければ動けない哲朗の心の堅さにうんざりする。哲朗の平らな返事を聞いたことがない。いつも「どういうことだ」という。会話の難しさに辟易する。

例えば哲朗の友達から電話が来て、直子がそのことを外出先から帰ってきた哲朗に伝えると「なんでだ」と聞かれる。「なんでか分からないよ、電話の中身を聞いていないから」と答えると機嫌が悪い。直子の方から「どんな用件ですか」と尋ねておかなければ機嫌が悪い。まるで哲朗の秘書のようだ。たいがい取り継ぐ家族に用件まで言う人はいないし「どんな要件ですか?」と訊く家族もいるわけがない。

その点夏未はスムーズにしゃべる。「きっとなんか聞きたいことがあるんじゃないの」と平らに答える。直子は「なんでだ」など聞かれるだけで腹が立ってしまう。なんでいちいち角を立てないと動けないのだろうと感情的になる。哲朗との会話はいつもルール通りで阿吽の呼吸というものがない。

なぜ毎日のことなのにきちんとした1＋1は2という答えを用意しなければ話ができないのか。毎日のことなので直子はなおさらこの堅さにうんざりする。

　確かに夏未と哲朗の会話はスムーズだ。必ず彼女は訊き返された言葉に丁寧に答えている。すると哲朗はそれに応じるから三言、四言話をするなかで会話が成立し二人は信頼関係で結ばれている。

　日常では、正確な、または根拠がある会話など少ない。「なぜか分からないけど、こうなのかな」という推測で成り立っていることが多い。でも哲朗には、推測で伝えようとすると「はっきり聞いてこい」と叱られる。でもはっきりしたことは言わなかったよ、とでもいえば彼は「バカヤロー」と大上段に怒ってくる。直子はいつも哲朗のことを「何様のつもりよ」という感じが顔に出て「いいから折り返し電話をしてよ」とつなぐ。言葉以外から状況を推し量ることもできない哲朗の感覚に参ってしまって、その対策としてできるだけ会話をしないようにする。それが高じてますます哲朗との会話に疲れ、嫌になる。

　哲朗は他人に対しては、その壁の堅さを見せない。彼が電話をしている様子を見ているとさっきの不機嫌さはどこ吹く風で「そうですか。そうでしょうね」と相槌を打ちっぱなしで、電話にかけるのが遅くなったのも妻の取り次ぎが悪かった。妻に言ってやったなどと軽くいなしている。なんでも思うようにいかないのは妻のせいである。風呂場のドアが重いのも、タイルが滑るのもみんな妻が不行き届きだからと相手に言う。それも一八〇度回転してオーバーにへりくだって、電話の相手に調子を合わせる。「まったく」と思ってしまう。だから直子は哲朗の電話や、他の人と会っているとき、そばにいないことにしている。その嘘っぽさが嫌だし、家族を見下したような言動が聞くに堪えられないからだ。

# 暴力

## 一

三寒四温の湿っぽい朝を迎える。今日夫はボランティア「芝ざくらの会」の仲間と群馬県に、苗の仕込みに行く予定で六時集合である。

三月に入っているので、すでに朝の明るさが満ちている。直子は五時に起きて食卓を調え、哲朗がいつ出てもいいように準備した。

日差しの届く庭に立って洗濯ものを干し終え、一緒に行く人がいつ来てもいいように庭の掃除も済ませている。

予定通り六時に迎えの車が来た。芝ざくらの会長に挨拶を済ませ、哲朗が玄関からいつ出てくるかと待っていた。

「群馬県まで日帰りするのですか」直子は聞いた。

「都心を、通勤帯の前に通過したいので、この時間では遅いかもしれない」と会長が腕時計を見ながら答えた。本来は副会長でもある哲朗の方が待っていなければいけないのだが、いつも待たせてしまう。

　直子は「すみませんね」と言いながら哲朗の出てくるのを一緒に待っていた。三人で待っている形になったが、玄関を急いで出てきた彼の表情は硬い。

「会長さん待たせてごめんなさい」と、哲朗の代わりに謝る言葉が社交辞令のように直子から口から出た。その言葉が哲朗の耳にどう届いたのか、彼は振り向きざま直子に手を上げた。直子は、哲朗の形相に異変を感じ怖いと思って逃げた。

　その一言が哲朗の凶暴さを煽ったのか、それとも何か誤解をしたのか、瞬間のことで理解しきれなかったが、彼は直子を追いかけてきた。そして逃げる直子の足を革靴で蹴った。三、四回下肢を蹴るのに躊躇はしなかった。

「何をするの」と直子は大声をあげた。その一瞬を見ていた会長が、「滝川さん、止めなさい」と怒鳴った。その声に哲朗は目が覚めたのか、追いかけるのを止めた。

　さらに「バカなことは止めなさい」と哲朗は会長に諭されたものの、「何をべらべら、しゃべりやがって」と離れたところにいる直子に大声を投げつけた。

　暴力を振るったときはいつもそのように目が凶暴化して、直子を追いかける。そして獲物をなぎ倒すように向かってくる。この一連の行動を何度も経験しているのに、直子は痛みに耐えながら、哲朗の暴力から逃げきれなかった悔しさを味わった。いつもならもっとスピーディに逃げるのに、今朝は人のいる前なのでまさかと思い、とっさに逃げられなかった。哲朗の醜態を見せてしまった。

この件で哲朗は仲間からの信頼を大きく欠くであろうと思った。哲朗が人前で、無意識に持っている暴力をあからさまにしてしまったことは大きな問題になるだろう。いつもなら哲朗の凶暴さ、その行動を起こす誘因も、哲朗の動きも予側できるのに、今朝はあまりにも突然の動きにびっくりした。

直子の右足と脛に紫色の大きなあざができた。

「滝川さん、奥さんにこんなことしては駄目だよ」と会長に諭されて、すごすごと哲朗は車に乗った。見ていた会長も運転手も直子がどのぐらい蹴られたか、一瞬のことで理解できなかったようだが一部始終を見ていた会長は、「奥さんは職業柄知っているでしょうが、ご主人の暴力のことは一度専門の人に相談したほうがいいのでは」と小声で直子に耳打ちして車に乗った。

車を見送った後、直子はズボンを上げて脛を見た。左足は二か所、右足は膝の上に大きな内出血ができていた。

痛みは二、三日すれば消えるが、直子の心の傷は一生癒えないし、しこりとなるだろう。そしてこの様子は会長たちを通して広まってゆくであろう。もう哲朗は地域のリーダーにもなれない。哲朗は世間からボランティアの道を閉ざされるであろう。

直子の足の内股に内出血の跡が残った。かなり広範囲にやられている。それも両足。逃げるときに追いかけられて大きな足で蹴られたのだ。夫婦喧嘩といっても誰かが通報すれば暴力沙汰になるほど、痕跡が残っている。

考えてみれば哲朗が人前で暴力を振るったのは初めてだ。このことは一気に広まって、夫は芝ざくらの会にいられなくなるかもしれない。しかし彼に自身の暴力を自覚させるのは難しい。夫はどんなときでも妻・直子が悪いと言い逃れするだろう。

なぜ、あんなに怒ったのか。よく考えてみると直子には大体理解できた。一つはその朝もいつものように段取りが悪かった。哲朗は外に出るときは必ず準備に二時間は必要だ。風呂に入り、下着にアイロンをかける。そして着ていくものを並べる。しかも何度も取り替える。コーディネートに注意をはらう方だから、着るものはなんでもいいというわけにはいかない。三通り穿き直す。そして必ずジャケットを羽織る。公務員の時のスタイルをどこへ行く時でも維持する。だから哲朗と外で偶然会ったときでも、アレッと思うほどピタッときまっている。

ことによると、正装しすぎということもある。彼にはＴＰＯの概念はない。いつも紳士風でいたいらしい。この点では老化に伴う身だしなみの悪さは心配しなくて済むが、そのために時間がかかる。この流れを阻害すれば、彼の集中力も大きく阻害されるから、家族はかなり要注意だ。途中からとか、一時停止してやり直すということができない。その時彼は出かけられないほど苛立つ。

今朝は、自分の準備ができないうちに会長が迎えに来てしまった。そのうえ妻と何やら楽しそうに話をしている。妻がまたボランティア活動のことを、自分への批判を込めて言っているに違いない。直子は芝ざくらの会のボランティアには批判的だからだ。

挙句、「直子のやつ、また、俺の告げ口をしている。いつも俺の邪魔をする」と思って逆上したに違いない。ここまで想いを巡らせて、哲朗はカーッと頭に血が上った。これは哲朗の日常から予測できる経過だ。直子は毎日見ているから間違いない。キレやすい哲朗の思考経路である。

直子に対する逆上癖は、いつもこのような思い込みの激しさからきている。

直子は、数日間、哲朗と話をしなかったが、怒りは収まらなかった。それだけでなく、哲朗は自ら墓穴を掘ってしまった。役員の前で妻を殴った行状は何らかの障害があると見通されてしまってもう副会長職は解任されてしまうだろう。直子は哲朗が発達障害、アスペルガー症候群だということは七、八年前から予測していた。しかし、病名を知ったからと言って治療法があるわけでないのだからどうしようもない、と自分の胸に収めていた。

二

ロマンスカーの指定席に収まって、直子は哲朗とのことを何気なく考えている。「離婚がいいか、別居がいいか」と。どっちがうまくいくか、考えればきりがない。

別れて困るのは哲朗のほうだ。食事、洗濯、郵便、そして電話の取り次ぎ。一日、二日は何とか持つが三日目は、もうめちゃくちゃだ。一週間経てば、万年床で、何を食べていいやら分からなくなる。家の中のどの辺がどのように汚れるか分かったものではない。

すごく荒れるだろう。どんどん居間にはものが増えていき、ポストには郵便物が溜まっていくだろう。電話がかかってきても留守電を消去しないから録音できなくなり、すぐに留守電が機能しなくなる。ここまで想像して直子は、まだまだ甘い自分にぞっとする。

別居するときには後の生活のことなど、何も考えてはいけない。哲朗を放って出る覚悟が必要だ。

数日前の哲朗との喧嘩を思い出していた。なんでも平らにしゃべることができない、何か言えばカーッとなる。狂っているような目をする。夏末がいない週末で、喧嘩をすれば傷つけられると思い、ともかく話すこと、食事をすること、地域の打ち合わせなど、接点を持たないようにしようにして平静を保っている。間違っても同じ場所には立たない。

間違っても朝は起こさない。そうして同じ時間を共有しないように努力し、怒鳴られていやな思いをしないようにして出てきた。

三

直子は今のような生活をしているなら、家庭内別居も同然だ。今の形態のまま、別居に持ち込むというのもいいなと、ロマンスカーの指定席に座りながら思わずつぶやいていた。

その時、何気なく漏らしたこの言葉に、隣に座っている女性が反応し、

「うちの夫はね、私がやることなすことなんでも気に入らなくて、例えばお皿を洗えば『なってない』と言って自分でやり直すのよ」と、直子に向かって言うではないか。

悩みぬいた声であったので、思わず身を乗り出してしまった。

「でもどうしても私はきれいに洗うことができない。なんでもそうなの。掃除も片付けもできない。

昔からできないタイプなの。私はアスペルガーなのだからどうしようもない」

「いやなんだ、でもご主人がやってくれるならあきらめたら、ありがとうと思って」

直子は話の内容が自分の身近なことなので、無意識に耳を傾けた。

さっきから直子は女性の姿格好が気になっていた。金ピカで、そのうえパーティでもあったのかと思うほど目立つ格好をしている。例えば、レースの手甲と手袋、靴下もレース。スカートはロング。この格好はこの厳寒期に着るものではない。はっきり言えばステージ衣装、しかも一世代前のような格好だということが分かる。華美過ぎてうすら寒い。こんなブラウスを着ている人を見かけたら、人形の衣装かと度肝を抜かす格好だ。きっと、外がきれいでも下着は汚れているに違いない、そんな人特有の家の中は片付かないタイプ。きっと間違っていないだろう。片付かない生活の反動が、そんな格好をさせるのだろうと思える、ＴＰＯをまるで考えていない。

「なんでもやりなおされたら気分が悪いでしょう」

「それは気分悪いわ。そのままにしておいてくれればいいものをやり直されて、いい気はしない。汚くたって病気になるわけじゃない、と言ってるんだけど」

「でも汚い生活もストレスですよね。考えようによってはありがたいんじゃないですか、家の中は全部夫に任せては」

「でも私は専業主婦ですから。今日のように出歩く用事があればいいけど、出かける用事がない時には、困るんです」

「出かけることには、ご主人は文句をつけないとか」

「いや、でもいやな顔をします。家事をきちんとしてほしいんでしょうね」

「そうですね。でも御主人も被害者ではないでしょうか、整理整頓のできない妻をもって」

「そう思いますが、でも離婚するわけにもいかないし」

「お互いに被害者であり加害者であるのよね」と直子は言い、続けて「うちの夫の場合、片付けられないわ、暴言・暴力を振るうわで、いつも私は被害者であると思っています。でも夫側から見れば、彼もまた被害者なのかなと。片付けたくないものが片付いてしまう、これは被害であって第三者から見れば私も加害者かもしれない」と何か白々しい気持ちになってきた。

「どこまで」と訊かれるので直子は次の秦野駅ですと答えた。彼女はその一つ先の駅で降りると言う。すると彼女と直子は同じ市内の住民ということになる。彼女は一度見れば忘れられない存在だ。こんな格好をどこかで見ればすぐに分かるだろう。

偶然同じ年頃の同じ悩みの人と電車に揺られていたことは、おかしなめぐりあわせだ。

# 友人

## 一

ここでまだ心配事が持ち上がった。

哲朗は大事にしている友人の一人、中学同級生の遠藤の相談なら何をおいても引き受けていた。最近その遠藤から、五十歳になる娘にグループホームの経営をやらせたいという話を持ちかけられた。

確かに哲朗は福祉においては得意分野であり実績もあるので、一見相談者として適任であるかにみえる。

しかし遠藤は、哲朗をそのグループホームの常任理事として経営にも関与させたいということが分かった。

案の定哲朗はこの依頼を快諾し、親身に日々奔走している。しかし直子は、相談までは可能だが、実際の経営と実務は無理だとこっそり遠藤に話した。

遠藤は意外だったようだ。かなり熱心に哲朗に相談し、市役所との交渉まで期待していたからだ。

遠藤らは大学卒の哲朗の実力を過大に評価するが、直子に言わせれば彼の実務能力は決して高くないし、段取りや整理能力も高くない。いやむしろ著しく劣っているとみてる。

しかも哲朗の福祉論は旧態依然としていて、現代に通用するものではない。たいそうな経験者のように振る舞っているがこれもまやかしだ。

福祉を知らない人にとっては、哲朗は経験が豊富であり良いネットワークを持っていると思っているようだが、とんでもない話だ。

哲朗はこのようなポストを任されることについて、自分が世間から高い評価を受けているからだと思っている。しかし失敗するのは目に見えている。直子は妻として、見過ごすことはできないと真剣に悩んだ。

ここで一番の問題は、遠藤というずぶの素人が福祉施設を作るということだ、それもグループホームを。直子は哲朗に、そこに関わることの危険さを口を酸っぱくして言いつづけている。しかし彼は自身を過大評価し、決して下りようとしない。今、個人経営のグループホームは、大手に攻められ人材は集まらないし、対象者も定員に満たないという苦境に立たされ、淘汰され始めている。そんな社会、経済情勢であることも哲朗は知らないのである。


直子はある日、家に置いてあった「グループホームの設立趣旨」なるものを見て驚いた。常任理事として哲朗の名前が書いてある。何ということを……。直子からみれば無謀といえる。哲朗にあれほど受けてはいけないと言い続けた理事に収まっている。

哲朗がここまで自身を過大評価しているとは思わなかった。ボランティアの芝ざくらにおいてでさえA４の資料一枚すら作れず、いつ首になるか分からない状況であるのに。

直子の見る実像と外から見る哲朗とのギャップに啞然とした。哲朗が新しい福祉施設を運営する実力など持ち合わせているはずがない。大きな施設のなかのワンセクションなら可能かもしれないが、個人経営の施設は独りで何役も任されるのだという認識が彼にはない。

次の日の朝直子は、遠藤宅に予約なしで訪問した。「妻の立場で断る」と決めて、哲朗に何にも相談せずに出てきた。

遠藤は納屋で妻と野菜の出荷の整理をしていた。直子はそこで腹を割って話した。哲朗の実力、外見との大きな違いを洗いざらい述べた。

哲朗は七十七歳の高齢であること。福祉は行政が主で地域福祉の経験は少ないこと。またその概念も古いこと。自信満々だが口だけで、実践的ではないこと。今現在実務能力は低く、パソコンが使えないこと等々。

だから哲朗を頼るのは間違いで、当てにしては駄目だ、いや当てにできないと言い切った。

遠藤夫婦は大変びっくりしたようだ。何しろ哲朗は彼らの前に出ると福祉のスーパーマンのように見えたし、とくに中学校の同窓生のなかでは知識人のように振る舞っていたというから恐れ入ってしまう。

さらに本人が言っている人脈なども信じて貰っては困る。本人の思い込みである。とくに福祉の世界はフェアだから、哲朗の名前や義理で通せるものなどない。市役所の審査を受けるなら、なお哲朗は何も役に立たない。

かなり厳しい人物評価だったが、直子は決してオーバーに言っているのではない。このことを知ってもらわないと遠藤だけでなく、責任ある仕事に就く哲朗の方もつぶれるであろう。いや家族もろとも破たんでするであろうから、哲朗には責任ある仕事はさせたくないと言った。

二

次の夜、哲朗の不在を確かめて遠藤が訪ねてきた。

直子の断る意味を聞き、自分たちの事業で迷惑をかけたことを詫びたうえで、最後の頼みとして一週間後に市役所で行う、グループホーム設立コンペのプレゼンテーションまでは付き合ってほしいとのことであった。

どこで駄目になるか分からないし、もしかしたら今回は通らないかもしれない（七施設のなかで許可されるのは一施設）。その時にはあきらめる。そしてその後は哲朗を当てにしない。そうすれば双方うまくいくし、哲朗とも今までのように付き合うことができるから、という話である。

哲朗抜きにして彼を責任ある立場から外す画策は、直子にとって今回初めてのことであったが、これからも見張らなければならなくなることが想像できた。

今の哲朗では、平理事ならまだしも責任の重い常任理事はまったく無理である、それが外から見て理解できないことがASDの悲劇だと直子は本心そう思った。

家族でなければ分からない、まとまりのない行動や集中力の欠陥である。哲朗にはまだそれを自覚させることができない。本来はきちんと本人に伝え医師による診断が必要なのであろうが、それができないでいる直子は、未来に暗澹たる気持ちを持っていた。

哲朗は優秀な経歴は持っているが、見えてない判断力やネットワークの点では不得意である。だから責任ある仕事や独りでいくつもの役割を担うことは無理であると教えたかったが、それを教えることで彼の普通生活はつぶれるであろう。本人が自覚しないで今まで普通のことができたのは、その陰で直子が責任ある役割を回避させてきているからだ、ということを知ってもらいたい。

遠藤は長年の友人で、哲朗を尊敬してくれているだけに今回の役割は辛かった。哲朗が外から見ても普通でないということが分かるまで、周りの人は彼に頼むことをやめないだろう。

# 家族

## 一

日曜日、小学生の孫がお盆で来ている。昼食の準備は娘に任せ、直子は庭の周りの仕事に熱中する。普段でも孫たちが来ているというこの状況は忙しいのに、哲朗は何の意図があるのか孫たちに何か教えている。

長女と長男の子どもらが同学年の小学四年生。彼らが母親の生家で宿題を片付けたがっていたからそのアドバイスかもと、直子は通りがかった時に思った。

哲朗に頼みたいことはそれなりにあったが、彼の演説をしたい気持ちをねじまげることはできないだろうと思った。何よりも自分に出番があることが哲朗はうれしいのだ。

家に電話が入った。昨日からあった話で、空貸家をコマーシャルの撮影に使いたいということを不動産屋から持ちこまれていた。その仲介を担っているのが市の観光協会の映画のエージェントだと言うから、ほどほどの付き合いも得策かもしれないと思った。

その時間、直子は経営するアパートから出てゆく人の面倒も見なければならない。実際こっちの方の相談事も多く手が必要になっていた。そのうえ空模様もあやしく、いつ雨が降ってきてもおかしくない。

「あと、十五分ぐらいで貸家を見たいと言う人が来るの。どうする」

哲朗に訊いてみた。「鍵を開けておけ」という返事。しかし、どんな人が来るのか分からない。そんな人に貸家の写真を撮られても困る。

母屋の方にお回りくださいとも言わなかったので、貸家の前に車が止まるかどうか、視野の中に入れておこうと庭先を忙しく走りながら、チラチラ見ていた。どのぐらい経ったろうか車が入ってきた。

直子は鍵を開け窓のシャッターを開けながら、どのぐらい時間がかかりますかということと今回の貸家を撮影に使う意味はなんですかと、担当者に訊いてみた。

彼の話を要約すると、秦野にある研究所のコマーシャルを作り全国放送する。その研究員役の俳優が一日しか時間が取れない。本来なら東京を生活の場として撮影するのが筋なんだが何しろ俳優の時間がない。そこで研究所の近くの秦野を使ってはどうかという案が出て、場所を探していたら、観光協会が推薦した滝川家の貸家が該当した。まだ何にも決まっていない段階だから、今日のところは家の雰囲気だけ見せて貰って写真を数枚とって帰る、というもので、五分程度で終わるから待っていて欲しいと頼まれる。

担当のスタッフが昼近くに来た。本当に五分で終わった。

窓を閉めながら家を撮影に使われることは、それなりに大勢の人が出入りするし機械も入る。また生活している雰囲気を出すためには家具や調度品も入るだろうから、メリットはない、直子はこれはいい話ではないと直感していた。

それなりの保証はするし、人が大勢入るとしても一日である。しかもまだ決定したわけではないし、これから検討するレベル、と言って名刺を置いてその男は帰った。直子は進んで受け入れるとは一言も云わずに、帰ってもらった。

昼近くになると予想していたように雨が土砂降りになって、布団やら洗濯ものが濡れはじめ、家の者を呼び夢中で取り込んで、家の中に入るのが遅くなった。

直子は撮影の件は落ち着いてから哲朗に話すつもりだったが、ハプニングの連続で話す間もなく孫たちとの会食が始まってしまった。

すると哲朗が急に、貸家の撮影はどうしたと訊くので、さっき帰りましたよと答えた。

「なんだよ、俺に会わせろと言ったはずだろう」

哲朗に会わせるつもりなどはじめからなかった。それほど大事な用件でもない。ましてや今日のところは下見だから。

「写真を撮って急いで帰りました。まだ決まったわけではなく、イメージを見に来ただけで検討するんですって。でもいい話ではないと思いましたよ。あれだけきれいにした家を撮影に使うメリットは何にもないでしょう。もったいない。断りたいと私は思いました」

「なんだと、俺に会わせろと言ったはずだ、勝手なことをしやがって」

「会いたかったのですか。何にも聞いていません。この話、私は乗り気ではありません。撮影はたったの一日ですが、建物が汚されるのが落ちですよ」

「勝手なことをしやがって、何を」と、ドスのきいた言葉で怒鳴る。やくざと見間違うすごい剣幕。孫たちも娘もびっくりして、家族は食事する雰囲気ではない。

入口近くにいた長女が、「お父さん、怒鳴ることでもないでしょう。子どもたちもびっくりして嫌な気持ちになっているでしょう」

次女も同調しトーンを落として「お父さん怒ることでもないでしょう、止めなさいよ」

子どもからの反撃で哲朗は話を続ける雰囲気ではないと悟ったのか、黙ってしまった。

「お母さん、お父さんは撮影の人に会うのが楽しみだったのよ」と言われ、「えー」と思った。

哲朗はみんなと食事をしていたのに、どのぐらい食べたのか、あまり気にしなかったが、アレ、と思った時には姿を消していた。どこかへ行ったのかなと思って自転車置き場に行くと、彼の自転車がない。おかしいな、せっかく孫が来て楽しみにしていたのにと思ったが、孫のおみやげでも買いに行ったのだろうと放っておいた。

七時過ぎに長女と三人の孫が帰ることになったが、哲朗は携帯と時計を家に置いたまま帰ってこない。

後片付けをし風呂に入ってもまだ哲朗は帰ってこない。直子はことによると、東京まで写真の現像を頼みにでもいったのではないかと思っていた。

しかし十時になっても哲朗は帰ってこなかった。直子は心配だったが連絡しようがない。携帯は家に置いてある。

直子は腹が立ってきたが半分心配でもある。十一時過ぎても帰らなければ、夏未と駅の方まで見に行こうと思っていた。

十時半ごろ、夏未が二階の音を聞いて「お父さんが帰ってきた」と言って一階に下りて行った。しかし直子は下りなかった、顔を合わせれば喧嘩になるだろうし、余計な話も聞きたくなかった。一日めいっぱい働いたのだから、睡眠時間を心安らかに迎えたかった。

二

今年と来年の二年間、直子の家に互長の当番が回ってきた。輪番制だから避けることはできない、互長とは自治会の最小単位の組織の長である。

氏神さまの春祭りでは細々した仕事がたくさんあり、互長の負担は大きい。注連縄を早めに用意するのも互長の務めである。

直子は早め早めに用事を済ましてゆとりを持って当日を迎えたいのだが、哲朗は違う、ぎりぎりまで準備をしない。なぜ前もって準備をしないのかと問うと、必ず「忙しい」と返してくる。それは段取りが悪いからで、一つのことに三倍も四倍も時間がかかってしまうからだ。

今回の祭りの準備も同じで、哲朗は二週間前になっても、一週間前になっても準備をしない。予定には前日に縄を買うと書いてある。縄など傷みも腐りもしないのに、前日に準備すると書いてあって直子は心配になった。

大人に向かって「用意はできましたか」と確認するのもおかしな話だが、直子の性格としては確認したい。

そして前日の夕方を迎えた。哲朗が縄を買ってきた様子はない。六時過ぎても帰ってこない。どうしたのだろうと気になり、直子は哲朗の携帯に電話をした。

「縄は買ってあるんでしょう」

「いやまだだ……」

「これから買ってこれるの」

「いや、雨だから、明日買う」

「明日って言うけど。明日は九時に組内の人が来てしまうよ。九時に縄がなければ、注連張りが出来ない。なんとかタクシーに乗ってでも買ってきてね」

直子がここまで言うと、いつものことだが返事をしないで電話は切れる。哲朗は直子からの指示が大嫌いだ。

哲朗は仕事に優先順位がつけられず、どれが先か決めるのは自分流で、自分の友達のことやら写真のこと、ひどくすると他人のことで時間を取られていることもある。

そして、いつも思うことだが、夫の段取りの悪さや融通のきかなさは、最近話題になっている発達障害、ではないかと、いや間違いないと思った。

直子は寝室に引き上げた。部屋に鍵をかけて眠る態勢に入る。しかし眠れたわけではない。何度も目覚め、そして縄の心配をする。哲朗は七時半に帰ってきたが、直子は顔は合わせずに布団にくるまっていた。

そして翌朝直子はいつものように起き、玄関に組内の人を迎える準備をした。哲朗が起きたようなので、縄はと訊いた。

「八時に農協に取りに行く」

「八時に、店が開くの？」できるだけ冷静な声で訊いた。

「そうして貰った」

「八時なら夏未がいるから、一緒に行ってもらいましょう」

「まだ家にいるのか」娘は横浜に勤めているのでいつもなら六時半には家を出てしまう。

「今日は土曜日だからまだ家にいる。頼んでみるね」

というわけで七時四十分に哲朗を乗せた車が農協に向かった。一晩悩んだ縄が四束、時間内に用意できた。直子も胸をなでおろした。

隣近所の人たちも八時四十五分には集まった。直子は広い玄関でお茶を出し、紙垂《しで》折りが始まった。ほぼ三百枚の紙垂ができて、そこから各戸の垣根に縄を回し、女性は縄に紙垂をはさんでいく。十三人で一時間かけて終わった。その後また玄関に集まって貰って、直子はお茶菓子付きの茶を出した。

これでつつがなく明日の氏神さまの春祭りが迎えられる。

お祭り、お墓の守り、自治会の付き合い、哲朗と共同でやらなければならない互長の仕事は直子の命を縮める。直子はもう哲朗としゃべる気にもならない。

春祭りの日は直子の誕生日でもあった。待ち焦がれていた春になったが、哲朗との生活で何があるか分からない怖さがある。

でも暖かいのはいい。この朝直子は草をむしりながらスイセンを植えた。隣の家から貰ってきた四十本の白スイセン。来年は匂いが立ち込めるだろう。

三

冬の底のような寒い日が続く。直子はいつも思うことだが今年もまた、一段と寒くなったと感じた。

このように、毎年寒さ暑さに敏感になるのは年齢のなせるわざと、誰に遠慮することなく厚着で通している。

哲朗の財布が無くなったという話が出たのは金曜日。

彼は物を無くすことが多くなったが財布を無くしたと聞けば直子も心配する。いつどこで？　それに続いて何を入れていたのか確かめる。お金のことよりも何を入れていたかが肝心だ。銀行・信金のキャッシュカード三枚が入っていたようだ。これには困った、年金が振り込まれているはずだから。さて、と言って哲朗が落としそうなところを直子なりに探した。なんとなく彼は道では無くさないような気がした。直子ならつい落とすかもしれないが、その点哲朗は慎重だから手に持って歩くということはない。もちろんポケットにも入れない人だ。

直子は哲朗の置きそうなところをすべて探したが、どこにもない。そこで月曜日、信用金庫に相談に行くことにした。

信金では、貸付担当の次長が相談に乗ってくれた。その結果、再発行の手続きをした。幸いなことにキャッシュカードは使われていなかった、再発行と同時に、年金をその場で下ろすことができた。今、哲朗の年金がなければ家計はつらい。土地を持っているので固定資産税が高い。五月は一五〇万円を用意しなければならない。

哲朗はその日それ以上探し回らなかった。どこかで財布が見つかるような気がしていた。

結局一週間後財布は見つかった。哲朗が自ら見つけた。書斎の椅子と椅子の間に落ちていた。哲朗はきっと買い物から帰ってきて、無意識に椅子の上に置いたのだろう。

この落とし物の件では、直子は一度も哲朗に対して感情的にならなかった。落とし物は年齢を問わず誰でもやる。ただキャッシュカードは財布に入れないように気をつけさせたかった。夏未のいるときに話し合わなければならない。今は彼女抜きには哲朗との話し合いはできない、二人だけで話し合えば、どんなことでも感情的に怒鳴るし会話もつながらないからまとまらない。

昨晩直子はよく眠れたので気分がいい。風呂を洗って、洗濯してトイレを掃除しての朝は忙しい。いつ起きるか分からない哲朗の食事も用意しなければならない。

夏未がいない時にはとくに気を付ける。哲朗は娘がいないと思うと箍を外すのか、二言目には直子に暴言を吐く。「話が聞こえなかったのか」と大声を出し、本当に喧嘩になってしまう。

夏未がいれば逃げ道はあるが、彼女がいないと逃げ場がなくなるから危ない。最近はいつもびくびくし、すぐに背中が寒くなる。恐怖症の症状だ。

直子は二人だけの時は早めに二階に逃げて、下りてこない。

結果哲朗とは会話をしない。とくに二人きりになるときは夫から離れてものを言う。どうしても伝えなければいけない場合には、Ａ４の紙に書いて食卓に置いておく。

直子のこのやり方で哲朗との軋轢は減ってきた。直接会話しなければ喧嘩をしなくて済む。もし怒鳴りあった時には部屋に鍵をかけてしまう、もちろん哲朗は二階まで追いかけてこないことは知っているが、夏未がいない夜はとくに用心する。

# 人間ドック

一

十一月の長雨。直子は毎年受けている人間ドックの受診日。哲朗同伴なのでどこかへ遠出するぐらいの神経を遣う。哲朗と何かをやる際、直子は細心の注意を払うが、それでも行き違いがあれば必ず怒鳴られる。行かない・やらないと終わりにしてしまうようなことを平気で言うから、本当は行動を共にしたくない。

しかし人間ドックだけは、一年間の健康を保障してもらえる証明を妻の役割として把握しておきたいので、一緒の日程にする。そんなわけで当日を迎えた。

直子は朝からアンケートは書けたか、大便は、小水は取れたかと再確認して出かける。

しかし運悪く、哲朗はその作業をした資料をみんなまとめてソファに置き忘れてきた。

なんかやるとは思っていたが、仕方ないのでタクシーで取りに行ってもらった。それでも一時間もかからずに戻ってきたので間に合った。哲朗にしては上出来だ。

しかし朝五時ごろ哲朗は、直子が目を離したすきにご飯を一口食べてしまったというから、今日の検査がちゃんとできないかもと、半分あきらめていた。

検診の流れに乗れば毎年受診しているのだから、後は大丈夫。最後は胃カメラを呑んでやっと終わった。

食事は一時間後となり、十一時四十分まで待つ。

哲朗のいいところは身だしなみがよく整っていることだ。その点は並んで待っていても安心。ズボンも靴もきれい、昔取った杵柄だ。

直子は哲朗と七階にある食堂で食事をした。職員食堂の食事は栄養のバランスが良く、美味しい。コーヒーまで飲んでゆっくり。このようにテーブルを一つにすることなど一年に一度、ドックの時だけだ。よそから見れば仲のいい夫婦に見えるかもしれない。

珍しく会話も交わした。直子が言う。

「今日は天気が悪いので富士山が見えないね、ここは富士山を眺める特等席なのにね」

哲朗はぶっきらぼうに「写真を撮らせてくれない」と応えた。

きっと哲朗は早朝の富士を撮りたくて病院に頼んだところ、開院は九時からなので無理だと断られた経緯があるのではないか。彼はいつも言葉が足らないので直子の方で考えるとか、想像しなければその状況が飲み込めない。

午後一番に内科の医師より、この時点で分かる範囲のデータの説明があった。哲朗はほとんどのデータが正常範囲内で境界線という異常値はなかった。ただ主訴の「めまい」の項目に○をつけたのでチェックされた。

「どんなときに」と訊かれた哲朗は、今日も座っている時に揺れて見えた、と説明した。すると医師が「夜何時間寝ますか」と訊ねられた。哲朗は「毎晩、十二時前に寝たことがありません」と言った。さらに「やり残しがあるので」と何か重要な仕事でも抱えているかのように言い、「忙しくて、資料づくりは夜中でなければできない」とつづけた。

直子は付け足したいこともあったが黙ってやり取りを聞いていた。

さらに医師は、「ゆうべは何時に寝ました」と質問された。

「ええと、夜中の二時半に」

先生もびっくりしたようだ。そして「今朝は五時に起きたのだから、二時間半しか寝ていない、めまいするのは当然ですね」と医師もあきれている。

「先生、まったくの夜更かし、悪い時には徹夜ですからね」と直子はしっかりダメを押した。

本人の言い分ばかり聞いていたのでは生活習慣は直らない。なんでも時間通りにできないという欠点。こういう生活がずっとつづいている。

「認知症になります」と先生がはっきり言った。

「そうですよね、先生十一時ごろには寝るように言ってください」

すると「どんな遅くても十一時でしょうね。できたら十時には、寝てください」と言われた。こんなことの繰り返しである。どんなに格好よく装っても我儘に暮らしていたのでは、「めまい」は治らないと叱ってほしいが、医師は慎重だ。それ以上は追及しない。

直子には最後のマンモグラフィが残っている。哲朗は先に帰ってもらって、直子だけ再説明があるから残るようにと看護師から言われた。

直子はすべてを終えたとき、ドックの担当医に呼ばれ診察室に入った。

「ご主人の検診データには特別問題はありませんが、今回は夜更かし、朝寝坊と、生活サイクルが一段とダウンしています。怒りやすいとか、人に対して激しくあたるとかしていませんか。退職してから対人関係も悪くなっていませんか。それから奥さん、ご主人から暴力を振るわれていませんか。二人の様子を見ているとギクシャクしているように感じます。これはコミュニケーションが取れなくなっているからではないですか。ご主人は不安やめまいの自覚はありますが、この症状は発達障害のなかにくくられているアスペルガー症候群だと精神科の先生は言っています。これから益々激しくなるから気をつけて、心療内科を受診してください。さきほど認知症がはじまっている、と本人も言ってましたから、受診すると思います。アスペルガー症候群と一緒に紹介状を書きましたから『認知症』ということで必ず受診してください。ご主人の信頼している精神科の医者宛ですから心配ないと思います。薬が出るでしょうから睡眠薬といって飲ませてください。気分を落ち着かせる薬が一緒に入っています。そしてご主人に逆らわないで『ハイハイ』といって聞き流してください。今後、もっと進むと、妄想が出てきてやっかいです」

最後に先生は一言、「治療が進めば長年くすぶっていた暴力も和らぐかもしれない」とつけ足された。

二

三月に入って暖かい日が差す。心までほんわか暖かくなりそうだ。哲朗は、陽気に誘われたのか、キッチンに立っている直子のところに来た。お湯を沸かそうとしている。珍しいので、直子はシンクの正面を退いた。洗いかごからヤカンを出そうとしている。すでにヤカンの尻まで磨いたので、本心お湯を沸かしてほしくない。電気ポットにお湯がいっぱい入っているのでそちらを使ってほしい。しかし、哲朗の伸ばした手の先には、ヤカンが握られている。

「今からお湯を沸かすの。電気ポット使ってほしいのだけど」

「駄目だよ、ポットのお湯などのめるか、美味しくない」

いつも言うセリフである。コーヒーならば分かるが、お茶ならばポットでもいいだろう。

「私、そろそろ出かけるんだ、もうガスつけないでほしい。全部電子レンジでできるようにしてあるから」

「なんだよ、ガス使っちゃいけねえってバカ言うんじゃないよ」

「うーん、ガス使わなくて済むようにしてあるんだ。ほら哲朗さん消し忘れてしまうんじゃないかと、心配で」

「俺がいつ消し忘れた」

「このごろ、時々風呂場のガス消し忘れがあるよ。私が帰ってくると火種が点いているもの」

「そんなことない、必ず消している」

「でも本当よ。だから朝風呂も入ってほしくない」

哲朗の隣にいながらこんな忠告、禁止させることを言っては危ない。

「なんだと、いつも俺がやることにつべこべ言っている、余計なことだ、いちいち言われたくねえよ」

「そうだけど火事だけは怖いから。昨日も戸川で火事があったでしょう、民家が焼けたわ」

「何時だ」

「二時だったかしら、消防車が走っていったよ」

「夜中か」

「夜中ではなくて午後のこと」

「俺は知らない、家にいたけど、聞こえなかった」

「また、昼寝していたんじゃない。大きな音で数台走っていった」

直子はもう、この言葉で哲朗はキレると思った。自分の行動を批判されるのが大嫌いだからだ。もちろん忠告はもっと嫌いだ。だから彼に昼寝をしていたんだろうなどと言えば、それに引っかかって「作り話」をする。自分のしていることを棚の上にあげて相手のせいにするから危険だ。

哲朗は目を吊り上げているに違いない。妻の忠告が大嫌いなだけでなく、昼間眠っていたことまでつっこまれるともうどうすることもできないほど混乱する。

もう並んで立っている場合ではない、キッチンのシンクの掃除は終わった、何も言わずにこの場から離れたい。哲朗が激高したら真面目に相手をする意味がない。かえって火に油を注ぐだけだ。もう五十年もこのワンパターンを繰り返している。

原点に戻らなければ、医師の忠告に従わなければと思った。哲朗の言葉の肯定に回らなければ、以前と同じ暴言のやり取りになる。

「あ、ゴメンなさい、間違えました。火事ではなく救急車でした」

「大事なら、俺だって急ぐに分かる。外に出てどこの方向か確かめる」

「そうでしたね。では出かけてきます。昼食は冷蔵庫に入っています。出して食べて下さい」

「どこに行くんだっけ」

「いつもの所、学習会館です。その後今日は、碁会所に寄ってきます」

勤めをしているときと同じ、どんなに遅く帰っても文句を言わない。

夕飯はコカコーラと蕎麦が好きで、独りで食べる。

テレビはいつも時代劇のチャンネルに合わせているので哲朗の専有だ。

三

庭の花を手入れしていると風が寒い。雨が残ったからだ。直子はせっせと花を植えた。

雨で土が濡れているおかげで、花の苗を植えるのは楽しい。

久しぶりに用事がない日だった。最近では珍しい。いつも直子にはなんらかの用事があった。

直子は哲朗のアスペルガー症候群の一番の特徴は、コミュニケーションの欠如だと思っている。直子は長年会話せずに生きてきたのだから今更哀しむこともない。ここまできたのだから、市役所に就職した雅哉のためにも、後から続く他の孫たちのためにも、哲朗と添いとげるつもりだ。この家から去れば、直子を支えてくれた義母の佳代にも申しわけない。

最近の哲朗は、H神経科の治療薬が効いてきたのか幾分興奮しなくなった。夜もよく眠れている。暴力さえ抑えられれば家の中も広いのだから共同生活ができる。その上アスペルガー症候群特有の「こだわり」、近隣の人へのドロボウ扱いも少なくなった。何よりも直子にとってうれしいのは、寝起きに凶暴にならないことだ。直子に手を上げて追いかけるときの眼の乱光が消えてきた。こんなうれしいことはない。薬によって暴力がなくなれば、直子は「反論」しないという会話術を娘たちと同じように身につけていくようだ。何でもハイ、ハイと言って素直に聞き、哲朗との新しい関係を作りだすのだ。夫と別れてなんの得もない。五十年も工夫して生きてきたのだ。仲良くなろうなどという欲は出さない。どうせ日中は学習会館でパソコンを叩き、やり残した創作をまとめるだけだ。直子の健康寿命もあと七、八年だ。

これからは、父に教わった囲碁に軸足を移して生活の充実を図ろうと決めている。

# あとがき

女性が結婚し配偶者を得たとき、誰もが願うのがいい夫婦関係であろう。

いま流行りの家事・育児の分担、協力関係のみが話題の中心になるが、それ以前の問題として思いやりのある心の交流こそが最も大事なことだろう。

女性は子育てや舅・姑との付き合い、また親族との付き合いなど多くの交際を求められる。その方々が心の通じ合える家族であれば、こんな幸せなことはない。

しかし結婚において男女の結びつきを得るはずが、これが得られない、愛が得られないという不幸があった場合どうなるのであろうか。

性格の違い、暴力、不倫、経済力など、夫婦愛を守れないものはいっぱいある。

なかでも結婚において一番つらいことは、夫婦間に潜む暴力ではないかと思っている。

なぜ暴力を振るうのか。その理由としては相手に落ち度があるとか、性格の不一致など、数多くの言い分があるだろう。しかしこれらに対して、決して暴力行為では解決するものではない。話し合いやカウンセリング、または相談所に持ち込んで平安に支援を受けるべきだと思っている。

しかし日本（男女共同社会）において、夫からの暴力行為は後を絶たない。男の暴力行為は、本質的に内在しているもので、友人、職場、子ども、親子関係において行われてきている。

筆者は長年一対一の男女関係、それも愛で結ばれたはずの「夫婦間の暴力」に多くの問題意識を持ち、男尊女卑の歴史がつくりだした夫の暴力を描き出し、現代社会に提起したいと強く思っていた。決してなくならない夫の暴力、それはなぜなのかを、抉り出したい欲求に駆られている。

今回上梓する『高円寺の家』『小田急沿線』ともに愛し合って結婚し家庭をつくり、子どもを育てているという中で、夫からの暴力で夫婦関係は破綻する。

今までの夫婦の成り立ちとは少し違い、ここに描いた形は、女性に職業があり、経済力があり、自意識過剰であることが下地になっている。

女性の自立というバックボーンのなかで夫、男性が体力の弱い妻（暴力は体力差が影響すると仮定して）に暴言・暴行をする。いわゆる弱い相手に暴力を振るうという現象である。

『高円寺の家』は単純なDVであり、『小田急沿線』は発達障害のカテゴリーの一つ、代表的な疾患であるアスペルガー症候群における「意思疎通の欠如」に暴力が常習化されている。その解決策は、作品の中で見出されていない。本来は結婚前に気づけば良かったと、筆者は問題提起しているが、はたして暴力行為を持つ男を若い女性が見抜けるだろうか。では離婚で逃げるか、これはありふれた一般的な行為である。その後、刑罰を受けた夫婦が幸せになれるかどうか分からないし、子どもたちにとっても、さらにつらい家庭環境となるであろう。

男の暴力を一日も早く家庭からなくさなくてはいけない。これが基本であり、大切なことだと思う。弱い女性に暴力を振るうなど、いつまで経っても野蛮きわまりない国民性なのだろう。

最後に一言、家庭内暴力も子どもの虐待も同じ。暴力の被害を受けつづけた妻と子どもを保護して、夫から離しても根本的解決にはならない。社会的に家庭という囲いから放り出されて、暴力のない生活は保障されても、えてして家族愛は得られず幸せな生き方を保障されるのは難しい。

男たちの暴力行為を家庭からなくすことが一番大切なのだ、と筆者は言いたい。

家庭内暴力を断絶するためには何をもって成し得るのだろうか。私には答えが見つからない。せめてその現況を文章によって世に問いたいと考えている。

令和元年七月二十九日　　小野友貴枝

# 参考文献

『女を殴る男たち』梶山寿子（文藝春秋　１９９９年7月10日）
『発達障害』岩波　明（文春新書　２０１７年3月20日）
『アスペルガー症候群』岡田尊司（幻冬舎新書　２００９年9月30日）

## 著者プロフィール

### 小野 友貴枝（おの ゆきえ）

神奈川県秦野市在住。

昭和14（1939）年、9人兄弟の五女として栃木県に生まれる。

昭和37（1962）年、神奈川県立公衆衛生看護学院を卒業し、保健婦の国家資格取得。神奈川県職員、主に保健福祉分野に従事。

平成12（2000）年、平塚保健福祉事務所保健福祉部長として定年退職。

平成12（2000）年6月、日本看護協会常任理事に着任。

平成16（2004）年、秦野市社会福祉協議会会長。

文学活動、秦野文学同人会『風恋洞』代表、文芸誌『群系』同人、日本ペンクラブ会員。

■著書
『秘恋の詩』（2001年、叢文社）
『那珂川慕情』（2006年、叢文社）
『恋愛不全症』（2008年、叢文社）
『愛の輪郭（短編・掌編）』（2012年、日本文学館）
『65歳ビューポイント』（2013年、日本文学館）
『夢半ば I　女の約束は』（2017年、文芸社）
『夢半ば II　女の一念は』（2017年、文芸社）
『夢半ば III　女の仕事は』（2017年、文芸社）
『夢半ば IV　女のストーリーは』（2017年、文芸社）
『社協を問う　改革に挑んだ女性会長の物語』（2019年、文芸社）


## 高円寺の家

2019年10月15日　初版第1刷発行

著　者　小野 友貴枝
発行者　瓜谷 綱延
発行所　株式会社文芸社
〒160-0022　東京都新宿区新宿1－10－1
電話　03-5369-3060（代表）
03-5369-2299（販売）

印刷所　株式会社フクイン




ISBN978-4-286-20878-7